绒绒 我知道会有这一天

我们所有人坦诚相对 是人生

是一些无之遗憾 但我并不害怕

也不抗拒 因为我想要站在

阳光下 说我爱你

2024.

将军
Jiang Jun
苏他
著
贵州出版集团
贵州人民出版社

目录

Contents

周烟坐下来，跟她说："瓦妮莎的生日礼物你想好了吗？"

瓦妮莎是周水绒目前就读的私立学校里唯一的朋友，明天是她的生日，周水绒有心给她准备一份生日礼物。

周水绒点点头："嗯。"

周烟捋了捋她的碎发："用心了吗？"

"肯定。"

两个人说着话，司闻回来了。

周烟下意识地撇下周水绒，走过去。

司闻到岛上生活以后，仍然不断主动学习新技能，他坚决不让自己停下来，时间就好像在他身上静止一般。冷不防看他，还以为是在岐州——他还是过去的模样。

任何时候，进步都是两个人同时的，周烟在他的影响下自然堕落不起来，学了不少本事。

周烟走到他跟前，抬起头："几点了？"

司闻也问："我回来晚了？"

周烟点头："嗯。"

司闻俯身吻了一下她的眼睛。

他的吻冰凉，被他这么一吻，周烟的心又痒痒了。过去数以千计的夜晚，他们之间的亲密，开始像可以产生反应的两种化学物，在她脑海、眼前大面积地堆砌、燃烧。

周烟是司闻的瘾，司闻是周烟的毒，他们每一次对视，这个事实都会被验证一遍。紧随而来的是那些对彼此的渴望，旁若无人地想占据彼此的思想。

每当这种时候，周水绒都显得特别碍事，于是她总是会把空间留给他们，悄悄走开。

她一直知道她的父母有一个精彩纷呈的过去，但这无关紧要，她不会在她父母如此动荡的一生里再去添加烦恼。但别人做不到，别人不理解他们的信仰和使命，也太容易听信谣言，对负面的东西深信不疑，所以她从小到大都在转学。

幸而司闻教给她的远比学校教给她的多得多，她才得以比同龄人成长得更好，学识、思想都遥遥领先。

第二天上学，周水绒要把礼物送给瓦妮莎，可还没从身后拿到身前来，瓦妮莎已经匆匆离开，话都没跟她说上一句，看上去唯恐避之不及的样子。

周水绒没懂，却也没追上去问她发生了什么，直到下午三点，这一天的课结束，周水绒拦住了瓦妮莎的去路。

瓦妮莎好像很累："麻烦让一下。"

周水绒摸到包里的礼物，正要拿出来给她，瓦妮莎很不耐烦地推开周水绒："你能不能不要挡路？"

周水绒停手，看着她，不明白。

瓦妮莎抬起头来，嘴唇发紫，眼角有伤，耳朵后边有伤口，刘海儿像狗啃了一样，参差不齐……这种种迹象都表明她被人打了。

周水绒抓起她的胳膊："谁干的？"

瓦妮莎甩开她的手："你不要总是这副拯救我的样子，我会跟你说话是因为一场赌博，我输了，所以我要跟你结伴去换装派对，不然谁理你？"

周水绒轻抿着嘴唇。

"我们学校这么破，学费这么高，可还是有这么多学生，是因为我们的身份都是见不得光的。所有人都默守着规则，不敢太高调，只有你。你本可以不来的，这里没有可以教你的东西，你偏要来，你还要抢走所有人的风头。我跟你做朋友的这段时间，受了多少委屈你知道吗？”

周水绒松开了手，礼物没有拿出来。

瓦妮莎举起双手：“你放过我吧，这里没有人愿意跟你这种怪物做朋友。求你离我远点儿，我不想受气了。”

瓦妮莎说完就走了。

阴雨天持续了一周，到下午，雨又大起来。

过了下课时间，出校门的人越来越少，有几个不怀好意的人直接朝周水绒撞去，把她撞倒在树坑里。

她沾了一身的泥，手臂也被划了一道深长的伤口，血冒出来，雨落下来，转而把血冲刷得没了痕迹，变成树坑里的泥水，顺着石板路流进排水口里。

没人过来扶她，她也不需要。她站起身来，把准备给瓦妮莎的裙子拿出来，撕了一块布，在胳膊上缠了几圈，止住血，回家去了。

周水绒到家，司闻和周烟都在，周烟在弹钢琴，司闻在一旁看着。

周水绒叫了声“爸妈”就上了楼。

这一晚，周水绒没吃药，烧到了四十摄氏度，有些神志不清了。

周烟照顾了她半宿，出来看到司闻也没睡，走过去，到他的身旁坐下，把手伸到他面前。

司闻牵住她的手。

周烟问：“弄好了吗？”

“嗯。”

“你说她随谁？都不会哭。”

司闻没说话。

周水绒第二天下午才醒来，她的喉咙很干，刚喝了口水，周烟走进来，司闻随后。

她看着他们，觉得他们有重要的事说——司闻从来不进她的房间。

周烟递给周水绒一个信封。

周水绒拿着信封，抬起头来，问："什么？"

"打开看看。"周烟说。

周水绒打开信封，有一张晚上飞华国首都梨亭的机票。她再次抬头："什么意思？"

周烟说："你不是很好奇，是什么样的地方生出我们这样的人吗？你现在可以去看看了。"

周水绒从床上站起来："我可以？"

周烟跟司闻对视一眼："你可以。"

"你们呢？"

"我们肯定要过二人世界。"

周水绒就知道。

周烟又说："有事打电话。"

周水绒知道，司闻人在这里，但手长，无论她在哪里，他都可以护她周全。但她不需要，因为她是司闻的女儿。

周烟什么都没给周水绒收拾，她人去就行了，钱什么的都不用准备。

周水绒离开时，司闻又考她的基本功。十几年来，她第一次在这个环节上赢过司闻，本以为这一次不会有所不同，却意料之外地获得了胜利。

她没有很高兴，但还是感激司闻送给她的这份临行礼物。要知道，她父亲可是只会对她母亲低头的。

把周水绒送走，周烟跟司闻说："你放水了。"

"嗯。"

"她肯定看出来了。"

“就是让她看出来。”

周烟懂了，他是告诉她，他是她爸爸，他心里有她，她不用害怕，他会保护她。周烟笑了，拇指轻摩他虎口的位置：“我们还会回去吗？”

“你想回吗？”

周烟就喜欢这样的司闻，没有能不能，只有想不想，只要想，就能。“不，我没乡愁，你在哪儿，我就在哪儿。”

“你不怕我把你卖了？”

“那我就给你数钱。”

司闻攥紧周烟的手，过去他攥住一个世界的时候都没这么小心。不过也正常，世界算什么。

沈听温要出国，温火没反对：“是我找人给你全包，还是你自己弄？”

找个业务熟练的人全权负责最好，但沈诚当年从想出国到学成归来都没人帮忙，身为他儿子，沈听温自然也不想走捷径。他说：“我自己来。”

温火点头：“那你自己弄吧。”

就这样，沈听温只是通知了一下温火，然后就去准备出国的事了。

沈诚几天没见到沈听温的人，问温火他在忙什么。温火说：“办出国的手续。”

沈诚反应一般：“嗯。”

温火看完学生的论文，伸了个懒腰：“听说又有女生为你儿子打架，他出国是不是因为这个？”

沈诚看着他的文献，很敷衍地问：“是吗？”

温火走过去，把他的文献拿走，跨坐到他腿上，双手勾着他的脖子，歪着头看着他：“沈老师，你儿子为什么没有青春期的心动迹象呢？这是遗传吗？你看起来也不像是年轻时老实巴交的人啊。”

“我看起来像什么样的？”

温火摇头：“我不知道，反正看着就不是什么正经人。”

“你这是偏见。”

“我就有偏见。”

沈诚笑了笑，温火就会蹬鼻子上脸。他把她惯坏了。

徐宿没见过周水绒，本以为她会像她舅舅周思源那样内敛稳重。其实不然，她的外形就不是内敛那一款，哪怕她打扮低调，回头率依然很高。

至于稳重，更谈不上，看得出来她的成长环境从不压抑她野蛮生长。

周水绒跟徐宿见到面，淡淡地打招呼：“你好，徐先生。”

徐宿笑了笑：“叫我徐宿就好了，你舅舅周思源是我师父，跟我不用那么见外。”

周思源现在是信源侦查组组长，徐宿是几年前的一次禁毒任务中不慎牺牲的普通公民的孩子。他无亲无故，周思源就收了他为徒，养在自己身边。

周水绒回到华国，周思源不能亲自来接她，不仅是因为他任务繁重，没有时间，还因为周水绒的身份不能公开，避免给司闻和周烟带去麻烦。

周思源救了徐宿，徐宿又被他教导多年，值得信任，他来接周水绒再合适不过了。

周水绒答应：“你好，徐宿。”

徐宿带着她往外走：“我师父给你准备了一套公寓，上学的事也帮你联系好了，你休息两天，我带你去学校报到。”

“我是外籍，要去国际部上吧？”

“你在本部上。放心，需要的证明几年前就给你办好了。”

周水绒声音低低地念了一句：“几年前？”

徐宿说：“嗯。”

周水绒抿了下嘴，脑海里又映出司闻的脸，应该是他提前做了准备。

她爸是真牛，这世上还能找到这种男人吗？他这是生怕自己女儿不能孤独终老啊，有他打样，谁还敢跟她谈恋爱？

周水绒去学校报到之前，熟悉了一下梨亭的环境，把比较有特色的地方和事物都接触了一遍。没办法，习惯了，司闻对她的观察力要求很高。她以后要在这里待上一段时间，就要了解清楚这里人的生活轨迹和行为习惯。

到学校报到那天，周水绒站在教导主任的办公室内。外边是打扫卫生的值日生，她们一边糊弄着值日任务，一边瞥办公室内的动静。

周水绒很漂亮，加上司闻和周烟从不限制她做什么，所以她在气质上就跟一般学生不一样。

预备铃响起，值日的学生拎起拖布回班，边走边议论：“你们说她是转哪个班的？”

有人猜测：“长这样的人学习都不好，肯定是在别的学校犯事了，被开除了。我觉得是六班，六班转学生最多，校方但凡有点儿脑子，也不会把差生安排在好班。”

“有道理。”

“我觉得这女生一来，赵孤晴要难受了。”

“对对，她比赵孤晴长得好看，赵孤晴心眼儿那么小，又要在空间里发‘赵言赵语’了。”

“全世界就她最惨。学习下降四十名，找一堆理由，说是因为写运动会演讲稿影响了学习状态。沈听温不跟她组小组，她说沈听温只是习惯了一个人。我看人沈听温跟井贺合作得好着呢。”

……

说到沈听温，他正好从楼上下来，跟她们擦肩而过，她们立刻有一种说人坏话被抓包的尴尬，低着头匆匆离开了。

沈听温似乎没听到，站定在门口。此时周水绒已经被班主任领走了，办公室内只有主任一人。

主任看到沈听温，喊道：“进来。”

沈听温进门，主任把大课间要广播的《莎士比亚经典作品选集》递给他：“大课间你就念这个。”

国大精英私立学院是连续登上各种海内外榜单的培养天才精英的大学。国大的招生条件苛刻，对学生素质要求很高，同一般大学较为松散的教学模式也不太一样，学院认为中等院校的教育方式更容易培育精英，因而课程统一，对学生的作息进行较严格的管理。入学后，考试达标的上主学院，其余的上国大的附属学院，附属学院相对普通。

国大学院环境优美、师资力量雄厚，课间活动也丰富。上午和下午的大课间经常安排演出，以往多是由学校艺术部自己组的乐队、舞团表演节目，可演出次数多了，演员腻，观众也腻，学校就把演出换成了演讲。

经过票选，沈听温当选为“全校最想听到的声音”，于是大课间演讲的任务就落到了他的头上——他要在广播室的话筒前，朗读英文原版名著的选段。

沈听温拿上书，回到班上，乱糟糟的环境因为他的进入顿时安静下来。没有人怕他，他从来都不可怕，但就是可以让喧闹的人群闭上嘴。

他德、智、体、美、劳全面发展，除了话不多、看上去不太积极外，是典型的“别人家的孩子”。

或许是他的不太积极，容易给人一种不动声色的恐怖感。恐怖当前，沉默，让自己的存在感降到最低，是身体的本能。

班上安静了几分钟，班主任进门，走上讲台，指了一下靠窗最后一排的空位：“你先坐那儿。”

所有人看向班主任眼瞅的地方，注视着周水绒进门走向靠窗的座位。

她穿了一身黑，从衣服到鞋，既简单又耐看。她随周烟，皮肤白、肤质好，满脸胶原蛋白。

她目不斜视，对这些关注不以为意。

沈听温不感兴趣，但给面子地抬了一下眼，然后看到了周水绒的眼睛。

正好有风从窗户吹进来，不知道是风吹动了他，还是他的注意力本就不集中，他突然动了一下胳膊，手肘碰到那本《莎士比亚经典作品选集》，它从桌子上掉下去了。

周水绒路过，很自然地弯腰，精准地接住那本书，放回他桌上。

好敏捷的动作，半个班的学生都看到了，大家小声议论起来。

值日的几个女生对视一眼，交换了心思——

她不是去六班的，是十六班，他们这个班，是精英班里的 A 班。

班主任说：“咱们班新转来了一名外籍学生，叫周水绒。”

议论声变大了，“周水绒”三个字开始频繁出现在他们口中。

班主任拍了一下手掌：“行了，开始上课吧。咱们把昨天的卷子对一遍，然后讲新内容。”

议论声戛然而止。

晚上，井贺找沈听温吃饭，沈听温没拒绝，井贺还有点儿意外。井贺上小学时就听过沈听温的名字，但一直对不上号，后来两人上了同一所学校，这才有机会认识他。

沈听温这个人话很少，照理说他这种学习好、有钱、看上去低调的人是最容易被孤立的类型。但很奇怪，学校里那些擅长拉帮结派、搞动作的人从不找他的麻烦。因为没有见过沈听温跟这帮人对峙，所以谁也摸不清他到底是个什么样的人，也就没人敢跟他做朋友，井贺算是第一个。

为什么说“算是”？因为只有井贺认为他跟沈听温是朋友，其他人都不这么觉得。他们都觉得沈听温愿意搭理他完全是出于同情。

井贺邀请沈听温吃饭邀请了好久，沈听温答应的次数一只手都数得出来。这一次他没抱希望，就随口一问，没想到沈听温竟然同意了。

饭桌上，他问沈听温：“出国的事弄好了吗？”

“谁说我要出国？”

全校都知道他这学期上完就要出国了。井贺搞不懂了，说：“主任、班主任、科任老师都说过。”

“我没说过。”

井贺记得昨天还有人说沈听温的手续都弄好了。他这是变卦了？这么突然吗？

徐宿晚上买了饺子，回家时屋里黑着灯，他以为周水绒还没回来，打开灯发现她正坐在会客厅的地毯上。她洗了澡，头发还没干，散在背上，弄湿了她宽大的白衬衫。两条又细又白的腿盘着，脚露在外边，腿根黑色的短裤若隐若现。她面前的桌上是电脑，漂亮的手边是一沓 A4 纸，嘴叼着一根碳水笔，唇微微翘起，映在身侧的全景落地窗上，让人脑袋里除了“美”字，再生不出其他想法。

他把饺子拎到餐桌上，然后拿了一瓶苏打水，放到她桌上：“第一天上学，怎么样？”

周水绒开始搜最后一个人名了，她边在电脑上操作边说：“氛围还不错。同学还没机会接触，不过老师还挺负责任的。”

徐宿坐下来，身子前倾，看到了她正在做的事，没有惊讶，只问：“你在查他们？”

“没有，我在他们自己透露的信息里挑选有用的东西，方便我后续跟他们和谐相处。”

徐宿想起周思源也有这种一定要知己知彼的习惯，突然觉得，谨慎可能是家族遗传。他问：“你知道他们用什么社交软件吗？”

周水绒列举了几个，还真是大数据统计中当代学生常用的几款软件。徐宿发自内心地说：“你不太像一般的学生。”

周水绒查到了最后一个人名，说：“我也没上过一般的学校。”

她说了一句很正常的话，原本徐宿正常地接就好，可不知道为什么，他卡了壳，说不出什么。

没上过一般的学校，其实并不是一件值得高兴的事。她的同龄人都在无拘无束地成长，懂得虽然没她多，但一定比她快乐。

周水绒看着干干净净的搜索界面，问徐宿：“哥，会有人一点儿上网痕迹都没有吗？”

徐宿以过往的经验告诉她：“不会。”

周水绒的目光挪到搜索框里的“沈听温”三个字上。为什么搜不到这个人？她问：“那些高匿 IP 地址，就是用国外没备案的服务器登录，需要你们动用技术去查的，一般是什么人用？”

徐宿脱口而出：“罪犯。”

温火听到沈听温不出国了，问了一句：“你不是手续都办好了吗？”

沈听温说：“华国的教育比较好。”

温火不听他扯淡：“宝贝，你别跟我用你的聪明，你是我儿子，你蒙不了我。”

沈听温放下手机，没看她，眼睛还注视着前方："蒙人的技术我肯定不如你。我爸到现在都不知道，你上个月早就从国外回来了，但没回家，跟舒果阿姨打了一晚上麻将。"

温火皱眉："你威胁我？"

沈听温看过去："我怎么会威胁你呢？我是你儿子啊，妈。"

温火看着儿子那张帅脸，都不知道多少次慨叹过，怎么就不是个闺女呢？她想要"小棉袄"！儿子没小时候可爱了！

晚上，沈诚回来，温火先承认错误，把之前打麻将的事跟他说了，态度诚恳。

沈诚没什么反应："嗯。"

温火这才懂了，问："你早知道？"

沈诚用拇指轻轻抚着她的眉毛："你有什么可以瞒得过我？"

温火泄了气，靠在他怀里："我被你儿子套路了，他逼我主动跟你说了这个事。我为什么就生了一个儿子呢？我们能再生一个女儿嘛，沈老师？我觉得你还可以。"

沈诚还记得温火生沈听温的时候多遭罪："你不喜欢他，我们就不要了。"

温火又舍不得："算了，我辛苦生的。"

沈诚起身把温火要看的十多份文献的打印版拿了过来。

温火一看，重点全都批注好了，她再看时便一目了然，大大节省了她的时间。她微笑，握住沈诚的胳膊，借力跃起，亲了他一口："谢谢沈老师。"

沈诚指指左脸。

温火又亲了他左脸一口。

亲完，沈诚才说："你儿子给你弄的。"

温火笑不出来了，骂道："你要不要脸啊，老男人！"还是儿子靠得住！这老男人太坏了，骗她的亲亲！

……

温火在家事上不愿意动脑子，所以总给人一种一孕傻到头的感觉。只有沈诚知道，她是太过信任他、信任沈听温，同意把决策权交给他们。

出了家门，她还是那个凭本事让沈诚俯首称臣的女人。

沈听温不出国了，全校都知道了。

课间，沈听温在广播室读书，他的声音通过广播散布在校园的每个角落。他的音色确实很好听，非常性感。

周水绒上卫生间的时候听到有人议论："沈听温又不出国了？真跟赵孤晴好了？赵孤晴还真敢。沈听温这种让人琢磨不透的人，也不知道她为什么这么上头。"

"赵孤晴不老是觉得自己与众不同吗？那肯定要找个与众不同的人当男朋友，来证明她有多么与众不同。"

……

周水绒从隔断门后出来，两个聊闲天的女生互相使了个眼色，快步走了。

这么听来，这个沈听温跟她有点儿像，都是不被理解的。

祝加夷看着赵孤晴那么认真地做滴胶，理解不了："你成绩都下降到八十名了，怎么不着急呢？阿姨要是知道你不复习，还在弄这些东西，肯定又要说你。"

赵孤晴把小星星亮片用小木棍戳进模具里："井贺说沈听温的手机壳碎了，他肯定还没买新的。"

"你觉得沈听温买不起一个手机壳吗？"

"他买得起，但他买的跟我做的能一样吗？"

祝加夷不想打击她，说：“你觉得他会要吗？”

赵孤晴想起前两天她还他模拟题库的时候，第一次跟他说那么多话，想他留下来，不要出国。虽然他当时没答应，但早上井贺说他不出国，肯定是她的话起作用了。

祝加夷看她嘴角弯弯的，觉得她的梦做得太美了，不忍叫醒她，换了一个话题说：“梁继凡让我问你，周日还去学舞吗。”

赵孤晴想去看沈听温打球，便说：“井贺说，他们会跟旁边学院的几个人打球，我想去看。”

祝加夷、赵孤晴，还有梁继凡是发小儿，三个人从上小学就在一个学校一个班。后来两个女孩子的家里下死令让她们考入国大，梁继凡已经跟她们在一起很多年了，就咬牙努力，以靠后的成绩考入了国大。

赵孤晴上了国大后看上了沈听温，魂儿都没了，追他就跟追星一样，祝加夷和梁继凡都说不通她。

祝加夷不管她了，说：“那随便你了。你这个手机壳，打算什么时候送出去？”

“等它干了，下午应该就好了。”

下午第三节课课间，赵孤晴站在十六班前门门口，跟前排同学说：“帮我叫下沈听温。”

前排的同学头都没扭，大喊一声：“沈听温，有人找！”

半个班的人都看向门口，看着赵孤晴的漂亮脸蛋儿。

本来在画建筑速写打发时间的周水绒也抬起头来。赵孤晴的感觉跟瓦妮莎很像，两人看上去都温柔，但总觉得有股子倔劲。

她忍不住多看了几眼，发现赵孤晴一直盯着沈听温，沈听温却跟没事人一样，理都不理。

后来预备铃响了，赵孤晴要回班了，就急匆匆地把一个日式包装袋放在了前排，说："帮我把这个给沈听温，谢谢了！"

下课后，沈听温和井贺正往外走，梁继凡带着两个人挡住了他们的去路。梁继凡不是要打架，他就是想问问沈听温，到底喜不喜欢赵孤晴。

他下午听到祝加夷说赵孤晴为沈听温做手机壳的事，肺都要气炸了。

要是在刚入学那几年，她这么上头就算了，可这都是在学校的最后一年了，她的学习成绩下降了那么多，还儿女情长呢？

他们仨从小一块儿玩，他是废了，但是他真不想赵孤晴和祝加夷也这么废了。说是胡同情怀也好，说是生来就局气也罢，他像是有种使命似的，就是看不下去她们这么颓废。

他这回就想问清楚，沈听温对赵孤晴到底有没有那意思，没有就赶紧跟她说清楚，让她把精力放在学习上，别一天到晚五迷三道的。

学校南门人很多，没人会注意周围发生什么。但沈听温和梁继凡碰在一起的画面太新鲜了，吸引了很多目光。

更有人因为他们而停下来。

井贺不知道梁继凡要干吗，以为是找碴儿，挡在沈听温前边："怎么了这是？有什么误会吗？"

梁继凡没理他，递给沈听温一瓶水，说："你能不能跟我交个底儿，你喜不喜欢赵孤晴？"

沈听温看了一下表，快五点了。他抬起头说："听不懂。"

表达得还不够清楚吗？梁继凡不耐烦了："喜欢就喜欢，不喜欢就不喜欢，听不懂是什么？兄弟，我这几天都没招过你，够给面儿了吧？就不能来句痛快话？"

沈听温没说话，慢慢往后退，退到墙根。

井贺看梁继凡变得更不耐烦了，就也随他一起退到了墙根。整个画面看起来就像他跟沈听温得罪了谁，被人家找上门修理。

四点五十分，沈听温的班主任跟周水绒一起从南门出来，正好看到这一幕。班主任过去把他们拉开，然后问沈听温："没事吧？"

沈听温淡淡地说了句："没事。"

班主任着急地看了一眼表，还有六分钟到五点，便让他们赶紧回家，之后她走向了学校旁边的收费停车场。

停车场是按小时计费的，向来节俭的班主任总在五点之前赶过去。所以就算是有再重要的事，五点之前她也一定会出校门。她在下班前叫走周水绒说事情，也就是说，她和周水绒一定会看到沈听温被人堵在墙根这一幕。

目送班主任离开，井贺对着周水绒打招呼："Hi!"

周水绒收回目光，看了看沈听温，不知道是不是因为阴天，天色发青，让他看起来格外苍白。她忽视了井贺，跟沈听温说了第一句话："你经常被他们欺负？"

井贺笑出了声，正要告诉她没人敢欺负沈听温，却听沈听温自己说了一句："没关系。"

他在说什么？怎么这么"惊悚"啊？井贺听不懂了。

周水绒看完国大百分之七十学生的个人信息，基本了解了他们在这个年龄段介意的点在哪里。

沈听温真的跟国大一般的学生不一样吗？还会隐藏自己的上网痕迹？周水绒不太信。

她跟沈听温打过招呼，准备告别了，也不熟，没什么话说。

沈听温让开了路，待她走出两步后，他扭头跟井贺说："你去忙你的吧。"

井贺："不是说好我跟你……"

沈听温没让他说完："我一个人没问题。"

井贺一头雾水，他在说什么？不是说好一起吃饭吗？他说自己一个人没问题，什么意思？

沈听温说完，就朝周水绒的反方向走了。

井贺虽然不懂沈听温的表面意思，但他大概知道沈听温是不想跟他吃饭，就没死皮赖脸地问。

周水绒听到了两人的对话，结合自己刚才看到的那幕，她脑海中闪过沈听温被摁在墙角暴揍的画面。她停住了脚。

沈听温之前是要出国的，这还没到毕业，他为什么要出国？

她回国是因为在学校待不下去了，沈听温出国，是不是也是因为在学校待不下去了？

应该是吧？国大的学生都躲着他，说他"与众不同"。她能听出来，"与众不同"在他们的嘴里不是褒义词，而且刚才又撞见他被逼到墙角……

周水绒又想起了瓦妮莎，如果她再细心一点儿，瓦妮莎是不是就不会被欺负了？想到这里她转了身，喊住了沈听温："喂！"

沈听温正在默数自己的脚步，数到十的时候，听到周水绒喊他的声音。他转过身，很自然地问："你叫我？"

周水绒走向他："我送你回家。"

"什么？"沈听温说。

周水绒不想解释，她觉得他一个男的，应该也不太希望听到一个女的跟他说"我保护你"，所以就打岔道："正好我刚来梨亭，哪儿也不认识，就当带我熟悉熟悉环境吧。"

沈听温没拒绝："好吧。"

井贺刚骑上山地车，就看到沈听温和周水绒从胡同出来了，两人还并排走……井贺智商不低，但由于沈听温独来独往的性格太深入人心了，总是不想要朋友，就没怀疑这一幕是沈听温的计策。

沈听温穿着干净、简单，基本都是穿黑色，偶尔稍微变点儿花样就穿白色。

像他这种人，长得帅，腿还长，穿什么都是加分项，跟他走在一起脸上都有光。

周水绒是用不着这种“光”的，她本来也是焦点，所以焦点跟焦点撞在一起，比沈听温和梁继凡凑在一起的画面更震撼人。

下课后不着急走的学生看到两人走在一起，没等到晚上十二点，这个消息在全校就传开了。

此时的周水绒还不知道，她接下来会被推到风口浪尖。她问沈听温：“你平时上网吗？”

沈听温的声音特好听：“很少上。”

看来是真不上网，他是个书呆子。周水绒又问：“那你平时都干什么？”

沈听温浅浅地“嗯”了一声，做了个思考的样子，然后说：“看书，或者游泳。”

“哦。”周水绒不想跟他聊了，没劲。

沈听温也不主动聊，就这么走到了他家附近的房子楼下。

周水绒从进小区就一直在观察，这个大院已经很老旧了，年轻人应该不会选择住在这里。

尤其周水绒还听到过别人说沈听温的父母有钱。虽然不知道他父母是干什么的，但可以称为有钱，肯定是有自己的产业。这周围不是商区，就算考虑交通，他父母也不会住这里。

果然，沈听温下一句就是：“我到了，你要不要上去坐一下？就是我奶奶在，你可能会感觉不自在。”

周水绒下意识地问："你跟你奶奶住吗？"

"嗯。"沈听温答应时还有点儿无奈。

周水绒看见了他的无奈，下意识地问："奶奶身体不太好吗？"

"不是，是她经常被骚扰。当然，也不是很严重的那种，就是被丢几个石子，被吓两声，"沈听温很自责，"我也制止不了。"

周水绒没想到沈听温过得这么惨。

沈听温突然微笑，像是在安慰周水绒一样："没关系，挺挺就过去了。"

周水绒问他："你没有报过警吗？警察会管吧？骚扰老人有点儿过分了。"

"情节不严重。"沈听温说。

周水绒把手伸过去："手机给我。"

沈听温迟疑了一下，把手机递给她。

周水绒用他的手机加了自己的微信，说："警察来不了，你可以给我打电话，我可能不会给你主持公道，但我可以帮你。"

沈听温看着手机上一个黑色的头像，抬起头来，明知故问："你名字？"

"周水绒。"

沈听温偷偷在备注栏里打上了"绒绒"，然后告诉她："我叫沈听温。"

周水绒知道，准备走了。她说："明天见。"

沈听温看着周水绒的背影，慢慢地弯起了唇角。

她真可爱，跟小时候一样。

沈听温上了楼，奶奶金歌和爷爷沈问礼都在，沈问礼正在帮金歌清理身上的泥。

金歌看到沈听温笑起来："饿了吗？"

沈听温帮沈问礼一起擦掉泥点儿。

金歌要拍一部关于大院三十年的纪录片，最近都住这边。沈问礼不放心，就陪她一起过来住了。

大院附近有一个精神不正常的人，在经历了母亲自杀后，疯了，天天游荡在大院周围，除了捡垃圾就是朝过路人丢石子、恐吓。

金歌每天都要被丢石子，却没恼过，还耐下心来给他讲故事、买面包。

两个人给金歌擦干净，沈问礼又问沈听温："晚上吃什么？让你奶奶给你做，要不就出去吃。"

沈听温不饿，忙说："你们先忙，等忙完再说。"说完进了卧室。

沈问礼跟金歌说："比他爸心思还沉，都猜不到他在想什么。"

金歌淡淡一笑："猜什么？只要知道他善良就行了，其他我们不用管。"

说得也是。

沈问礼不说话了。

沈听温把门关上，拿出手机，点开周水绒的朋友圈，看着她唯一一条状态——一张海平面的照片，发表时间在三年前。他竟看了两个小时。

没什么好看的，但就是想看。

他把周水绒的备注改成了"周水绒"，觉得不好听，又改成"水绒"，好像也不好听，他就接着改，改成"那个人"，又觉得莫名其妙，最后还是改回了"绒绒"。

嗯，绒绒挺好的。

徐宿跟周水绒一起到家，他把从超市买回来的水果放进冰箱，说："我明天要去一趟岐州，然后回信源，你自己没问题吧？"

“嗯。”周水绒把包放下，转了转脖子。

“有事给我打电话，要是有人……”他话还没说完，就看到周水绒闭着眼飞镖十连发全射中靶心，他都做不到。

周水绒睁开眼，没看自己的战果，问他：“要是什么？”

“没事。”徐宿走到周水绒身边，有点儿语重心长，“你跟一般人不一样，这是你的优势，也是你的劣势。我知道你会保护好自己，但不到必要时刻，还是不要让人发现你的与众不同。”

又是“与众不同”这个词。

周水绒没辩解、没反驳，只是淡淡地说了句：“我知道。”

徐宿看着她，看到自己不好意思，不由自主地低下头，清了清嗓子，说：“你也要记得，男人没有一个好东西。”

周水绒笑道：“也包括你吗？”

“包括我。”

周水绒觉得，沈听温那个小废物应该不至于是个坏东西，便说：“也不绝对。”

徐宿走了，周水绒要一个人面对陌生的环境了，她是不怕，但周思源有点儿担心。长辈嘛，就是会瞎担心，生怕自己的孩子在陌生的环境过得不好。

周水绒来梨亭后第一次接到周思源的电话，刚叫了声“舅舅”，她舅舅就给她安排了很多任务。

“记住了吗？”周思源问。

周水绒应声道：“嗯，记住了。舅，你这些注意事项说过很多遍了。”

周思源担心啊，他姐姐周烟的闺女就是他的“闺女”啊，是拿命疼都怕会委屈到的人啊。“保持独立的思考能力，不要被乱七八糟的男生影响到你自己。”

“没我爸厉害的人都不足以让我刮目相看，你觉得，这世上还有比我爸更强的人吗？”

周思源放心了，说：“对，没有人比司闻更强。”

周水绒淡淡地笑着：“当然，没有人是司闻，我也永远不会是周烟。”

赵孤晴看到别人的动态里沈听温和周水绒的照片，攥紧了拳头，表情显着对这件事要多难接受，就有多难接受。

祝加夷担心她，去找她了。

赵孤晴给她开门，垂着眼皮走到会客厅，盘腿坐下来。

祝加夷看了一眼楼上，问：“阿姨没在家？”

“她还没回来。”

祝加夷走到赵孤晴跟前，坐下来，握住她的手：“沈听温和周水绒应该没有其他关系，你别难过。”

赵孤晴不蠢：“我一直以为他不出国是因为我那番话，完全忽略了他决定不再出国的那天是周水绒转到我们学校的那天。”

祝加夷攥紧她的手：“我知道你难受，但我妈说进入社会会有更多选择，比上学时遇到的这些强多了。”

赵孤晴笑了笑：“社会上那些也是上完学的，有些甚至没上过学，能好多少？好的都是上学时就好的，沈听温进入社会，受欢迎的程度只会比现在更高。”

祝加夷不说话了，她觉得赵孤晴说得很有道理。

赵孤晴说：“沈听温这样优秀的人，进入职场，也只会是被争抢的。那些‘入了职场选择就变多’的说法，根本就是忽悠人的。”

祝加夷一时不知道该怎么接话，问：“你这都是从哪儿听的？”

“我看了沈听温常看的书，看多了就懂了。”

沈听温看的书都不是他们这个年龄的人看的，但她想知道他的内心世界，就逼自己去看，看着看着眼界就开阔了。

两人聊着天，梁继凡打来电话，赵孤晴接通，摁了“免提”：“喂？”

梁继凡问：“那女的是谁？”

赵孤晴很平静地说：“周水绒。”

“新转来那女的？长这么好看？”梁继凡看着群里传的照片，“那会儿我听他们说转来那女的长得不错，我还以为是扯淡，没想到是真不错。”

祝加夷直翻白眼：“你又看上了？”

梁继凡从幼儿园起就是扛把子，扛到现在。别看他成天七个不服、八个不忿，除了穷嘚瑟就是吹牛，整个人有一种愣头青的气质，但还挺招女孩儿喜欢。

这可能就是青春期时“男人不坏，女人不爱”的表现。

反正几个学校里的男生都叫他一声“凡哥”，女生几乎都想跟他在一起。

梁继凡看着照片上周水绒笑起来的样子——真养眼。他说：“不是，你们怎么不早告诉我新转来这女生这么好看？还是不是兄弟了？”

祝加夷又翻了个白眼：“你有事没事？没事挂了，正烦着呢，捣什么乱？”

“烦什么？沈听温？我下午问他了，他没说不喜欢晴晴。”梁继凡说完叫了赵孤晴一声，又说，“你现在就抓紧时间学习，毕业以后我跟老祝帮你，咱们直接把他拿下！”

祝加夷听他又开始满嘴跑火车，把电话挂了，转身揽住赵孤晴的肩膀：“凡子要是能把周水绒搞到手，沈听温有想法也没了想法。你又不比周水绒差，到时候他还是得选你。”

赵孤晴被两个朋友安慰到了，但还是不想说话，她想要偏爱，不想成为退而求其次的选择。

“下周校庆，是咱们最后一次在国大的集体活动了，主任说咱们可以出几个节目。到时候我弹琴，你站C位，跟凡子他们几个跳团舞，沈听温绝对会爱上你。”

是啊，下周就是校庆了。赵孤晴抬起头来：“我们可以报节目吗？”

祝加夷点头：“可以，主任说咱们这些毕业班的学生也要参与。”

赵孤晴想象了一下自己在跳舞，沈听温坐在台下看着的画面，表情总算是柔和了一些。

祝加夷看她放松了，呼了一口气。

赵孤晴是祝加夷唯一的闺蜜，祝加夷不希望她太难过。

周水绒洗完澡，边擦头发边看手机。她没QQ，只有微信，微信“新的朋友”那一栏全是好友添加信息，她滑了一下屏幕，大概看了一眼，一个都没同意。

她返回消息列表，看到了沈听温的头像，点进他的朋友圈，里边跟她的朋友圈一样干净。

她放下手机，擦干头发，坐下，拿出题库。

明天是月考，是周水绒到国大后的第一次考试，班主任怕她有压力，就喊住她，给了她一些鼓励和宽慰。

这些知识不难，就是要有一个理解的过程，这个过程需要时间。周水绒才转来两天，要在这么短的时间内跟上大家的进度，并不容易。

她刚做了两道题，手机响了，她没去看，等写完一张卷子才拿起手机，看到了沈听温的消息。

他说“谢谢”，还有“晚安”。

她没回，只是笑笑：他好乖啊，难怪会被欺负了。

出租车将人送达，沈听温下了车，上楼，摁密码，进门。玄关有一个石头搭的艺术品，是沈诚从平治的拍卖会上带回来的。它的交易价高于市场价，但沈诚还是拿下了，因为很多的交易、交易的东西都没有表面上那么简单。

这套房子是沈诚送给沈听温的，公证之后他们就没再来过。这么多年，只有沈听温进出这里，这里也就变成了他想独处时的基地。

房子共三层。从二楼到一楼的巨幕落地电视是最亮眼的设计，也彰显了这家人的实力。

沈听温乘室内电梯上了三楼，走进一间房。

灯一打开，墙上全是沈听温从前的经历。他去过哪里，见过什么，都被他标记了下来。就像知己知彼是周水绒的习惯一样，利用所见所闻达到自己的目的是沈听温的习惯。

他继承了沈诚的深谋远虑和温火隐藏实力的本事，他比他们更懂得怎么让所有人、所有事都有利于自己。他却没想到有一天，这种“利己主义”会因为一个人的出现而发生转变。

他坐下来，目光落在墙上的一张照片上。那张照片是他多年前参加夏令营的合照。合照最右边有一个冷漠的眼神，充满杀气，在一众天真的笑脸中显得格格不入。

这个眼神的主人就是周水绒，是一个让他从小时候就充满探索欲的女生。

他实在很好奇，她为什么有那么快的速度。还有，在填写“想要收到的礼物”时，其他女生写的都是裙子、娃娃或者电子设备，只有她不一样。

后来，沈听温总惦记着她，想再遇见，他参加了各种活动，却再没见过她。

长大一些后，他通过自己认识、父母帮助，人脉丰富起来了，就想了解一下这个女生。可每次就要知道她的身份时，都突然被一股强大的阻力打散所有的线索。

被阻碍的次数一多，他也就知道了她在被人保护。

他没经历过电影里演的那种拼打、厮杀，更没见过这么精细的保护措施，他更好奇了。

这种好奇激励他强大自己。他一天到晚学习，知识面越来越丰富，早早就能够独当一面了。

他越好奇，周水绒于他的影响就越大。

第二天，早自习课，班主任组织整理考场。毕业年级一共 16 个班，从一班开始排序，每个班 40 个考生，座次按上次月考的年级排名排。

沈听温在一班，赵孤晴在二班，梁继凡是年级倒数，在十六班，周水绒是转学生，也在十六班。

周水绒刚坐好，梁继凡凑了过去，坐在她前边的座位上，面朝着她，双臂搭在桌上，下巴搁在双臂上，瞧着她："新转来的？叫什么？"

周水绒知道他，还记得他欺负沈听温，便淡淡地道："滚。"

梁继凡一挑眉，直起身子："这么有脾气？你不想知道我是谁吗？在国大，我可以罩着你。"

周水绒没听过这么自以为是的发言，有一股子幼稚气息，懒得搭理他。

梁继凡不死心，还问她："你有微信吗？加个好友？"

周水绒始终不理他，直到考试铃响了，梁继凡不得已回到自己的位子。他不想考试，周水绒真好看，他老想看，管不住自己。

梁继凡左手撑着脑袋，歪头看着周水绒，就这么看到考试结束。

周水绒收起文具，梁继凡又走过去，他手撑着书桌，歪着头凑近她的脸："想吃什么？"

梁继凡说话时，正好沈听温回班了。周水绒伸了一下手，问沈听温："吃饭吗？"

沈听温看到梁继凡在周水绒身边时，整个人的气场分明阴森了一些，可在转向周水绒时，又变得无害。他回答："嗯。"

梁继凡扭头看见沈听温，要多烦有多烦，他要跟自己抢？梁继凡说："你什么意思，沈听温？"

沈听温突然停住脚，看上去像是不敢往前走了，头也低了下去。

梁继凡看傻眼了。他干什么？这玩意儿上次在靶场的时候不是这样的。

周水绒见此，很自然地一掌拍在梁继凡的后腰上。她没用多少力气，但因事发突然，梁继凡还是往前踉跄了两步。

周水绒从沈听温手里把他的文具拿过来，帮他放回到他的位子上，然后走过去，攥住他的手腕，拉着他往外走。

梁继凡直起腰时，周水绒已经带着沈听温走了，他一脸莫名其妙和愤怒。

学校餐厅里，周水绒点了一堆辣菜。她很少吃辣，但学校美食的诱惑太大了，就想尝试一下。刚吃了一口，她就被辣得满脸通红。

沈听温把自己的水递给她，到隔壁餐厅点了甜口的菜端回来。

周水绒道谢，说："等会儿我再给你买瓶水吧。"

沈听温把她喝剩下的半瓶水拿过来："没关系。"

周水绒提醒他："你这水我喝过了。"

沈听温喝了一口水："我不渴，喝一口就行了，再买太浪费了。"

周水绒觉得沈听温的性格太过息事宁人，而且他总为别人考虑，这样很容易被欺负。她说："你被欺负的时候就没想过要反抗吗？"

沈听温说："没人欺负我。你别因为我得罪人，你刚转过来，没必要让自己成为众矢之的。”

周水绒还是第一次听到这样的话，她上这么多年学，就没人这么为她考虑过。说来也挺可悲的，她一直是大家避之不及的存在。

正经人都不理她，因为不知道她的底细。她透露的东西太少了，在那些鱼龙混杂的学校里，对于她这种明显有隐藏的人，谁都不会冒险去认识。

不正经的人对她的想法不干净，倒是会说很多哄人的话，但演技太差，她能看出来他们是真心还是假意。

沈听温看起来与世无争，他们之间的认识也是她比较主动，她就很相信他。她虽然觉得他很废物，但有时候又觉得，这种小废物乖乖的感觉也挺好。

她忍不住逗他："那我要是就为你得罪人，你怎么办？"

沈听温抿住嘴，好久才别别扭扭地说："那你想让我怎么办，我都可以。"

周水绒看他脸都红了，不逗他了："我不会成为众矢之的的，就算避免不了，也没事。很多事习惯了就不可怕了。"

沈听温抬起头来，想看到她的一点儿失意和难过，但没有。她说起这些时，平静得像是在讲别人的事。

下午那场考试开始前，梁继凡锲而不舍地骚扰周水绒，还说到了沈听温。他说："你不是喜欢沈听温那款吧？他跟赵孤晴是一对，你别想了，赵孤晴能为他上刀山下火海，你比不了。"

周水绒知道赵孤晴，赵孤晴给沈听温送东西她也看到了，但这跟她有什么关系？

"我跟你说，男的都什么样，都是送上门的不要白不要。赵孤晴倒贴那么多年还不放弃，就是沈听温给过她甜头。"梁继凡说瞎话。

周水绒盖上笔帽，看都没看他，说：“所以呢？”

梁继凡搬着凳子往她身边挪了挪：“所以你别看他人模狗样的，其实不是什么好东西。”

周水绒抬起眼来：“那真是巧了，我就喜欢这样的。”

梁继凡转了转脖子，额上青筋跳了两下：“不是，我发现你这女的不识好歹，你不会说人话吗？”

周水绒微笑：“我跟狗都是说狗话，不然狗听不懂。”

梁继凡好生气，气得疏解不了，就笑了。这女的嘴好损，但也好带劲。他服了，也㞞了，说：“我不扯淡了。你就说怎么着才能加我微信吧。”

周水绒加不了，她不说话了，正好考试铃响，打断了他连篇的废话。

考完，所有考生回自己的班。赵孤晴等在一班门口，沈听温一出来她就跟上了他：“那个，手机壳你看到了吗？你……你喜欢吗？”

“不喜欢。”

赵孤晴不死心：“校庆你报节目吗？”

“不报。”

赵孤晴跟着沈听温上了楼，正好看到梁继凡在周水绒身后撩拨她。她不确定沈听温看没看到他们两个。但拐下楼梯后，沈听温就转过了身，还算平和地说：“我现在只想学习，没有心思想别的。”

周水绒和梁继凡就在沈听温身后，他的话他们一字不差全听见了。

赵孤晴被拒绝，红了眼圈，但还算坚强，能逼自己笑出来。她说：“这样啊，我知道了。”

梁继凡看赵孤晴那么难受，关键时刻朋友大过天，就顾不上撩拨周水绒了，赶紧去追赵孤晴了。

沈听温扭头看到周水绒，有点儿不好意思，就好像他刚才对赵孤晴说的那句话不是故意装着说给周水绒听的一样。他说：“对不起。”

周水绒笑：“对不起什么？”

沈听温摇了一下头，没说话。

下课后，周水绒要去拿快递，早早走了，梁继凡又找到了沈听温。

还是那个胡同，还是那个站位，梁继凡说：“你说实话，你到底看不看得上赵孤晴？”

周水绒不在，沈听温也不装了，没回答他的问题，走近他，淡淡地说：“把放在周水绒身上的心思收回去，多关心关心你家酒厂下个季度的业绩吧。”

梁继凡愣住了，手里的烟燃着，心跳突然快起来。沈听温知道他家酒厂？他故作镇定：“别跟我吹牛，你如果啥都知道，你还上什么学？你当梨亭是你们家的，你能呼风唤雨？”

沈听温接着说：“你们家跟寿江黑啤酒厂的一个大单会泡汤。对方拿了钱，却交不上货，导致你们现金流断裂。再加上贸易出口审核加强，产品出不去，钱收不回来。你爸进退维谷，急需资本入场维持产业，第一个要找的就是老股东恩凰投资。你可能不知道，恩凰投资人姓沈。”

梁继凡脚底发寒，沈听温的话他听懂了。

果然，这才是沈听温，有在靶场一对十那股劲了。他硬来是干不过沈听温的，他没那个脑子，看来他得收敛一段时间了。

周水绒拿了快递就去小区的健身房办了张卡，她不能停下对身体反应的训练。

她在健身房做有氧训练的时候，她同时勾搭沈听温、梁继凡的说法在网上传开了，还有她跟沈听温走在一起的照片、梁继凡坐在她座位前边撩拨她的照片……

几个女的看图编故事，还说有偿转发，谁转一下帖子，就发一个多少钱的红包，美其名曰“让所有人看到周水绒的丑恶嘴脸，以防再被她的无辜眼神欺骗”。

她们把周水绒编派成了不正经的人，说她之所以转学就是因为在原来的学校跟几个男的不清不楚，说得真假难辨，很多不明真相的人一口吃了这个“洗脑包”，随大溜加入了欺负周水绒的队伍中。

第二章 他说他叫沈听温

徐宿刚在餐馆坐下来，就接到周思源的电话，让他处理一下网上周水绒的照片。他打开手机，还不少，立刻联系传播的渠道，按造谣举报。

花钱删照片最有效，但这样做，造谣的人就更有话说了，会说什么是心虚啊、害怕啊，所以按造谣举报最好。

周思源没空关注学生方面的新闻，可周烟的电话打来了，告诉他周水绒发生了什么，他一上网就沉默了。

他们这么年轻，嫉妒和打击的力度就已经这么大，那些话一个在社会闯荡多年的人可能都说不出来。在岗位多年，他见过最恶的人尚有一块软肋，关键时刻总会为这块软肋妥协。

他们这些还未步入社会、刚成年不久的学生，身上那种置人于死地的决心透过屏幕令人一览无余。

他想起他小时候，“无知的恶”这几个字又萦绕在他的脑海，因为没有善恶是非的观念，所以一眼的讨厌就成了毁灭的根源。

讨厌一个人，可以不需要理由，而毁灭这个人，只要自己讨厌他就够了。

……

周思源越想越多，徐宿回过来的电话才打断了他的思绪。他问：“处理完了吗？”

徐宿应声：“都删了，我会关注后续，再出现再处理。”

挂断电话，徐宿的朋友连连叹气：“这些孩子这么恶毒？好不真实。不知道是不是我那时候一直专注学习，我觉得我的学生生涯好像没发生过什么事。”

“我后来经历的那些灾难，你也没经历过，但它们就是发生了，你觉得不真实吗？”徐宿说。

朋友想起了徐宿父母遇难的事，抿了一下嘴，不说话了。

徐宿买了这顿夜宵的单，说：“所以不要用你的人生经验去质疑别人经历的可能性。这个世上没有一模一样的人生，他不知你一生顺遂的滋味，你也感受不到他荆棘终老的坚韧。”

朋友再抬起头来时，看到的是徐宿25岁的样貌，但他像是有52岁的心智。他真的比过去成熟了好多。

难怪姓方的那个女人跟中了毒似的迷他，这样的男人确实令人着迷。

他拍了一下徐宿的肩膀：“宿，有没有找个女朋友的想法？”

“没有。”

“我看方绮就挺好。”

徐宿没说话，在朋友问出这个问题后，他脑海里有个画面一闪而过——他买饺子那天，打开灯，周水绒的样子。

沈听温知道有人造谣周水绒的时候，事情已经被处理了，但造谣她的内容他知道了，知道了却当作不知道，他做不到。

他找到了造谣事件的发起人，是一个女生，叫陈馥郁，是梁继凡的前女友。

其实也不用找，那人直接给出了自己的大名，说自己是发起人，还表明了自己是梁继凡前女友，生怕别人会抢走她造谣生事的“荣光”，生怕没人知道梁继凡前女友的脑子有点儿不好使。

井贺看了半天的热闹，还给沈听温打电话聊这事：“没想到周水绒是这种人，看着也不像啊。”

没点儿判断力的人就很容易被主观、激动的言论煽动。

沈听温挂了电话，眼角敛起。欺负谁不好，偏要欺负他的周水绒。

陈自谦坐在吧台，旁边是几个他的朋友，他们点了啤酒，还有意大利面，但都没吃几口。

外边的雨很大，鹿生的生意不太好，这几个小青年是仅有的顾客，店长又送了他们两瓶科罗娜。

沈听温进门时，门上的风铃响个不停，所有人都看向门口，只看到他打了一把黑色的伞，伞下的他穿了一身白色的衣服。

清吧里都是紫色光线的射灯，洗净的白色衬衫在灯光照耀下显得尤其白。

有人提醒陈自谦：“沈听温，国大那人。”

陈自谦用拇指和无名指捏着玻璃杯，喝了一口啤酒，看起来对“沈听温”这三个字没什么感觉。

沈听温走到一张散台桌前，坐下来。

店长拿上酒单走向他：“您是一位吗？”

沈听温说：“两位。”

店长点头：“那您是先点，还是等您朋友来？”

说着话，门又被推开，陈馥郁进来了。

几个人看见陈馥郁，叫了陈自谦一声：“欸，你妹妹。”

陈自谦扭头就看到他的亲妹妹陈馥郁。她也看到了他，还有点儿惊讶：“你怎么在这儿啊？”

陈自谦站起来：“我还没问你呢？几点了，你在外边浪什么？”

陈馥郁被陈自谦这么一说，有点儿不耐烦：“你也没回去啊，有什么资格管我？”说完，她坐在了沈听温的对面，还冲他笑：“我来晚了，你找我有什么事？”

陈自谦看着陈馥郁这副模样，气不打一处来。她这才跟梁继凡分开没几天，这就换沈听温了？

他想过去把她拉走，被兄弟拦住了。兄弟跟他说：“别冲动，沈听温跟梁继凡不一样。”

陈自谦这才逼自己忍了，没上前去。

陈馥郁见沈听温不说话，自顾自地点了一瓶气泡酒，然后又问了一遍：“你怎么会想到找我啊？我们都不认识，你是听说过我吗？”

沈听温不动声色：“限你明天八点之前发一封对于造谣周水绒的道歉信，要手写、要有签名，还要有你手持道歉信的照片为证。”

陈馥郁的脸僵住了。

沈听温不喝酒，喝了一口柠檬水，又说：“不然，你哥陈自谦今天晚上跟他这几个兄弟欺负同级一男一女的视频，就会被送到派出所。”

陈馥郁缓慢地扭动脖子，看向了他哥。她知道他哥的脾气，她从来不怕，扭回头来，跟沈听温说：“你吓唬错人了。”

沈听温接着说：“我可以简单地跟你说一下视频中的内容。”说着凑近陈馥郁低语了几句。

陈馥郁脸色越来越难看。

沈听温放下水杯，白衬衫映得他的脸格外白。他很帅，也很恐怖。他说：“明天八点之前，见不到你的道歉信，你就只能去派出所看你哥了。”

话毕，他站起来，拿起伞，往外走，推门离开后，门上的风铃又响个不停。

陈馥郁的腿都软了，陈自谦走过来时她还没回过神，被叫了好几声，她才惊慌失措地抓住陈自谦的胳膊。

她本来因为被管理员删了帖子很是郁闷，却没想到沈听温会约她。

她知道沈听温，有钱，长得帅，除了没有梁继凡张扬，什么都比他强。

她以为沈听温对她有意思，结果他是为了周水绒……

他把她约到这里，就是要告诉她，陈自谦今晚做的事情他都知道，而且有证据。要是闹大了，陈自谦就完了。

周水绒从健身房出来就知道她被造谣了，网上铺天盖地都是对她的污蔑。她看了看，觉得有点儿可笑。正常情况下，她是不会理睬的，但她爸妈为了让她开心，把她送到华国，她不能置他们于险境。

她知道陈馥郁会造谣她，归根结底还是因为梁继凡。他们曾是男女朋友，所以梁继凡找陈馥郁，让她主动承认自己造谣，更好使。

周水绒找到梁继凡，梁继凡还以为她没逃过他的魅力，笑着说："你白天不还装矜持呢吗？"

周水绒开门见山："两个月前几个学校组织的物理有奖竞赛，你险胜沈听温拿了第一名。所有科目里你最好的就是物理，所以没人怀疑这次竞赛的真实性。"

梁继凡一听她要说那件事，沉默了。一是有些惊讶她竟然会知道那件事；二是有些心虚。

"竞赛前一天，你女朋友陈馥郁在体育课上晕倒了，被送到了医务室。医务室旁边是物理办公室，当时物理竞赛的出题人张老师就在办公室，她手边就是物理竞赛的答案。"周水绒说。

梁继凡笑得越发不自然："不是，你说这个是什么意思？我怎么听不懂？"

周水绒就直白地说："陈馥郁帮你偷了物理竞赛的答案，所以你拿了第一，拿到了 6000 块钱的奖金。你用这 6000 块钱给她买了一部手机，她发了很多状态炫耀这件事，你觉得烦，就跟她分手了。"

梁继凡就知道陈馥郁那种有屁大点儿事就发个空间、发个朋友圈的人会坏事。

“分手后你们相安无事，是因为这件事足以让你们相互制约对方。她现在坐不住了，是因为你凑到了我跟前。她不能拿偷答案这件事来要挟你跟她重归于好，毕竟偷答案的是她，她还拿了用奖金买的手机，要挟你等于要挟她自己。所以她就造谣我，以此来换你回心转意。”

梁继凡不承认：“你这都是从哪儿听来的？”

周水绒把手机扔到桌上，屏幕上正是那次物理竞赛的题。她说：“最后一道题，张老师出错了，这道题根本没有答案，所以沈听温才会空了这道题。你答了，还跟张老师提前写下的答案一样。”

梁继凡没话说了，蔫了。

周水绒说：“这不是一般物理知识的题，对还是错，普通人看不出来，专业人士也不会去看大学的物理竞赛题。加上沈听温没声张，所以至今没人发现。我被你前女友这么造谣，我就想把这事说出去。”

梁继凡不怕事，但偷答案拿到第一这事太无耻了，更何况物理还是令他自豪的一门学科，他不想把过去的荣誉收回，更不想被人说不如沈听温。

他认输了，声音很低，都不看周水绒了，她的美貌吸引不了他了。他说：“你要我怎么做？”

“我要陈馥郁删除所有对我的造谣，再公开道歉，对我周水绒道歉。”周水绒说。

梁继凡说：“我去说。”

“明天上午之前，如果我没看到，你物理竞赛不如沈听温，要靠偷答案拿第一的事，就瞒不住了。”周水绒说完，站起来，戴上一顶黑色的棒球帽，朝外走去。

梁继凡低估周水绒了，她不光嘴厉害，脑子转得还挺快。

别说沈听温让他离她远一点儿，就这种心机深沉的女人，他自己以后也会躲得远远的。

雨越下越大，沈听温在路边等车的时候，已经知情的陈自谦追了出来。他有点儿狗急跳墙，上来就是一拳，却落了空，被沈听温躲开了。

沈听温往边上走了两步，眼睛看着路对面，对身侧的陈自谦毫不畏惧："别犯蠢，给你的刑期加码。"

陈自谦不管那一套，双手伸向他，眼看要薅住他的衣领子了。沈听温拿伞隔开陈自谦笨重的身板，把陈自谦推进了台阶下的水坑。

陈自谦那几个兄弟，有的怕沈听温，有的不怕，不怕的全出来了。反正雨夜没人，打沈听温一顿也没证人。加上他们喝了点儿酒，就想着为哥们儿义气打一场架，谁都不考虑什么后果。

梁继凡给陈馥郁打电话，听她说陈自谦和沈听温快打起来了，连忙往清吧赶。

周水绒还没走远，看梁继凡这反应就知道有事，打车跟了上去。

沈诚没教沈听温打架，但架不住沈听温在很小的时候就主动要求学空手道、格斗、古拳法等提升自己武术格斗技巧的训练。

沈听温不知道他能不能打过周水绒，但打这几个人，他可以压他们几个回合。但也仅限于几个回合，他们人多，他寡不敌众，硬来的话，讨不到便宜。

陈自谦的几个兄弟刚出来，远处车灯就亮了。

几个兄弟不敢往前了，拉起摔了一身泥的陈自谦，想先听听他怎么说。

沈听温始终站在一旁，打着伞，刚才一番争斗，他的伞没掉，也没变形，在他手里稳稳当当的。

梁继凡赶过来时正看到这一幕，看到陈自谦一帮人，还有沈听温一个人。他走到中间，先跟陈自谦说话：“是不是喝多了？”

陈自谦火大啊。但他也没到失了理智的程度，好歹受了几年教育，冷静下来见事情捅大了，走了。

周水绒在梁继凡后面过来，看到一帮人离开，不认为这跟沈听温有什么关系，只觉得梁继凡和陈馥郁出事了。谁知道拐出辅路就看到了沈听温。

沈听温也看到了她，惊讶了三秒，然后把手背到身后。他刚才打架时胳膊被划了一个口子。

周水绒看到他这个动作了，淋着雨走过去，把他的胳膊拉过来。这口子一直在流血，雨都洗不净。她把帽子摘下来，摁在他出血的位置，问他：“他们是谁？”

沈听温给她打着伞，不回答，只说：“没事。”

“这叫没事？”周水绒的语气已经很不好了。

梁继凡说：“我觉得陈自谦的事比较大，我刚看他腿那儿……”

周水绒没听他说话，还问沈听温：“我问你，他们是谁？”

沈听温看着她的眼睛，还是摇头：“没事的。”

周水绒有点儿被他的善良气到了：“你的宽容只会换来他们的变本加厉！”

梁继凡虽然没赶上他们打架，但他也知道要是真打起来，这帮人跟沈听温的实力也就是五五开，怎么到周水绒这儿，就是他们欺负沈听温了？

谁敢欺负他？他提醒她：“那几个人一个一个上的话，根本就不是沈……”

周水绒暂时听不进别人的话，尤其还是梁继凡这种在她这里没有信誉值的人的话。她现在就想要沈听温告诉她，他们是谁。眼下给他处理伤口更要紧，她就先叫了车，想着到医院再慢慢问。

黄庄医院，急诊厅。

周水绒去给沈听温拿药了，护士在给他处理伤口，其间护士瞥了沈听温几眼，眼睑抬起落下，印在海马体里的是他深邃的五官。

值得一提的是，即便她心猿意马也没停下手里的动作，还算敬业。

沈听温已经长成了，早脱去了少年的稚气，却又没真正成为一个男人。但就是这种介于男孩儿和男人之间的感觉，要了命，让人不由自主地把目光落在他身上。

就像男人控制不了自己看向漂亮女人一样，女人也控制不了自己在心里为中意的漂亮男人发狂。

护士给沈听温包扎好伤口，嘱咐了一些注意事项，还没说完，有一个人路过又折返。那人盯着沈听温看了几秒，说："沈谕安？"

沈听温淡淡地道："认错了。"

那人又看了他两眼，有些疑惑，却也没再说什么，走了。

护士注意到沈听温说话时特别平淡，跟一般人被认错时的反应完全不一样。别人好歹会有点儿惊讶，或者尴尬，他没有。

护士把注意事项嘱咐完，周水绒回来了，把药放在桌上。

沈听温有点儿腼腆，没好意思看她："谢谢。"

护士看这男生前后两种态度切换自如，那点儿心花怒放收起了百分之三十。耳边突然飘过一句话：弟弟就是弟弟，用一百张面孔跟你玩游戏，让你意乱情迷，他还能轻松抽离。

她不禁打了个寒战，推着医用推车走了。

周水绒把椅子拉过来，坐下："怎么回事？"

沈听温没再瞒她："我是去见一个叫陈馥郁的女生。"

又是陈馥郁。

沈听温说："我看到她哥欺负别人，没忍住多管闲事了，然后就发生了一点儿冲突。我胳膊的口子不是他们划的，是我自己不小心弄的。"

"傻冒儿，就知道为别人着想。"周水绒低声骂了一句。

或许是受瓦妮莎影响，在遇到一个跟她一样被欺负的人时，周水绒就很倾向于他。她给他拧开瓶水，递给他。

沈听温一只手受伤，另一只手摁着打了破伤风疫苗的针眼，腾不出手来拿水。他机械地重复了几个要拿不拿的动作，最后说："我不太渴。"

周水绒看他这么费劲，站起来，把瓶口送到他嘴边："张嘴。"

沈听温抬头看了她半天，在她重复了一遍后，微微一张嘴，双唇轻贴在瓶口。

周水绒慢慢抬瓶子，水缓慢地流进沈听温的嘴里，其中有半口不听话地不进嘴，偏要顺着他的嘴角、下颌往下流，流过他滚动的喉结……

周水绒很无意地看了一眼，这一看就让她莫名其妙地咽了一口口水。

她立刻收回目光，但喂人喝水又不能不看着。这一看吧，她又会奇怪地咽口水。她想来想去就只能看嘴了，心想他赶紧喝完。

谁知道沈听温喝水这么慢，那张嘴、那截时不时吐露出来的小粉舌头，还有那排整齐洁白的小狗牙。她看着感到更奇怪了，既奇怪又尴尬，最后不给他喝了。她把水拿走，说："我叫车，把你送回去。"

"不用了，我自己回去就好了。"沈听温说。

周水绒没听见似的，硬是叫了车。

车上，两人一句话没说。一直到沈听温家小区外，沈听温说了句"我到了"，周水绒粗粗回了个"嗯"。

沈听温手臂稍微动一下就会扯到伤，所以他解安全带就有点儿困难。

周水绒看他这么费劲，伸手帮了他一下。她手伸过去时，两个人面对面，沈听温带着柠檬味的呼吸就这么拂过她的脸。

时间静止了三秒，周水绒解开安全带，还给他打开了车门，然后坐回去。

沈听温没立刻下车，说了句“晚安”才迈出车门。

周水绒没看他：“晚安。”

沈听温下车后，司机问周水绒接下来去哪儿，她正要答，沈听温又返回，弯腰看着车里的周水绒。这一次他音量很小，还有点儿端着的意思，显得很深情：“谢谢。”

陈馥郁拍了一个道歉视频，还写了一封很长的道歉信。周水绒被造谣的事就这么告一段落了，但还是会有人装傻。

为什么装傻？没为什么，就是讨厌周水绒。

她们自己也无法分辨对周水绒的这种情绪是不是嫉妒，又或者她们知道，但就是不承认。

周水绒看到道歉视频的时候并不意外，她以为是她自己办到的。直到陈自谦被送到了少管所，陈馥郁的新对象跑到十六班门口，对着沈听温破口大骂：“沈听温！你出尔反尔！”

班上的人差不多到齐了，沈听温被这样突然袭击，大家全蒙了，纷纷看向沈听温。

沈听温没点儿反应，就好像那个人骂的不是他。其实他不理会是对的，因为这个人这么堂而皇之地到别人班上骂人，处分是挨定了，沈听温没必要给教务处送一个陪衬。

这不，那个人刚痛快了嘴，年级主任就上来把这人带走了。

十六班又恢复了平静。

周水绒全程观察沈听温，他居然没表现出紧张或者慌乱，这跟他胆怯废物的人设好像有些出入。还有，刚刚那个人说的“出尔反尔”，是什么意思？

早自习下课，沈听温要喷药，没去吃饭，周水绒不饿，也留在了教室。起初，她看了一会儿沈听温笨拙的动作。她看他是真的费劲，就过去帮他了。

“谢谢。”沈听温说。

周水绒给他喷好药就回去趴着了，态度有些冷淡。

沈听温以为她累了，没多想，到她桌前问她要不要吃点儿什么，他要去超市，顺便给她买回来。

周水绒趴在桌上，睁开眼，看着他，答非所问：“你用微信，但不上网，你不觉得有点儿矛盾？”

沈听温的本事足以让他轻松应对这种问题。他说：“微信的主要功能不是联络？”

这个答案很正常，是个人都能下意识地回答出来，似乎周水绒的问题就应该配这个答案，但不知道为什么，周水绒有一种陌生的感觉。

为什么陈馥郁的男朋友要说沈听温出尔反尔？应该是沈听温答应了他们不告发陈自谦。那作为交换，他想得到什么呢？

换句话说，他可以在陈馥郁身上得到什么呢？

周水绒结合最近发生的事，合理分析，觉得跟她有关。就是说，陈馥郁的道歉视频不是因为梁继凡找了她，是因为沈听温找了她。

最好是她想多了，不然她就把沈听温宰了喂狗，原因很简单，蓄谋欺骗，罪加一等。

沈听温见她没什么要吃的，转身去超市了。他知道，陈馥郁男朋友过来骂他这件事，周水绒一定有所怀疑。他不准备补救，反正按照周水绒的智商，他也瞒不了多久。被拆穿再想办法，反正跟别人比，他已经通过这些小手段近水楼台了，这就够了。

周水绒的月考成绩不太理想，班级中等水平，偏逻辑计算的学科还好，涉及语言的学科都一言难尽。班主任说到其他成绩不理想的学生时，话都不太好听，到周水绒这里时，态度很柔和，后来分配小组时还把语言方面最好的学生分给了她。

这让那些嫉妒周水绒的学生更嫉妒她了。

周水绒刚转来就跟沈听温、梁继凡传出绯闻，陈馥郁站出来说了“实话”，让大家免于被她蒙骗，却被逼着道歉。班主任还对她那么好，她的文科成绩都垫底了，硬给她配了个最好的搭档……她太可怕了、太可怕了，他们学校怎么转来这么一个深不可测的人呢？

他们开始在QQ空间、朋友圈、短视频APP里啊，阴阳怪气地说她。不敢明着说了，就暗暗地给她编故事。

周水绒没转来时，这帮人造谣的对象是赵孤晴，在陈馥郁所谓的“曝光”之后，那些集中在赵孤晴身上的火力就转到周水绒身上了。

赵孤晴在厕所听到她们说周水绒的时候，并没有多开心，她感同身受，知道周水绒多无辜。

上午体育课，赵孤晴他们班跟周水绒他们班撞上了。自由活动的时候，赵孤晴和祝加夷在看台上听到自己班上的两个女生在议论周水绒。

周水绒正在打网球，头发梳起来了，还戴了个发带。她上身穿了一件白色的T恤，下身穿到膝盖的黑色短裤，脚上是白色球鞋，还有一双到小腿的白色袜子。

跟以往那些一上球场就穿齐腿根热裤的女生相比，她已经很正常了，却还是要被污蔑。

那两个女生说得很激动。其中一个说：“穿得就不像个正经女孩儿。”

另外一个女生附和她：“刚才我看见她的腹肌了，你见过学生练腹肌？我听我奶奶家那边一个医生说过，像这种有腹肌的女孩儿都是为了掩饰什么。”

“掩饰什么？”

“刀口或者妊娠纹。她肯定生过孩子。”

“真的假的？”

“我骗你干什么？那个医生是从国外回来的，很专业的，他说的能是假的吗？”

“不知道沈听温知道不知道。”

“可怜了沈听温，就这个周水绒还不如赵孤晴呢。赵孤晴虽然骚操作多，但至少没有私生活混乱的谣言吧？”

“也别说我们酸。周水绒敢做那些事，还不让人说了？”

“就是。那天有个周水绒的小粉丝，说我们就是眼红她刚来就有那么多关注，所以才说她。我差点儿笑死，谁眼红她啊，我们就是单纯看不惯她。”

“她享受别人没有的关注，就得承受议论。”

“对啊，她要是没那么装，谁想说她呢？还戴发带，就会勾搭男的。”

……

祝加夷听不下去了，挽住赵孤晴的胳膊：“咱俩去小操场待会儿吧？”

赵孤晴拿开她的手，走到那两个女生的跟前：“你也说了是谣言，还把谣言当事实说得有鼻子有眼的？以前造谣还是看图说话，现在没图都可以造谣了吗？”

两个女生也不是善茬儿，被她这么一说也不脸红。其中一个还反驳：“又没说你，你急什么？”

另一个女生跟她一唱一和：“哦，周水绒来了，没人注意你了，你不爽了？那你找她去啊。不敢跟她正面刚，就欺负我们这种弱小的人。”

祝加夷不爱听了，走上来：“你屁股跟嘴装反了？怎么一张嘴就熏得人难受？”

赵孤晴拉住祝加夷的胳膊，抬头说：“有一种人，只会在优秀的人身上找缺点，然后把针尖大的缺点放大一百倍，以此来平衡自己的嫉妒心。这种人永远都只能望着优秀的人，永远都不优秀。”

她说完便拉着祝加夷走了。

走远了一些，赵孤晴呼了口气：“第一次反驳人，有点儿害怕，哈哈哈！”

“那你还为周水绒说话？你那两天因为沈听温对她好，不是还偷着哭来着？”

“我难过的是沈听温不喜欢我，喜欢她，这跟周水绒有什么关系？而且我们都知道传的那些是假的啊。她是从国外转来的，陈馥郁怎么可能知道国外的事？”

祝加夷说：“你以为她们传这些谣言，是因为相信吗？”

赵孤晴当然知道她们是为什么：“她们只是要一个攻击周水绒的理由，哪怕它不合理，她们也会脑补加编故事，让它听起来合理。”

祝加夷瞥了一眼远处的周水绒：“但我看她好像不太在乎这些谣言。”

赵孤晴也看过去，说话时有些羡慕，还有些自惭形秽：“所以她有魅力啊。”

祝加夷一搂她肩膀：“不想了，晚上咱俩去吃烤肉吧，有一家新开的店还不错。”

周水绒打完网球，班主任分配给她的那个小组搭档走了过来，递给她一瓶水。她没接，说：“直说。”

那男生说：“来混个脸熟，以后你有问题可以问我。我叫傅邻英。”

周水绒看过这人的博客，是个沉迷于海内外古典文学的人，还喜欢古风穿搭，上传过自己装扮成历史人物的照片。

她态度很淡：“你好。”

“我把我写过的几篇论文整理好了，你有空可以看一下，看了就知道这边的论文该怎么写了。”

他们两个人并排着往教室走，篮球场上的沈听温瞥见这一幕，本来稳进的三分球，硬是偏了三厘米，球磕在球框上，弹飞，掉了下来。

井贺哭了：“这都没进，不是吧。哥，你昨晚是没睡觉吗？这几次操作也太菜了。”

旁边有人体谅沈听温，说：“他胳膊还没好呢，水平欠点儿，正常。”

沈听温从受伤到现在，好几天过去了，胳膊上的口子快要好了。自从陈自谦进少管所的事传开，周水绒就不理他了。他昨天搬器材时掉了一盒图钉，他费力地弯腰捡，她路过时连眼睛都没眨一下。

沈听温早就料想过这个结局，周水绒那么聪明，她或许会被蒙骗一时，但不会被蒙骗一时多一刻。她只要开始怀疑他，他就无处可藏了。

周水绒和傅邻英走过学校里的泡桐树林道，傅邻英跟她聊起了前几天的事：“那个，网上那些你别当真，他们都是三天热乎劲，过了三天就又议论别的了。”

周水绒没当真。如果不是怕自己太引人注目给司闻带来麻烦，她才懒得管他们的嘴。她说：“没事。”

傅邻英突然走到她前面，转过身来，看着她，倒着走。他说：“你喜欢古风吗？你穿古风的衣服一定很好看，要不要尝试一下？”

周水绒没穿过，说：“算了。”

傅邻英也不尴尬，笑笑：“那好吧。”

两个人后来就没说话了。回教学楼要经过露天洗手池，有两个女生正在聊刚才看台上的事：“赵孤晴还为周水绒说话？那几个女的就是疯狗。你看吧，晚上就会有骂周水绒和赵孤晴的话出来了。赵孤晴真的太蠢了，好不容易被移除狙击目标了，她还上赶着去找骂。”

“没准儿她就是蹭周水绒的热度呢，毕竟之前她是被议论的那个，现在没她的份了，哈哈哈！”

“也对，有这个可能。”

周水绒听到自己的名字，正要停下来看看说话的几个人是谁，跟赵孤晴吵起来的那两个女生走了过去，阴阳怪气地说：“就知道在背后嚼舌根，也不知道谁是疯狗。”

被说的两个人不乐意了：“你说谁？”

“谁搭茬儿说谁。”

“你不是疯狗是什么？跟陈馥郁天天说这个说那个。说完赵孤晴，现在又说周水绒。你们敢造谣，还怕别人说你们了？”

傅邻英听着烦，提醒周水绒：“我们走吧。”

周水绒看了一眼手表，还有八分钟才上课，就准备跟她们聊两句。

傅邻英伸了下手，抓了个空：“哎，你别去啊！哎！”

周水绒走到水池旁，把网球拍放在边上，扳动水龙头，平静地洗起手来。

旁边吵起来的几个女生注意到她，声音都变小了。

她们摸透了赵孤晴是个软柿子，所以会回嘴，但还没摸透周水绒。她们不知道她听到她们说她会怎么样，未知让她们闭上了嘴。

周水绒洗完手，重新拿起网球拍，说：“你们说的周水绒，是我吗？”

这几个女的当中有怕的，上来就说：“我们没说别的，就说你是转学生。”

“那我怎么听到了不干净的词？”

怕的那个脸红了，不敢说话了。

不怕的直接就说：“跟你说话了吗？你装什么呢？”

周水绒慢慢地走近：“你说什么？”

旁边两个女生互相看了一眼，偷笑了两声，有点儿幸灾乐祸。

傅邻英也傻眼了，这周水绒要控制不住脾气，肯定要被通报批评，搞不好还会被开除学籍。一般人在学校都不敢这么明目张胆，她是真不怕处分啊。

周水绒盯着对方的眼睛："管好你的嘴，还有你敲键盘的手，不然陈馥郁现在怎么哭，你会比她哭得还要惨。"

被戳在墙角的女生感到一阵晕眩。

她那个朋友小跑上来，扶住她，对周水绒说："我们以后不说了。"

周水绒这才收回网球拍。

那两个看热闹的女生一看周水绒这么刚，自己一个人都敢动手，也笑不出来了，趁她没注意到她们，赶紧走了。

周水绒扭头回班上，傅邻英缓过神来，跟了上去。

靠在西南角、双手插在裤兜，把这一幕看在眼里的沈听温把搭在肩膀上的衣服拿在了手上，回了班上，什么反应都没有。

回到班上，傅邻英跟周水绒说："这要是让学校知道了，明天课间就要对你通报批评了。"

周水绒把书拿出来，就像她刚才那么平静："随便。"

傅邻英觉得周水绒跟以往那些被议论的女生不太一样。他说："以前也有人跟你一样被说三道四，但因为很多事都无从澄清，最后都选择了承受。当然，有的承受住了，有的心理健康出现问题，退学了。像你这样正面刚的，我还没见过。她们可不是一两个人，她们是一个群体，我怕你会因此被骂得更惨。"

周水绒说："我为什么要承受？"

傅邻英沉默了。

周水绒翻开题库开始看题："她们骂我，难道我就要受这种委屈？她们很特殊？"

傅邻英觉得她的思想跟普通学生不一样，说："被小人黏上以后有你受的，退一步海阔天空，你刚转过来，没必要。她们人多，人多了就不怕事，这要是变本加厉，你怎么办？”

周水绒写着题，淡淡地说：“只要我够强，校园暴力就暴力不到我头上。”

傅邻英一怔，这女的好刚。

沈听温进班时，身后跟着个老实学生，手里搬着两箱原味苏打水，搬到讲桌上，手敲了敲黑板，说：“少爷请咱们喝水了！”

“少爷”这一称呼，是一些学生在沈听温出手阔绰的时候用来调侃他的，其实讽刺意味更多。

班上的人一阵欢呼。

沈听温手里有两瓶水蜜桃口味的，路过周水绒的桌前，给她放下了一瓶。

周水绒微微抬眼，看了一眼这瓶水，还有放下这瓶水的手。沈听温的手辨识度太高了，她认得。她什么也没说，接着写题。

体育课之后是自习课，傅邻英换到周水绒旁边的位子，帮她纠正写作中错误的修辞。

傅邻英文笔很好，他百分之八十的文章都上了杂志，他还给某知名媒体写过软文。有他指导周水绒，周水绒仅用一节课就掌握了用现代现象这一角度去写古代经典论题的精髓。

她喜欢这种醍醐灌顶的感觉，整节自习课全神贯注，还把傅邻英出给她的题目列了一个大纲。

沈听温在不远处刷题，刷得他有点儿烦躁：这题就不能有点儿难度？这么简单做什么？

下课后，傅邻英把自己总结的容易被认错的成语集给了她：“这个也给你吧，你刚回华国，多学习一些成语很有用。”

周水绒为表感谢，把沈听温给她的那瓶水给傅邻英了。

沈听温亲眼看着她把那瓶水给了傅邻英，正在画图的铅笔就这么断头了。质量真够次的。

下午最后一节课的课间，主任来了一趟，叫走了周水绒。

沈听温不动声色，傅邻英则跟了出去，他觉得主任知道了周水绒那件事。

主任办公室。

主任问周水绒："有几个女生说你打她们了，有这么回事吗？"

周水绒面不改色："没有。"

主任盯着她，似乎是在找她说谎的可能："你别想糊弄过去，我可知道发生了什么。"

"您要是知道，就直接通报了，还找我干什么？"

主任一挑眉，心想这学生还挺聪明。但她还是严肃地说："你少跟我耍小聪明，别以为你是个国际生，我就给你开后门。在国大，一视同仁，谁违反纪律谁就挨处分！"

"我真没有。"周水绒又说。

主任又盯了她半晌，看她这从容的样子也不像是说瞎话："行了，你出去吧。"

周水绒出了主任办公室就看到傅邻英了，他迎上来："没事吧？"

"没事。"

傅邻英在门外听到了里边的对话，他发挥想象说："你很笃定，另外两个女生为了不给自己惹麻烦，根本不会站出来指正你。"

周水绒没说话，默认了。

傅邻英抓了抓头皮，突然觉得有点儿发麻。

下课后，梁继凡和沈听温又面对面地站在了老地方，周水绒走的时候又看到了，沈听温还挽起了袖子，胳膊上的伤口触目惊心。但这一次，她理都没理，直接走了。

沈听温见这苦肉计不管用了，把挽起的袖子放了下去。

梁继凡还有事，没空跟他耗着，便说："不是，你找我干吗啊？咱俩很熟吗？"

沈听温要确认一件事："陈馥郁在网上造谣的事，周水绒是不是找你了？"

梁继凡抬眼看他："我为什么要告诉你？"

沈听温把他摁在墙上："以后只回答问题就行了，别说废话。"

梁继凡一会儿还有事，没空跟他耗，便推开他，不耐烦地说："行了行了，不就是周水绒吗？找了，她想让陈馥郁道歉。"

"你没趁机跟她提条件？"

说到这个就来气，梁继凡说："就她？提条件？可拉倒吧，那娘们儿可毒了，你自己享用吧，我是无福消受了。"

沈听温猜测："她有你的把柄？"

"这你就别问了，反正事就是这么个事，以后我绝不招她。"梁继凡说完冲沈听温伸了手。

沈听温从钱包拿了 200 块钱给他。

梁继凡拿上钱，又拿"少爷"这词讽刺他："得嘞，少爷以后接着找我，反正您有钱，您说了算。"

沈听温知道陈馥郁造谣的事周水绒可以应付，但就是管不住自己，看到那些污蔑，他比她本人还难接受。可操心的下场就是被怀疑，恐怕以后周水绒都不信他了。

他单肩背上双肩包，双手揣兜地走出了胡同。

周水绒没走，她就靠在胡同口树上，沈听温刚出胡同就跟她对上了眼。

沈听温知道自己完了，但处变不惊是他的特色，所以也没太表现出来，还自然地跟她打招呼："还没回去吗？"

周水绒把绑在额头上的发带缓缓摘了下来，叠好，像是没听他说话。

沈听温邀请她："要不要一起吃饭？我奶奶家那边有一家……"

周水绒开口了："你跟我装什么呢，沈听温？"

沈听温一装到底："我不知道你在说什么。"

周水绒的背离开树干，走向他："陈自谦进少管所你有汗马功劳，我在想那跟出尔反尔有什么关系，为什么陈馥郁那个男朋友要说你出尔反尔？我就去了解了一下。道歉果然是你提出来的。我就说她道歉怎么这么规范？原来是有沈少爷暗中指导。"

沈听温说："我就是想，反正事情也发生了，就顺便帮帮你。你之前也帮我来着，不是吗？"

"问题是，你可以跟我说实话，但你没有，你跟我装蒜。"

"我不喜欢邀功，所以没说。"

呵，还挺牛，总算来一个能打的了。周水绒说："那你明明能保护自己，还能保护别人，为什么还给我一句一句的'没关系''我没事'？"

沈听温说："我没骗你，确实没关系。"

周水绒听懂了，合着是她想多了，她自己没弄清楚，看到他懵懂无知的小眼神和他息事宁人的态度，就直接在心里认定他是个"小废物"。

这是说她有眼不识金镶玉呢。

她真对不起司闻教她识人辨物那番苦心，刚回国就栽在了一只披着羊皮的狼手里。行，可以，这亏她吃了，这个跟头她记住了，但就这一次。

她没什么可说的了，拿出手机，当着沈听温的面，把他的微信删了，说："以后，少在我跟前晃悠，看着烦！"

沈听温看着她的背影，百感交集谈不上，但也挺烦，哪怕他早就想到了这一天。

周水绒摘掉对沈听温的滤镜，他就是个眼毒心黑的练家子，手腕比头发多。这么明显的阴谋家特质，她竟然没发现。还以为他是只小白兔呢，闹了半天，她才是只小白兔。

当然，她通过反思，还是发现了自己会陷入圈套的原因——这沈听温知道她吃软不吃硬。

他像是很了解她，每一步都精准地踩在她的软肋上，这还挺有意思的。她去过那么多学校，聪明的不是没见过，装傻的她还是第一次见。

胡思乱想着，她走到一家便利店，买了一瓶冷饮喝。这天，这火气，她得给自己降降温。

赵孤晴在她后面进来，买了瓶酸奶，但手机关机了，没法儿付钱，脸通红。收银员上下打量着她，眼神并不友善："先让下一个吧。"

赵孤晴抿抿嘴，准备把酸奶放下了。

周水绒走过去，给她付了钱。

赵孤晴扭头看到周水绒的侧脸，她的鼻子长得太好了，嘴唇也是。她侧脸的轮廓像是一块磁铁，吸引着赵孤晴，怎么都挪不开眼。

出了便利店，赵孤晴跟周水绒道了谢："我们加个微信吧，回去我还你钱。"

"不用。"周水绒说完就走了。

赵孤晴双手攥着酸奶，看着周水绒的背影，发起呆来。

祝加夷过来时看到她走神儿的样子，伸手在她眼前晃了晃："看什么呢你？"

赵孤晴这才回神："没事。"

祝加夷钩住她的脖子："欸，你听说周水绒打人的事了吗？这女的好刚，空间和朋友圈都传炸了。本来挨打那人把这事传播出去，就是想以此证明周水绒心狠手辣，没想到全都是嘲笑她们的，说她们四个被周水绒一个给撂倒了。真解气！克星来了，看她们以后还敢不敢胡乱造谣了。”

赵孤晴想起周水绒的侧脸，没说话。

沈听温回家没看到沈诚和温火，只有沈乃衣在会客厅。她在画画，画落地窗外百来平方米的庭院。

沈乃衣毕业于佛罗伦萨美术学院，然后去俄罗斯待了半年，后来在丹麦找了一个做画家经理人的男朋友，开始了她的成名之路。

她男朋友成功炒热了她的一幅《毕士达露台》，最后以 600 万元的价格成交，让她一跃成为当代最具影响力的写实派画家之一。

再后来，为了敛更多的财，她男朋友怂恿她打开了华国市场。

娴熟的操作、狠辣的眼光，让他们迅速在华国站稳脚跟。现如今，他们有华国最大的收画和销画的渠道，还签了几个很有潜力的画家，地位不可撼动。

当然，这一切都建立在她是沈诚女儿的基础上。

沈听温先去冰箱拿了瓶水，顺便给沈乃衣也拿了一瓶。

沈乃衣画她的画，眼都没抬：“妈说你要出国了？”

像他们这种家世的孩子，出国都是出生就定下的，这都要变成一个规矩了。甭管国外的留学圈多么名不副实，也要把孩子送出去，镀一层金回来接手家族企业。

沈诚和温火的态度还好，他们也不太管孩子。倒不是任他们自由生长，是他们那点儿时间还不够过二人世界呢，没空管。

“消息该更新了。”沈听温说。

沈乃衣抬起头来：“怎么又不去了？”

“不想去了。”

沈乃衣一眼就看出他的猫儿腻了：“谈恋爱了？”

“管得着吗？”

沈乃衣一瞥他：“你小心魂儿被勾走了。”

“是我把她的魂儿勾走了。”

“你就吹吧。”

沈听温不想跟她说了，便问：“他们人呢？”

沈乃衣站起来，伸了个懒腰：“审你姐夫呢。”

“把野男人带家来了？”

沈乃衣隔着三米朝他踢了一脚，拖鞋飞出去，砸在他胳膊上：“那是你姐夫，什么野男人？”

沈听温不跟她说了，上楼去了。

沈乃衣看他跑了，这才有时间琢磨他刚才说的话。他把谁家姑娘的魂儿勾走了？周夕宥吗？

吃完饭，爷爷奶奶走了，沈诚有事也走了，家里就剩下温火、沈听温，还有沈乃衣和她的“野男人”。“野男人”从进门就献殷勤，殷勤了一晚上，这会儿其他人都走了也不放松，醒酒、倒酒都是他一人的活儿。

温火说：“别紧张，我们家人很好相处。”

“野男人”不敢。往前倒个百年，在讲门当户对的年代，沈家这样的人家，他有状元身份加身都高攀不起，能娶到沈家的闺女，是他家祖坟冒青烟了。

现代人不讲这个，但家庭实力悬殊的两个人走到一起，这日子也没那么好过，这点儿道理他懂。

温火看他那根弦松不下来，不管了，回了自己房间，不跟他们几个同龄人掺和了。

“野男人”接着给沈乃衣和沈听温倒水、倒酒，沈听温觉得他有点儿过了。

沈乃衣一看沈听温的表情就知道他心里在想什么。在她男朋友去卫生间时，跟他解释说：“你就不能睁一只眼闭一只眼？”

“这么会演的人，你也不怕被他骗了？”

“你不会演？小时候妈一上我房间，你就委屈巴巴地说‘妈妈你陪姐姐吧，不用管宝贝的，宝贝一个人一点儿也不害怕’，你是失忆了吗？”

“那不是我。”

沈乃衣一瞥他：“什么感情在开始时不用装？你不知道爸妈的恋爱史吗？那时候他俩都对着演戏。”

沈听温想到了他对周水绒使的那点儿小伎俩，是挺好用的。

“生活有时候不需要全都是真的东西，假一点儿没什么不好。”沈乃衣看着杯里的酒，“想真了真，想假了假，想装了装，想刚了刚，事来了办事，没事了看风景，你不觉得挺好？”

她可以允许她男朋友假一点儿，因为她也没一直真诚。

沈乃衣说话时，沈听温脑袋里都是周水绒。他装得一手可怜，有幸被她护在身后，短暂拥有了她的温柔。现在他的谎言被拆穿，原形毕露，索性不装了。

他也不能总让喜欢的女孩儿来保护他吧？男人如果不能保护自己喜欢的女孩儿，就别当男人了。

说着话，周夕宥来了——沈诚的好兄弟唐君恩的侄女，天才钢琴家，跟沈听温算是青梅竹马。

沈听温看见她来也没什么反应，他该走就走。他说：“我先走了。”

周夕宥不让他走：“怎么我一来你就要走啊？”

沈听温理所当然地说："那你不反思一下自己是不是招人烦？"

周夕宥习惯了他说难听话，早免疫了。她说："你手里有你们学校校庆的门票吗？"

国大校庆开幕的前一个星期，校方会印一沓门票，免费，自由发放。通常，有准备节目的学生会拿到票，然后给自己校外的家人、朋友，邀请他们来看。

周夕宥见沈听温不答她，又问了一句："有没有？"

"没有。"

"你不是你们学校的风云人物吗，你怎么可能没有？"

沈听温没再搭理她，走了。

周夕宥走到沈乃衣身边，搂着她的胳膊："姐，你看他那德行，成天耷拉着个脸，跟谁欠他多少钱一样。要不是他长得帅，还会点儿三脚猫的功夫，准得天天挨打，你信吗？"

"这又不是你跟在他屁股后头一口一个'哥哥'的时候了？我记得你那时候的新年愿望都是长大以后嫁给他，现在长大了，后悔了？"

其实周夕宥去年就表白过了，但沈听温拒绝了。周夕宥赶紧解释道："我可没喜欢过他。那都是小时候打闹。"

"那我一说他在家，你立马就过来了。"

"我想要他们校庆的票啊。他们学校组的那个乐队很有名的，参加过两次音乐节了，我听说他们想要一个键盘手，就想去试试看自己够不够格。"

沈乃衣还以为他们谈恋爱了，现在一看，是她想多了。

沈听温晚上十点多回到自己的住处，洗澡，上床，拿起手机。

他看着跟周水绒的聊天界面，不敢发消息，因为那样就会看到一个红底白色的感叹号，还会收到一个"发送朋友验证"的提示。

周水绒心挺狠的，她删好友时没有一点儿犹豫。

他怎么都没想到陈馥郁会让她的男朋友来骂他，要是没有这一件事，周水绒不见得能看出破绽，出租车上的一幕还能再来一次。

想到那天周水绒吞口水的样子，他的心情变好了一些。其实，她是动心了吧？他那几个举动之后，周水绒分明有了反应。

她当时有点儿呆，有点儿莫名其妙和手足无措。环境暗，他也没看出来她有没有脸红，但光是那些小反应就已经很可爱了。

他想着，翻了个身，手机放枕头上，先把给周水绒的备注改成“老婆”，然后把周水绒的头像放大，食指轻轻点了点，笑在嘴角展露：“迟早让你叫老公。”

周水绒的周末很枯燥，写了好多作文，然后是健身、看犯罪电影、顺手写影评，写完打了两把 LOL，输一把，赢一把，没劲，换了一身衣服去逛街了。

她刚出门就接到了徐宿的电话，徐宿问她在学校的情况，顺便提醒她记得去拿快递。

“什么啊？”周水绒问。

徐宿说：“我给你寄了点儿信源这边的特产，你嘴闲的时候吃。”

“嗯，好。”

“有事给我打电话。”徐宿停顿一下，又说，“没事也可以打给我。”

周水绒还记得周思源说过的话，便说：“我小舅舅让我没事别烦你，他说你很忙。我觉得他说得对，我不能耽误你执法救民。”

她在开玩笑，徐宿却觉得不好笑：“我可以救助人民，也可以保护好你。”

“知道了。”

电话挂断，徐宿去用冷水洗了一把脸。他一定是疯了，且不说她是谁的女儿，她还小，他到底在干什么？

周水绒戴着耳机，闲庭信步，不知不觉就到了学校附近——她最近有些熟悉这条路了。

学校附近有个室内运动馆，还挺大的，内置篮球、网球、羽毛球、台球等各种运动的场地。她突然手痒想打台球，就溜达进去了。

前台有两个女孩儿在聊天，一个留着脏辫儿高马尾，另一个留着粉色公主切。她们嚼着口香糖，问她："几个人？玩什么？"

周水绒想打台球，问她们："台球能跟人拼桌吗？我就一个人。"

两个女孩儿摇了摇头，正要说"不行"，旁边走过来一个男的。他胳膊搭在前台，跟两个女孩儿说："让她跟我们拼吧。"说完冲周水绒笑了下，说："只要你不嫌弃我们几个爷们儿。"

周水绒扭头看了一眼不远处的台球区，有几个 20 岁左右的男的，看起来是附近的上班族。

这男的拿了两瓶水就领周水绒过去了。他的几个朋友一看他带回一个小姑娘，眼睛都亮了，问："你去拿两瓶水，怎么还拐个妹妹过来啊？"

有人还跟周水绒拆他的台："妹妹可得擦亮眼，这哥们儿不是什么好玩意儿。"

周水绒也不是什么好玩意儿，就是打个球，没那么多事，没搭理他们的调侃。她拿了一根球杆，问："你们玩的是九球？"

带她过来的男的眉梢一挑："你会？"

周水绒没答，用标准的姿势拿杆，把球案上的六号球打进了球洞，然后是七号、八号，八号没进，换到下一个人击球。

她虽然只打进了两颗球，但也够叫这几个男的刮目相看了。从手法到水平，一看就是有师父教过。

几个男的各怀鬼胎，有个别人已经在琢磨怎么加她的微信了。

运动馆内置超市，卖各种运动饮料，还有零食，井贺去拿水的时候看到了周水绒。他起初还以为自己看错了，拿着水走近了一瞧，不是她是谁？他叫她：“真是你啊，周水绒！”

周水绒扭头看到井贺，抬了一下眼，往四周看了一眼。

井贺知道她在找沈听温，说：“他打球呢，你要去看吗？”

“不去。”

井贺也没强求，给她放下一瓶水：“那我先过去了，一会儿你想看了，来篮球厅找我们。”

周水绒没搭理他，回头接着打台球。

几个男的接着套她的话，问她“多大啊”“上什么学校啊”“住在哪儿啊”……废话特别多。

井贺回到篮球厅，一屁股坐在了沈听温旁边，正好压住了另外一个男生的毛巾。男生扯着脖子骂他：“井贺，你坐我毛巾上了，赶紧给我起开！”

井贺从屁股底下把他的毛巾抽出来，扔给他：“给你给你！”

沈听温拧开一瓶水，喝了两口。他在学校的时候，前边的头发是放下来的，在其他人眼里有点儿奶；在学校外边，他的头发都是拢到后面的，打球的时候偶尔会戴个发带。

井贺他们跟沈听温关系一般，沈听温很少跟他们玩。他业余生活还挺丰富，也不总是有空。

那为什么井贺他们还死乞白赖地叫他一起打篮球呢？这就要说到啦啦队了。有沈听温在，看球的女的就多，他们就能沾他的光。

井贺跟他说：“你猜我在外边看见谁了？你绝对想不到。”

沈听温不感兴趣。

“周水绒！她在外头打台球呢，跟一帮上班族，都是男的。”

听到这个，沈听温喝不下去水了，把水瓶递给他，站起来就往外走去。

观众席上的赵孤晴看到这一幕，挺起了身板，眼循着他的身影，看着他走出了篮球区。

祝加夷也觉得奇怪，问：“下半场要开始了，他干吗去了？”

井贺追了上去：“等等我！”

赵孤晴和祝加夷见状，也下了观众席，跟了过去。

沈听温出来就看到周水绒正趴在台球案边打球。她倒是专心致志，完全没发现旁边几个人心猿意马，眼睛一直盯着她的短裤……

他走过去，站在她身后，给她挡住了那些不怀好意的目光。

有人问他是谁，周水绒扭头看了一眼，她没见过沈听温这种风格——他把头发全拢到后头去了，看着很刚，极富野性。

如果他一开始就是这副样子，周水绒觉得自己肯定不会被骗。

沈听温眼神淡淡地扫过那几个人，扭头问周水绒：“你过来了，怎么不去篮球厅？”

周水绒把球杆杵在地上，双手扶着，很疑惑地说：“我又不是来找你的。”

沈听温问：“还生我气呢？”

“你想多了吧？咱俩熟吗？”

“我错了，你能不能不跟我吵架了，我保证以后什么都跟你说。”

周水绒多稀罕他什么都跟她说？“别介，您金口玉言，别对着我说了，我不配听见。”

看她的学习能力多强，跟梨亭人混了这些天，梨亭口音信手拈来。这两句话说得颇以假乱真，至少那几个男的没觉得她是外来人。

沈听温冲她伸出手，拉住她衣裳的袖口，那个乖巧的小模样又回来了："我错了，对不起。"

周水绒知道他什么德行之后，再看他就觉得：这也太会装了！

沈听温走近她一步："在出租车里时，你还很开心。"

什么出租车？出租车什么？在场的人都蒙了，他们是情侣吗？是吧？这个对话，感觉就是女朋友生气了，男朋友在哄啊。

原来名花有主了。那几个男的什么想法都没有了。

后赶来的井贺没见识到沈听温惊艳绝伦的演技，就看见周水绒沉着脸，神情好似要杀人了。他吓得一哆嗦，没敢太靠近战场。

周水绒转了一下脖子，眼里的杀气消了一半，看似温柔地牵住了沈听温的手："那我们找个没人的地方再开心一下，好吗？"

井贺傻眼了。沈听温知道，他要挨打了。

周水绒牵着沈听温的手，把他带到了楼梯间的角落，然后把他摁在墙上，直接薅领子、掐脖子，照着脑袋就是一巴掌："没完没了？你到底想干什么？"

沈听温任她打了一通，接着双手覆在她腰后，把她压进他怀里。

周水绒见沈听温搂住了她的腰，眉头紧锁，挣了两下没挣开，抬眼瞪他，说："松手！"

沈听温不松，手还往上走，挪到她背上，把她整个搂住："我真没骗你，能不生我气了吗？"

周水绒被他一抱，汗毛都竖起来了，用力推开他："你有病，沈听温！"

沈听温松开她，但拉住了她的胳膊，没让她走。他把自己的球衣脱了，硬是不顾她反抗，把球衣围在她腰上，又拽下冰袖把球衣系死，盖住她的短裤。他说："那你能看在我有病的份上，把我的微信加回来吗？"

周水绒打开他的手："滚蛋！"

沈听温裸着上身靠在墙上，看着周水绒的背影。她腰上还系着他的球衣，两条又细又直的长腿走路带风……

她说“你有病，沈听温”。

她叫他的名字可真好听。

井贺过来时看到沈听温裸着上身，裤腰卡在胯骨上，腰身和胯部的衔接简直完美。他身材的比例是真的好，腹肌也诱人，别说女的看了会流哈喇子，他一个老爷们儿也做不到不盯着看。

好身材不算什么，沈听温以前打球撩上衣时井贺看到过。可让他没想到的是，沈听温的冰袖下竟然是一条花臂。

难怪沈听温打球时右臂老戴一只冰袖。大家还以为他是防晒，闹了半天是为了挡文身。井贺走过去，眼睛一直看着他的花臂：“你这文的什么啊？哥特风图案吗？”

沈听温没说话，回篮球厅了，路过前台时，两个女的直了眼。他那种年轻又性感的样子太招人爱了。

周水绒没心情打台球了，甩开沈听温就走了，没跟那帮上班族打招呼，也就没见到沈听温裸着上半身一路走向篮球厅的画面。

打招呼也没用了，拜沈听温所赐，现在那几个上班族都以为她是有男朋友的人，死心了。

从运动馆出来，周水绒把沈听温的球衣从腰上扯下来，扔进了垃圾桶。什么破玩意儿就往她身上系？

沈听温这家伙在被戳穿之后就不演了。那好说，以后他最好别招她，不然，今天打在他身上的那一套，以后也少不了。肠子都给他打出来！

第三章 呵，沈听温是一杯绿茶

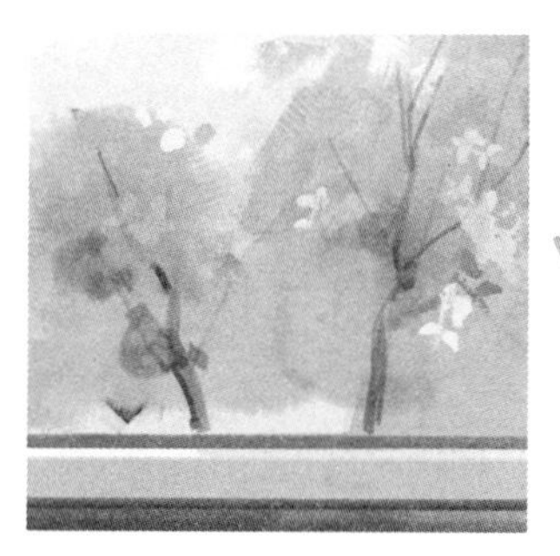

赵孤晴和祝加夷在暗处偷窥到了沈听温和周水绒抱在一起的画面，离得太远，他们说了什么她们没听见，但沈听温自始至终温柔的眼睛太扎心了。

祝加夷怕她不开心，握住她的肩膀，说：“天涯何处无芳草。”

赵孤晴想得通，就是难受。她说：“我可能是受虐类型，明知道喜欢他会受虐，可我还是喜欢。我应该出一本书，叫《舔狗的自我修养》。”

“你别这样。”祝加夷不喜欢她这么形容她自己。

赵孤晴不想看球了，便说：“咱俩逛街去吧。”

“嗯，好。”

两个人打车去了附近的商场，刚上电梯就撞上了周水绒。赵孤晴还记着上次她帮自己买酸奶的事，主动跟她打了招呼：“你也来逛街啊？”

周水绒了解过她，她是在自己之前被语言暴力的一个女孩儿，喜欢沈听温，家境不错，跟祝加夷、梁继凡是发小儿。周水绒答她：“嗯。”

赵孤晴发起邀请：“那要不要一起？”

祝加夷虽然没弄清赵孤晴的用意，却也没表现出不情愿，姐妹间的默契被她发挥到了极致。

周水绒过去只相信过瓦妮莎，结果被她骗了；来到这里相信了沈听温，结果他也骗了她。她不想再花时间去相信别人了，就拒绝了她。

“那让我请你吃个冰激凌吧？你之前给我买了酸奶，我不还给你的话，过意不去。”

周水绒看她坚持，没再拒绝。

赵孤晴在芭斯罗缤给周水绒买了个冰激凌。

赵孤晴看周水绒敷衍地吃了两口，以为她是不喜欢吃，又跑去隔壁给她买奶茶。

祝加夷看赵孤晴风风火火地跑开，有点儿尴尬，跟周水绒解释："你别害怕，她没别的意思，就是有点儿热情过头了，心不坏的。"

周水绒很随意地说："按逻辑说，她应该讨厌我，因为我跟她喜欢的男生传了绯闻。"

祝加夷一愣，不知道该怎么接话，也有点儿被周水绒的直接吓到了。她什么都知道，还可以这样稳当地跟她们坐在这里，这样的人有点儿可怕。

赵孤晴买完奶茶回来，让周水绒挑一杯。周水绒说："喝了你这杯奶茶，我又欠你了。如果按照你不亏欠别人的处事之道，我就得还给你，这一来二去，咱们之间还扯得清楚吗？"

赵孤晴摇头："你不用还的，你给我买酸奶虽然没花几个钱，但你让我没那么尴尬，这是没办法用钱来衡量的。"

周水绒笑了一下，看不出来她在想什么。过了一会儿，周水绒说："我给你一个机会，让你说心里话。"

没头没脑的一句话，祝加夷没听懂，但赵孤晴听懂了。

周水绒不相信萍水相逢的人可以对她这么殷勤，还没有目的。虽然赵孤晴确实没有目的，但既然周水绒想听，她就斗胆说了一个："我想跟你做朋友。"

周水绒问她："因为沈听温吗？"

赵孤晴有点儿惊讶，周水绒一个新转来的，竟然也知道她喜欢沈听温？她避而不谈沈听温，回答说："我就是想跟你做朋友，没别的想法。”

周水绒还是拒绝了。

待周水绒离开，赵孤晴的脊梁弯了，她靠在椅子上，有点儿失落。

祝加夷总算可以说话了，憋死她了：“你怎么想跟她做朋友？”

赵孤晴也不知道，但就是想跟周水绒做朋友，哪怕沈听温喜欢周水绒，她也想跟周水绒做朋友。她以前看书，看到过这样一个说法：有一些女生总是忍不住去讨好暗恋的人喜欢的女生。

她可能就是这个心思吧？

当然，更大的可能还是周水绒真的招人喜欢，没有人在跟她接触后会不喜欢她。她是很冷漠，但礼貌，她有，善良，她也有。

比她们大的女生她不知道，但她们这个年龄阶段，可以知世故而不世故，让自己保持独立和清醒，太酷了。

健身房。

周水绒换了健身的衣服，刚从更衣间出来，她的健身教练就笑着朝她走来：“来了？”

“嗯。”

教练说：“我有个新会员，我先去前台接待一下，带他熟悉一下，然后去找你。你可以先练练有氧运动，要不做两组波比跳？重量训练等我带你做。”

周水绒边给自己编辫子边听他说，最后答应了一声。

两个人分开后，教练回身看了她一眼，脑子里是她漂亮的直角肩和锁骨。这样的身材，在他们这家不缺明星的健身房里都能排在前列。这女孩儿太自律了，少见。

周水绒跑了一会儿步，差不多三首歌的时间，教练带着他的新会员走来了。她一看那人，这一天最后一点儿好心情都被败光了。

居然是沈听温。

教练还介绍他们互相认识："我就你们这两个会员，咱们也就不被规矩束缚着了，互相认识一下吧。"

沈听温穿着无袖贴身的背心，腹肌透过背心显了出来，那一条有着哥特风格图案的花臂也露出来了。要不是他皮肤白、长得帅，看着真不像是个好人。

周水绒又想起被他牵着鼻子走的那段时间，简直是奇耻大辱。

沈听温冲周水绒伸过手去："你好，我叫沈听温，跟你一个班的。"

教练闻言一挑眉："你俩认识啊？"

周水绒还是更喜欢那个"小废物"。这种气场两米三、眼里都是自信的人，她怎么看怎么讨厌。她说："不认识，我对狗的品种一向知道得不多。"

教练傻眼了。他俩不会有仇吧？

沈听温不生气。他跟教练说："你不是要出去一趟吗？"

教练有事要出去一趟。本来是想下课再去，但会员这么体谅，他就恭敬不如从命了，准备先去办自己的事。他问："那你们自己练？"

"嗯。"

教练走后，周水绒接着跑步，沈听温走到跑步机前，趴在跑步机的表盘上，脸对着她："我们同一个教练，你比我来得早，我应该叫你'师姐'吧？"

周水绒戴上了耳机。

"师姐，你能带我熟悉一下这里吗？"

周水绒记得国大的人说沈听温少言寡语，怎么到她这儿就"寡"不起来了？他还有两副面孔吗？哦对，是有两副，还会装成"小废物"博取同情。

她越想越烦，不跑了，回家！

她先去了一趟卫生间，然后就去换衣服了。她刚推开更衣间的门，就看到了一个人，直接傻眼了。

这个健身房的更衣间都是独立间，要刷芯片手环上锁。周水绒看到有一间更衣间掩着门，以为没人，结果老天跟她开了一个天大的玩笑。

那人光着，扭头看到她时，惊讶的程度跟她差不多，怕她叫，把她拉进了更衣间，捂住嘴。

周水绒掰他的手但没掰开，咬了他一口，才让他收回手去。她的嘴刚解放就大骂出声：“你有病吧？沈听温，你怎么不锁门呢！你还不穿衣服，你勾引谁呢？”

沈听温的手是堵不住她的嘴了，就用嘴去堵，把她剩下的脏话都吃进了嘴里。

周水绒当下觉得自己的肾上腺素飙到脑袋上去了。

外边有人听到动静，走过来问：“怎么了，发生了什么事？”

沈听温为了保护周水绒，双手托住她的大腿，把她抱起来，让她的双脚悬空，不至于被外边的人看到她的脚。然后回道：“没事，手机响了。”

外边的人没多想，走了。

周水绒整个人还处于跳闸的状态，双手无意识地搭在沈听温的肩膀，维持着挂在他身上的姿势。

沈听温托着她的大腿，附在她耳边小声说：“人走了。”

周水绒冷不丁地回神，赶紧从他的身上跳下来。一看他还光着，忙捂住眼，接着骂：“你不想活了？”

沈听温穿上衣服，说：“你自己不敲门。”

“那还不是你没锁门！脱得那么光，不锁门，还赖我不敲门？你有病吧？”

“我哪儿知道你会偷看？”

“你说什么！谁要偷看你，你有什么好看的？”

沈听温弯着唇角，说：“你刚才盯着我看了半天，你怎么解释？”

周水绒不跟他扯淡了，转身出去了。

这种人，周水绒就多余跟他废话，下次直接动手就好了。她到另外的更衣间换了衣服。再出来时，沈听温居然在等她。他还敢等她？

她今天碰上他，没一次交锋占上风，就不准备浪费精力了，先回家休息，日后再取他狗头。这么想着，她直接从沈听温身侧走过。

沈听温跟着她：“这么生气？”

周水绒不搭理他。

“那我让你亲回来、抱回来，怎么样？”

周水绒冷笑。什么玩意儿，占便宜没够？还要让她再亲回去、抱回去？她的眼神怎么能不好到这种程度！世上竟有沈听温这种猴儿精的“小绵羊”！

错看沈听温，已经成为她这一生最大的污点了。她坚信，她以后不会再遇到像他一样的狗东西了。

“我错了，我应该锁门，我不应该让你看到我。我跟你道歉。”

他还提？周水绒现在满脑子都是刚刚的画面，那件事就像卡了带的电影，一直在脑海循环放映。

“师姐。”

周水绒越走越快。

沈听温也越走越快：“周水绒。”

周水绒走不下去了，停下来。

沈听温没刹住，一把抱住了她。他皱起眉，立刻往后退了一步。

周水绒当然感觉到了，破口大骂：“你能不能滚远一点儿！”

“对不起！”沈听温为自己的不礼貌跟她道歉。

周水绒停下就是想骂他，可被他一抱，那些骂人的话她全忘了，脑子里乱七八糟的，就又走了。

沈听温担心她，一直在不远处跟她到了她家楼下的大厅。

他站在她家楼下，给她发送好友添加信息，备注里写的是：对不起，刚才我失态了。

周水绒没回，她也不会回。

沈听温接着发：有什么我可以弥补的，你说，我都答应。

周水绒正在气头上，就回了个：那去死吧！

过了一会儿，沈听温回：好。

周水绒看到这个“好”，哼了一声，洗澡去了。

洗完澡出来，她拿起手机，沈听温没再发消息过来。这个世界清静了。她任自己摔在床上，刚准备放松一会儿，有一个念头一闪而过，一下就揪住了她的心。

沈听温那玩意儿不会真去死了吧？

她衣裳都没来得及换，抓上一件外套就跑下了楼。结果因为太着急，被台阶上的什么东西绊了一下。等她转过身一看，那东西不是沈听温是什么？

她拉拉衣裳，遮住肩膀，没给他好话：“你怎么还不滚？”

沈听温抬起头，有点儿可怜地说：“我不敢走。”

“还有你沈少爷不敢干的事？”周水绒讽刺他。

沈听温站起来，突然一阵眩晕，像是低血糖的反应，然后倒在周水绒身上。他说：“我真的错了。”

周水绒推了两下，没推开他：“你故意的，是不是？”

沈听温站好，说：“不是。”

周水绒瞪他一眼：“赶紧滚！少在我家门前晃悠，别到时候出事了再讹上我。”

“所以你出来，是担心我出事？”

“别臭美了，你死活关我什么事？”

“你不原谅我，我不敢走。”

“那你在这儿死待着吧。”周水绒说完走了。

到家，她先去倒了一杯水喝，然后走到全景窗前，往下看，想看看他走没走，看不到，就打开了窗户，踮起了脚。

沈听温在这时候给她发送了一条验证消息：我在路灯下，你往这边看。

周水绒看向了楼下的路灯，他真的在那儿，还跟她招了招手。她突然清醒过来。她在干什么？她利落地把窗帘拉上了。

沈听温在楼下看着周水绒把窗帘拉上，淡淡地笑了一下：真可爱。

周水绒笑不出来，心想：行啊，沈听温，要玩是吗？你等着。

周一上学，周水绒把头发扎起一个马尾，就像是精修的校园宣传片里的演员。

校门口的值日生看到周水绒，挤眉弄眼，议论着她和沈听温之间的不清不楚。

他们两个人在运动馆楼梯间独处十分钟的事，现在在学校传得沸沸扬扬。他们传播的主要内容是——周水绒在梁继凡的苦苦追求下，还是选择了家世更好的沈听温。

赵孤晴和祝加夷进校门的时候正好碰上周水绒，她单肩背着包，白色球鞋在阳光下显得更白了。

祝加夷跟赵孤晴说：“你看她，就跟没事人一样。”

赵孤晴看着周水绒的背影，没听祝加夷说话。等她回过神后跟祝加夷说：“周五校庆，咱们毕业班没报几个节目吧？”

“通知得晚。往年不是不让毕业班参与吗？今年不知道抽什么风，毕业班也可以选报节目。”

“现在都有什么节目了？”

“不知道，李滚乐队肯定要上一个节目，听说是他们的原创。”

李滚乐队是国大器乐班组建的一支乐队，创办人和主唱是李滚。李滚这个人低调寡言，跟谁发生矛盾都是一脸凶相，咬牙切齿，眼珠子恨不得能瞪出来，看上去跟走火入魔一样。在国大这几年，他凭借格格不入的性格，跟神秘莫测的沈听温并称“国大双怪”，很多人对他们唯恐避之不及。

这就是不可理喻的地方，大部分人认为声音越大的越有理，越不混入人群的越怪异。

赵孤晴记得李滚乐队的键盘手出国了，就问：“他们那个键盘手出国了，找到替补了？”

“没听说。”

赵孤晴不聊他们了。她问祝加夷：“你想报节目吗？”

“在国大的最后一年了，当然要报。”

“嗯，我们一起。”

周水绒一上楼就看到沈听温在楼梯口打扫卫生，他的花臂遮住了，前边的头发也放下来了，恍惚间，她又看到了那个奶里奶气的“小废物”。

沈听温正好扫到她脚下，故意不让她走。他说：“我扫完你再过去。”

周水绒偏要走，还一脚踩在他的扫把上。

沈听温抬起头。

周水绒居高临下地看着他，颇有点儿要干架的意思。

沈听温不慌不忙，轻轻地拽了一下扫把。周水绒脚下一滑，双臂往后抡了半个圈，差点儿就要摔倒，沈听温立刻拉住她的胳膊，把她拉进怀里，她的额头撞在了他的胸膛上。

周水绒反应很快，提膝，屈肘，一个冲裆，一个奔胸，给沈听温来了一套组合技。

沈听温发出轻哼，腰不自觉地弯了，脸色不太好看。

周水绒看上去很关切："有点儿虚啊，少爷。"说完就走了。

沈听温待在原地缓了一会儿，似笑非笑。

第一节课是现代语言课，任课老师是十六班班主任，老师首先表扬了周水绒，说她进步很大，然后表扬了傅邻英，说他很负责任。

傅邻英偷偷地冲周水绒竖了大拇指，周水绒还给他一个微笑，她之前都没这么对沈听温笑过。

沈听温只看了他们一眼，卷子上的"143"就被他戳了个窟窿。他的同桌以为他是不满意自己得了143分，还在感慨学霸就是学霸，对自己的要求太严格了。

下课后，周水绒去卫生间了，沈听温走到傅邻英桌前，敲了敲他的桌面："聊聊。"

傅邻英抬头看见沈听温，愣了一下：沈听温跟他有聊的吗？不光是他，沈听温跟任何人有聊的吗？他不是一直独来独往吗？"欸，怎么？"

沈听温开门见山："你跟我组一个组，教我写论文。"

傅邻英半晌后说："啊？"

沈听温把自己的卷子给傅邻英看了一眼："论文得57分，太低了。"

傅邻英觉得他在讽刺自己："57分还低吗？而且这次考试你考了143分，又是全班第一。你别玩我了，我教不了你。"

沈听温坐下来，又说："我给你弄6月漫展的嘉宾资格，还有JK

营的门票。”

傅邻英很想去参加漫展和 JK 营这两个活动，这对他来说诱惑太大了。他轻咳两声掩饰失态，然后说：“就这一个要求？”

“只能教我一个人。”

“可是我跟周水绒是……”

“只能教我一个人。”

傅邻英经过一番思想斗争，终于还是为梦寐以求的门票和嘉宾资格妥协了：“成交！”

周水绒从卫生间回来就收到了傅邻英写的字条：你进步那么大，不用我教了，中午我就跟老师说解除小组关系。

她觉得莫名其妙，好好的，怎么说变脸就变脸？她盯着傅邻英看了一会儿，通过他心虚的眼神，觉得这事情有隐情，但她这人最不愿意强求别人，就没去追究。

下午，班主任说傅邻英跟沈听温组成一组，周水绒就明白了。她瞪向沈听温，他还装作若无其事的样子。

好你个沈听温，人事是一件不干。

呵。

大课间，周水绒送了傅邻英一排酸奶，说是要感谢他的帮助。

傅邻英突然有些心虚，觉得自己有一点儿辜负周水绒的信任，没好意思要。

周水绒送出去的东西是不会往回收的，要么拿着，要么扔了。

傅邻英没办法，只好收下，只是不敢喝。

沈听温把整个过程全看在眼里了。前一阵周水绒保护他的时候都没给他买过酸奶，傅邻英教她写个作文，她就给他买酸奶了？她钱多怎么不去捐？

沈听温等了半节自习课，终于还是在下课之前给傅邻英写了个字条：我有点儿渴。

傅邻英看了一眼那排酸奶，反正自己也不喝，就给他传过去了。

周水绒写完题，伸了个懒腰，正好看见她买的那排酸奶被传到了沈听温手里，然后眼看着他喝了她的酸奶。

沈听温平时不喝这种东西，偶尔喝一次，酸酸甜甜的，还挺好喝。

周水绒一直憋到下自习课，她把剩下的酸奶从沈听温手里抢回来："这是给你买的吗？"

沈听温说实话："傅邻英给我的。"

"我不信你不跟他要，他会无缘无故地给你。"

沈听温垂下眼帘："原来在你眼里，我就是一个人缘很差、不配得到关心的人。"

他看起来有点儿难过，眼圈都红了，搭配他人畜无害的脸，当真是谁见都觉得可怜。要不是周水绒不是一般人，就又被他骗了。她说："你才知道吗？"

"知道了，以后别人再给我，我不要了。"他声音越来越小，"剩下的你拿走吧。"

周水绒看他这德行，越看越来气，剩下的她拿走也不想喝，就又扔在了他身上："真晦气！"

沈听温扳回一局。

他有点儿得意地喝着酸奶。

周水绒回到华国这些日子，学习赶上来了，脏话也说得越来越溜了，都因为沈听温，这玩意儿刷新了她对于"不要脸"这三个字的概念。

晚上回到家，徐宿来了，还给她买了一只鸭子。他问她最近发生了什么。

周水绒答得很敷衍。

徐宿看她没吃两口，伸手摸了一下她的额头：“没胃口？中暑了？”

周水绒摇着头躲开他的手：“没有。”

徐宿担心地问：“在学校受欺负了吗？”

周水绒笑了一下。虽然因为疲惫笑得敷衍，但还是可以看出她对这句话的态度——她觉得可笑。她说：“没人欺负我。”

她说得谦虚了，应该是没人欺负得了她。

徐宿知道她会一点儿防身术，也聪明，但人心是最变幻莫测的，人是最诡计多端的，他怕她稍一走神儿，就被什么东西一口咬掉了理智。他说：“有事找我。”

两人说了两句没什么主题的闲话，就没话了。徐宿看时间不早了，没耽误周水绒休息，走了。

周水绒洗完澡，躺在床上，闭着眼复习了一遍白天学过的内容，有一些没弄明白的，她起床拿书重新看了看，这一看就到后半夜了。

她倒了一杯水，准备睡觉，手机响了，是徐宿的消息：晚安！

她知道他是在测试她，她要是回了，就说明这个点她还没睡觉。他会不会告诉周思源她不知道，但他一定会唠叨她，她不爱听唠叨。

周烟过去都没唠叨过她，她不想回国后天天被唠叨。

她随手关了聊天界面，看到“通讯录”上有个红“1”，点进去是沈听温的好友验证。他说：你看月亮这么圆、这么亮，你是不是该同意加我好友呢？

她很冷漠地问道：我欠你钱？那么多人，怎么你就是不放过我？

沈听温：没看出来吗？我在追你。

周水绒停住脚，皱起眉，傻站了半分钟，然后回了一个：死心吧，我看不上你。

沈听温：给个理由。

周水绒：**长得丑，还事多。**

早上，温火到沈听温住处附近上课，顺便请他吃了早餐。

沈听温没吃两口，问她："妈，我长得丑吗？"

温火刚掰开三明治，闻言，看了他一眼："跟你爸比是不太好看，不过你也别自卑。你爸那个长相天底下独一份，谁都比不了。"

沈听温就多余问她，情人眼里出西施，她就觉得沈诚最好看，别的男人都是戏本里的武大郎。

温火觉得他开始在意外貌不是一个好现象，忙问："怎么，那女孩儿嫌你长得丑？"

沈听温真烦她一针见血的毛病，不吃了："走了。"

学校。

今天有校外领导来学校检查，周水绒今天是值日生。

沈听温跟其他班的几个学生被音乐班老师叫走，帮忙整理教室。在回教学楼的路上撞上了正在扫地的周水绒。

其他班的男生有点儿激动："欸，周水绒、周水绒！"

沈听温听他们叫她的名字就烦，本来搭在肩膀的衣服被他拿了下来，攥在手里。

他们还在议论："听说她上次月考现代语言的小论文部分考了 3 分，牛啊！我听过她说话，口齿清晰，咱们的白话也张嘴就来，怎么轮到书面上，成绩就这么辣眼？"

"毕竟是国际生，体谅一下。你看她连袖章都戴反了，怪可爱的。"

"说句实在话，她这款不是可爱吧？有点儿御，是介于未熟和轻熟的那种好看。"

都说女人堆里聊得最多的是男人，男人堆里聊得最多的是女人，这话不错。聊闲话不是只有女人才会，男人凑在一起，也管不住那一张张没把门的嘴。

沈听温冷不丁地甩出一句：“好不好看，跟你有关系？”

他们有点儿蒙。不是，这哥们儿怎么了？平时不是最不屑于跟他们废话了吗？永远独来独往，显得高不可攀。这是峭壁玫瑰当烦了，想尝尝人间烟火了吗？

沈听温就说了一句话，甩下他们走向周水绒，拉住她的胳膊，让她看着他。

周水绒看见他就没好脸色：“昨晚没跟你说清楚？”

沈听温没听见似的，轻轻把她戴反的袖章调正。

周水绒低头看他的手，再抬头看他的眼。他很认真，动作很谨慎。就像那天在医院时，周水绒莫名其妙地吞了一下口水，她开始频发一些陌生的反应。

当她发现她的理智不能驾驭这些反应时，打掉了沈听温的手：“别碰我。”

沈听温说：“你戴反了。”

周水绒不觉得尴尬：“我就喜欢反着戴。”

“所以你说我长得丑，其实是反话？”

周水绒卡壳了。

沈听温给她戴好袖章，俯身靠近她的耳朵：“你拒绝我的时候能不能走点儿心？这种一听就是假话，只会让我觉得你在逃避，而逃避无外乎证明我影响到了你。”

周水绒被他不要脸的想法惊到了，这脸皮厚得厉害。她懒得跟他说了，用扫把扫开他的脚：“滚一边去。”

旁边那几个聊周水绒的男生一看沈听温差点儿抱住周水绒，面面相觑，眼神交换着信息：忘了有人说过他俩正在暧昧，难怪沈听温刚才发火了。

周四，午自习时间。

周水绒的物理小考考了史上最低分，全班倒数第三。她这些偏逻辑计算的学科一向没问题，国外教的东西肤浅，但她的逻辑计算知识是跟司闻学的，司闻是一路跳级上学的人，教她不跟玩似的吗？何况她还有他的基因。

物理老师站在讲台，神情严肃："瞅瞅你们考的分，在家里蹲着吧！我真教不了你们了！一届不如一届，就这点儿悟性，种地的都不见得收留！"

接着，她一个一个地叫人起来批评，从倒数第一开始叫，很快就叫到了周水绒。

周水绒站起来，接受批评。

沈听温看了她一眼。她倒不是那种脸皮多薄的人，这点儿打击还是可以经受得住的。但他也有点儿不得劲。

听着别人数落周水绒，他就是不得劲。

所以他站了起来，打断了物理老师："这套题涉及竞赛物理，满分120分，及格的就六个人，可知难度。拿这张卷子小题大做，好像有点儿借题发挥的意思。老师，您最近是遇到什么不顺心的事了吗？"

物理老师被噎得够呛，脸红脖子粗地说："你别以为你又拿了个高分就可以不尊重老师了，有你说话的份吗？没批评过你，你不服气？"

沈听温实话实说："本来就难，您再打击学生积极性，这以后学生要是对物理产生了生理性恐惧，还学什么？"

物理老师被他气得咳嗽起来，指着门口："给我滚出去！"

沈听温拿上书，没在班里多待一秒。

班里噤若寒蝉，谁都不敢哼个声，生怕殃及自己。

物理老师调整了情绪，可看见周水绒还站着，越看越来气：“你也给我出去！”

教室下午都没开空调，班主任说要节约能源，正好她热，就痛快地出去了。

沈听温看见她出来，给她挪了个地儿。

周水绒站在了他旁边。

沈听温说：“你连累我了，要怎么弥补？”

周水绒一瞥他：“理理逻辑，要不是你狗拿耗子，我被骂两句就可以坐下了。现在拜你所赐，我要站一节课，我还没找你要弥补呢，你还有脸跟我要弥补？”

“我弥补你也行，你想要什么？”

“我想要你离我远一点儿。”

“换一个。”

周水绒不想跟他说话了，靠在墙上闭上了眼。

沈听温没等到她说话，等到了她额头流下来的一滴汗，她看起来有点儿热。他拿起书，轻轻给她扇起风来，不轻不重，风力正好。

周水绒最近几个夜晚熬夜恶补语言，可能是脑子透支得有点儿严重，所以物理拿了一个倒数第三。她开始觉得她的学习方式有问题了，在想怎么调整一下。

她注意力不集中，可以感觉到有风吹过来，但不知道是沈听温在手动扇风。

沈听温就跟个傻子似的给她扇了一节课的风，扇到胳膊差点儿废了。

他还不觉得累，一点儿都不累，再扇几节课他都不累。

下课后，物理老师把沈听温叫走了。

沈听温这种学生还是得好好引导教育的，他考出好成绩的概率在整个学校是最高的。

周水绒回到班上趴了一会儿，补补神，外边一阵喧哗，扰了她的梦。

赵孤晴给沈听温亲手做的那个手机壳不知道怎么到了李滚手里。李滚到这边来找人，手机壳被祝加夷看到了，拉住他不让走，非要他说清楚是怎么回事。

李滚眼睛通红，他那走火入魔的劲又上来了，攥紧拳头，嘴抿成了一条线，要杀人似的。

赵孤晴觉得没什么，要不就算了。祝加夷也觉得这点儿事不至于，但已经到这份上了，她只能硬着头皮刚下去。她拉了拉赵孤晴的手，是个宽慰的意思。然后对李滚说："说啊，这手机壳你从哪儿得来的？哦，不对，我问错了，应该是，你从哪儿偷来的？没看见这手机壳上还写着字吗？"

看热闹的学生越来越多，声音也越来越大，周水绒拿书盖住了脑袋。

沈听温回到班上看到门前堵了一堆人，再看看趴在桌上睡觉的周水绒，扬了一下手，说："要吵去操场吵，别在这儿叫唤。"

人群散了。

看热闹的一走，就剩主人公了。

没人架着祝加夷了，她软了下来，问李滚："你倒是说话啊，这还有什么难言之隐吗？"

李滚什么也没说，把手机壳扒下来，搁在了窗台上，下楼了。

祝加夷呼了口气，脑海里还是李滚刚才的表情，她问赵孤晴："我是不是过分了？"

赵孤晴点头："有一点儿。"

"算了，反正骂也骂了，收是收不回来了。"

赵孤晴拿上手机壳，挽着她回班："你以后别这么冲动了，你不是老说自己是‘唯我主义’吗？‘唯我主义’大忌，‘宁作恶一事，不说恶一句’，虽然没道理吧，但嘴造成的伤，不太好愈合。”

祝加夷也知道自己冲动了，忙说：“好。”

两人回到班里，赵孤晴拿出那个她亲手做的手机壳，上面还有沈听温名字的缩写。刚做好的时候她觉得挺好看的，现在一看，做工好差，颜色也没选好。不知道这么一个粗制滥造的东西，李滚要它干什么。

最后一节课是物理课，沈听温写了张字条传给周水绒。

周水绒看都没看，直接扔了。

沈听温又传了第二个，周水绒直接举手，说：“老师，沈听温总给我传字条，影响我学习。”

老师看了沈听温一眼，把书放下，说：“把字条拿过来。”

周水绒把字条交到了讲台上。

老师打开一看，皱起眉说：“你们俩给我出去！”

周水绒当下就猜到那字条写了什么，应该是陷害她的。可以，沈听温，脑袋转得够快，知道自己要死了，也不忘拉个垫背的。

两个人又站在熟悉的位置，沈听温问她：“你不好奇我写了什么吗？”

“你能写什么好东西？”

沈听温出来时把书拿出来了，说：“你的卷子我看了，你有一部分知识没巩固，所以那个知识点上的基础公式你都记不住。这节课讲的是在这几个公式基础上的内容，你前边都不会，听也白听。”

“所以呢？”周水绒看着他。

沈听温打开书，放在窗台上：“所以我教你。”

下课铃响了，周水绒也把公式记住了。沈听温还给她举例子，让她学会举一反三，没再说废话，除了吃咽立爽这个准渣男行为，也没有任何逾矩的行为。

周水绒以前总被邀请去一些家庭派对。那些租车去混酒喝的伪富二代都会准备很多口味的含片，就为了凑到女孩儿嘴边说话的时候吐气清新。

沈听温什么都知道啊。

想到这儿，周水绒微怔，质疑起自己。她在想什么？他怎么样关她什么事？她是不是管多了？

沈听温不白教，看她会了，就把手机放在她书上了。

周水绒就知道他这种跟陀螺似的脑袋没有不转的时候。但她也不蠢，既然他水平这么高，授课的功夫这么好，不用白不用，忙说："把你加回来，可以！以后这些我弄不懂的题……"

"我全包。"

周水绒把笔扔在他面前："立个字据。"

沈听温翻开笔记本，在空白的一页写上：沈听温将全权负责周水绒人生所有的难题，只要她需要，他就无条件为她。

周水绒看完觉得怪怪的，说："你这个'人生所有的难题'，是不是概括得有点儿广？"

"广还不好？你占了我多大便宜。"

周水绒一瞥他："我不稀罕。"

沈听温着急让她加好友，忙说："你不稀罕，我稀罕。快加回来吧。"

周水绒不情不愿地同意了他的好友申请，可刚同意就后悔了。她觉得在这件事上，她完全是被牵着鼻子走的。

下课后，赵孤晴和祝加夷在校门口等梁继凡，跟他商量明天校庆节目的事。结果没等来梁继凡，却等到了李滚。

李滚起初跟他们擦肩而过，并不准备交流，但走出两步又折了回来，还是解释了手机壳的事。

他说手机壳是捡的，就在垃圾桶旁边。袋子完好无损，上面还画了一个大大的太阳。他觉得好看，就捡起来看了一眼，没想到里面是个手机壳。他以为是别人不要的，就自己留着了。

手机壳是送给沈听温的，会出现在垃圾桶旁边，想必是他丢的。

赵孤晴抿了抿嘴，心有点儿疼：沈听温对她的厌恶好深，连一个小小的手机壳都容不下。

祝加夷握住赵孤晴肩膀："他不配你的好，别想了。"

赵孤晴从包里拿出手机壳，重新递给李滚："既然你捡了，就是你的了，别嫌我做得不好。"

李滚看着她，没接。

赵孤晴心情沉闷，没有耐心等待，就胡乱地往他手里一塞，扭头走了。

李滚拿着手机壳，拇指轻轻摩着边缘："这算不算是你送给我的？"

一直窥探着这一幕的周夕宥突然跳了出来，说："你喜欢她啊？"

李滚扭头看到了一张一看就"不便宜"的脸。

这里的"不便宜"指的是从小灌养她的环境。她一看就是有钱人家的孩子，满身的优越感挡都挡不住。

周夕宥又说："你是想让我帮你保守这个秘密呢，还是想让我帮你？我都可以。"

"我不知道你在说什么，而且我不认识你。"

周夕宥把她身后背着的键盘拿下来，自我介绍道："我想进你的乐队。"

原来是这样。李滚说："我不缺人。"

周夕宥一挑眉："那我就只能把你刚才深情款款地说的那句话发在你们学校的各个群里了。你说他们这种以八卦为精神食粮的人，闻到这种暗恋的味道，会不会很兴奋？”

李滚最不怕威胁了，扭头就走：“随便你。”

周夕宥急了，追上去，拦住他：“好好好，不闹了、不闹了，我就是跟你开个玩笑。你收下我吧，我很强的，我也有点儿小钱，认识一点儿人，我还能给咱们乐队争取到很多露脸的机会。”

李滚不需要，这次连话都不想再跟她说了。

周夕宥垂头丧气：什么啊，这脾气跟沈听温一样不可一世。

她刚想到沈听温，沈听温就出来了，旁边还有周水绒。不过周夕宥看不到旁人，扑向沈听温的胳膊，扒住：“喀！”

沈听温抽回手，理都不理她，还跟周水绒一道走。

周夕宥跟上去：“不是，你能稍微给我点儿面子吗？尤其是在外人面前。”

周水绒以为是沈听温的情史里的人找上门来了，走得更快了，不想跟他们掺和在一起。

沈听温想追，周夕宥一直拖他后腿，就没追上，没追上就更不会给她好脸了，说：“你才是那个外人。”

周夕宥懂了，猛地看向前边那个背影：“她……你……她是你……”

沈听温话说得坚定：“女朋友。”

健身房。

周水绒刚练了五分钟有氧运动，沈听温来了。本来在学校看到他时，她还想不起之前看光他的事，可他一来这儿就把花臂露出来，头发弄上去，更衣间那一幕又在她眼前上映了。

她看着烦，离他远远的。

沈听温这一次好像也没有什么话要跟她说，都没黏着她，也可能是黏着他的人有点儿多，他腾不出工夫——有三个女生围在了他身边。

周水绒觉得，挺好的女孩儿，怎么年纪轻轻眼睛就瞎了？这种东西有什么好的？她在不理解中完成了当日的锻炼，跟教练打了一声招呼，准备回家去。

她一走，沈听温也走了。

周水绒刚戴上耳机，沈听温就追上来了："今天走这么早？"

周水绒把耳机声音放大，不想听到他说话。除了学习，她不想跟他有什么交集，他透支了太多她对他的信任，已经不可能被拉回白名单了。

沈听温问她："能送我回家吗？"

周水绒听见了这句，没搭理他。做梦吧，送他回家？他都不配她跟他说话，他还想让她送他回家？

沈听温说："我忘带钱了，手机也没电了，打不了车，坐不了公交。"

他好烦。周水绒把耳机摘下来："关我什么事？你不会自己走回去吗？"

沈听温踢了踢脚，看上去有点儿耍无赖的意思："我腿疼。"

周水绒扭头就走，这玩意儿，耍无赖上瘾。

沈听温跟上去："你早上都看出我虚了，我走回去还不死在路上？到时候人命一条，你怎么承担？我是为你好。听话，送我回家。"

周水绒好生气，转身一巴掌打在他脖子上，给他的脖子打出了红印："再说话，我现在就让你死路上！"

沈听温吸了一口凉气，捂住脖子喊："你打疼我了！"

"怎么不疼死你？"

沈听温抿住嘴，低下头："我就这么招你烦？"

周水绒可烦死他了。她说："我从小到大最讨厌的，是我爸说我不行，现在多了一个你。后生可畏啊，少爷，继续努力！"

沈听温没再跟上去，看着周水绒走远了。

周水绒拐过一条街，没见沈听温跟上来，松了一口气。他好烦啊，烦死她了。气死了、气死了！都拆穿他了，还在那儿装蒜，动不动抿嘴，眨着一双大眼睛。卖什么萌？扮什么乖？

周水绒家小区的人工湖边上，几个大爷正在下象棋。

她路过时，有个大爷高亢的一嗓子引起了她的注意："我可要将你的军了！"

气势好足。

她平时不会被外界事物干扰，也不会对什么感到好奇。可能是被沈听温影响了心情，她竟然不知不觉地走了过去。

这小区在梨亭算是偏高档的。连在湖边下棋的大爷们也一人一身奢侈品，手表都是绿水鬼，满脸斯文，一看就知道年轻的时候风流倜傥。

周水绒以前跟周烟下过象棋。周烟玩这些东西很熟练，还有骰子啊、牌九啊，就没有她不会的。

只是会跟精是两码事，周烟再会下棋，也下不过司闻。但她会耍赖，用美人计，司闻就吃她的美人计，次次让她悔棋，给她放水。

她每次一赢就说她这一生只伺候司闻一人太亏了，司闻便把她扛到肩膀，上楼修理一顿。

周水绒吃了 10 多年的狗粮就算了，还要时刻被他们提醒，司闻心里没她——这么一想，她就笑了。

她好爱他们啊，他们爱不爱她没关系，她真的好爱他们。

……

"空心炮！中宫问将，将死！"

大爷这一声，周水绒回神了。再看向棋盘，大爷已经拿下胜局，旁边几个大爷哼哼哈哈地觉得这盘棋下得太规矩，没水平。

大爷支棱着脑袋，有点儿看不起人的意思，对跟他对局的那位大爷说："你甭管我的操作简不简单，就说我是不是赢了你？你是不是得跟我说句'服气'？"

那位大爷淡淡笑了一下："要是为了赢，没必要下这么半天。下棋下的是过程，不是输赢。"

旁边几位大爷附和："老六大方点儿，别弄那小家子气的东西。二哥要赢你，不是有手就行？你见好就收，别蹬鼻子上脸。"

周水绒被他们一说才想起复盘整个棋局。果然如他们所说，要论输赢，那位老二大爷早有机会赢。

老六大爷不高兴了，摔棋走了。

几位老哥哥的聚会也就这么散了。

老二大爷还在收拾棋盘，周水绒看他收得慢，帮了帮他。大爷抬头看见她，问："喜欢象棋？"

周水绒说："不喜欢。"

"那你看这么半天。"

"回家也没事干。"

"你会下吗？"

"会点儿。"

老二大爷停住手，说："咱俩杀一盘？"

周水绒坐了下来："也行。"

老二大爷把周水绒杀得片甲不留，把她那点儿好胜心都杀出来了。她眉头蹙着，满脸不信邪。天都黑了，她还想来。她说："再来一盘。"

老二大爷笑了笑："明儿您赶早再来。"

周水绒只能作罢。

回到家，洗完澡，她呈"大"字躺在床上，脑袋里除了那几盘被压着走的棋局，就是沈听温。最近他老在她跟前晃悠，她的大脑在想他这件事上，都要形成习惯了。

她晃晃脑袋，拿手机准备打一把游戏，却看到沈听温的消息。他问：**睡了吗？**

她没回，还顺手把他挪到了黑名单。

沈听温再发消息就被拒收了，他笑了笑。

怎么办？她好像很讨厌他，每次他说话，她都不想理呢。

周五校庆，国大开放校门。校外人，凡是有票的，都让进门。

周夕宵不知道从哪儿弄到了票，还跑到了演出厅的后台，给李滚送了一大束鲜花。她说："祝顺利！"

李滚不要："拿走。"

周夕宵早上过来的时候刚拿到确诊书。确诊书现在还在包里热乎着。她拿出来给李滚看了一眼："两个月前，我流鼻血止不住，我以为是鲍鱼吃多了，检查了一下发现是癌，还是晚期，你说可不可笑？所以你能不能看在我这么可怜的份上，收了我啊？我水平还可以，拿过大奖。"

李滚的手捏着她的确诊书，无意识地站了起来，都没敢看她。他没那个勇气。他怕看到她笑，又怕看不到她笑。

场控老师进来喊了李滚一声，李滚跟周夕宵说了句"抱歉"，就走了。他逃避了。

周夕宵在后台待了一会儿，去了卫生间，洗手时碰上了周水绒。周夕宵记得她，沈听温说她是他女朋友。周夕宵上下打量了她一下，确实挺漂亮，看起来也是富养的，但并不娇气。

周水绒没看她，洗完就走了，还没走到门口，周夕宵往后一仰，摔倒了。周水绒的余光看到，一把搂住了她的腰，再看向她的脸，她的脸已经被鼻血盖住了，鲜红刺眼。周水绒没多想，背起她，跑向医务室。

校医一看就知道怎么回事："这孩子有大病，打 120 吧。"

周水绒也知道，她在路上已经打过了，但 120 过来需要时间，鼻血不能一直流啊。周水绒连忙说："先止止血吧。"

校医把登记表给周水绒："你先登记。"

周水绒在登记表上写了自己的名字。

血止住了，救护车也来了，周水绒跟车去了医院。

路上，周夕宥醒了，看到周水绒还冲她笑了笑："我这是被情敌救了吗？"

演出厅。

赵孤晴他们三人的节目排在后边，要轮到他们的时候，祝加夷往外边看了一眼，摇了摇头。沈听温到现在都没来，周水绒也没来，他们是在一起吗？

梁继凡看她又要矫情，说："他俩挺配的，你就别跟着掺和了。好好演出，之后好好学习，这才是要紧事。"

赵孤晴揪着手指头说："我就是想让他看看我跳舞。"

梁继凡还要说她，祝加夷把他拉走了，到一边对他小声说："别说了，你不知道她学跳舞就是为了给沈听温看的？国大最后一次可以跳舞的机会，哪怕不是只跳给他一个人，她也希望他看到。"

梁继凡觉得女生事情真多。像他这种追不到就不追了，不潇洒吗？

他走回赵孤晴跟前，说："要是我让沈听温来看你跳舞，你以后是不是能踏实下来学习了？"

沈听温哪年的校庆都没参加过，今年也不例外。别人在表演、观看，他在教室睡觉。

梁继凡找到他，拉着他就往演出厅走。

沈听温甩开他的手："滚。"

梁继凡说："周水绒也有节目，你不知道吗？马上就到她了。"

周水绒有没有报节目，沈听温不清楚？梁继凡过来找他，想都不用想，是为了赵孤晴。他说："编点儿靠谱的。"

梁继凡发现瞒不了他，第一次那么卑微地跟他说话："我知道你不喜欢赵孤晴，我也知道你拒绝她没错。但如果可以，我希望你稍微委婉点儿，别毁了她，行不？算我求你了。"

沈听温后腰靠着石台，问："怎么委婉？"

梁继凡说："她就一个愿望，希望你去看她跳舞。她本身四肢不协调。但因为之前校园采访时，别人问你以后会不会拓展兴趣爱好，你说了个跳舞，她一跳就是三年。其间数得出来有几次没去，还都是因为要看你打篮球。无论有多少人，她总是第一个看到你。一看到你，她就脸红紧张，手心里直冒汗。"

他细细想着，继续说："你喜欢吃什么，她比你都要清楚。你的星座、血型，她都知道。她每天帮你看运势，运势说你哪天点背，需要什么事物解，她就替你解。她的每一本书上都写满了你的名字。什么十字绣、幸运绳，学校流行过什么，她就给你弄过什么，然后一腔热血地送给你。你没一回收过，她还要送，停不住。"

梁继凡说到后面，也被吓了一跳，原来赵孤晴这么喜欢沈听温。

沈听温想起了周水绒。赵孤晴比他好一点儿，她还可以见到自己喜欢的人，他好多好多年都只能看着周水绒的几张照片。

梁继凡："给个面子，少爷。"

沈听温回神，答应了。

梁继凡松了一口气，说："你放心，你看了这场演出，我就逼着她死心。"

说着话，他们出了教学楼。还没走几步，井贺跑过来，上气不接下气地说：“哥，周水绒被救护车拉走了！我听校医跟主任说，她是大病，大病是不是癌症、瘤子什么的啊？”

沈听温转身就往校门口跑。

梁继凡看着他风一样跑远了，心情很复杂。

赵孤晴啊赵孤晴，你拿什么跟周水绒比？拿你的命吗？换个人喜欢吧，省得被伤死。

回到演出厅，舞台上热闹纷呈，观众鼓掌叫好……

祝加夷见梁继凡没把人叫过来，也不提这事，跟赵孤晴说：“快到我们了，准备准备吧。”

赵孤晴没在梁继凡身后看到那张她闭上眼都可以画出来的脸，低下了头。

她知道，该死心了。

这是第一次，她有勇气对自己说放弃。眼泪从双眼掉落，湿了她的舞蹈服。三年啊，想到要把埋在心里三年的人挖掉，她的眼泪止都止不住。

祝加夷看她的肩膀在抖，知道她哭了，正要走过去，被梁继凡拉住了胳膊。他说：“她必须自己熬。”

祝加夷叹气道：“但凡她肯换个人喜欢，都不会这么痛苦。”

“你说的都是废话，她就是不换，谁有办法？”

“不知道这件事会不会影响她以后喜欢别人。我看小说里好多女的都是上学时受了情伤，往后好多年都治愈不了。”

“会好的。”梁继凡看着赵孤晴抽泣的背影说。

祝加夷则收回目光，看向他：“要不你跟晴晴好？知根知底，还算靠谱。”

梁继凡说：“别弄这些幺蛾子，要是来电，你俩有一个算一个，都跑不了。可问题是我们不来电。我不怕祸害别人，我怕祸害你们俩，光这一点，我就知道，咱们仨注定是异父异母的兄妹。”

祝加夷笑了：“算你良心未泯。”

校庆舞台上，赵孤晴还是用全力跳了一支舞，虽然没等来她期待的观众，但跳给自己也不错。她也用这支舞，跟过去那个卑微的自己再见了。

但她的青春，永远都有一个闪耀的少年，他有点儿怪、有点儿酷，他优秀，他像风一样捉不住。

第四章 要赢不一定要将军

沈听温一路上心跳加速，他露着一张平静的脸，别人却能看出来他心有多乱。

到医院，他一路撞着人跑到急诊，问周水绒在哪里。

医院人声嘈杂，来来往往都是丧气的脸。确实，有几件到医院的事是喜事？沈听温像只无头苍蝇，被他们挤在中间。他听井贺说周水绒是在这家医院，可是她在哪儿呢？

他找不到人，他要疯了，他那么聪明，他明明有很多办法可以找一个人，他全忘了。

“你怎么来了？”

他猛地回头，看到了周水绒。他也不管现在是在哪儿，也不管有多少人看着，冲过去攥住她的肩膀，前后检查，然后把她拉进了怀里，也不说话。

周水绒被他抱得胸疼，使劲地推他：“你先把你的手从我身上拿走。”

沈听温不松。

周夕宥在身后咂嘴：“你是不是抱错人了，沈宝贝？是我上医院，她是送我。”

沈听温抬眼看向周夕宥。周夕宥脸色惨白，嘴唇干巴，眼睛也像是睁不开的样子。他放开周水绒，并问她：“你没流鼻血？”

周夕宥走过去，指指自己说：“你看看她唇红齿白的，是流过血的样子吗？重色轻友能不能看场合？”

沈听温放心了。

周夕宥看他那个放松的态度，忍不住酸了一句：“原来你不是不喜欢姓周的女孩儿，你是不喜欢其他姓周的女孩儿。”

那时候她跟沈听温表白，沈听温没同意。她问为什么。他说，因为她姓周。

她一直以为他不喜欢姓周的，原来只是不喜欢她。又或者，他是觉得她不配跟他喜欢的女孩儿一个姓。这人装都不会装，无形中伤了多少人的心啊。

她不吃狗粮了，朝门口走去，背对着他们挥了一下手：“走了，我得补补血。”

她刚走，沈听温还没充分享受这个短暂的二人世界，护士过来了——周夕宥的确诊书落在了急诊的病床上——沈听温才知道她得癌症了。

周水绒把碰到她的情况大概说了一下，然后说：“她说等她进了李滚的乐队，她就可以去死了。”

沈听温没说话，把确诊书合上，问周水绒：“你饿了吗？”

“不饿。”

“我请你吃饭。”

周水绒不吃，朝外走去。

校庆就这么结束了，赵孤晴拿到了“最受欢迎节目奖”，总算是没辜负自己。那天之后，她把与沈听温相关的一切都封存了，再没有拿出来一次。

周夕宥开始接受治疗了，她也因为自己的绝症，成功得到了加入李滚乐队的机会。

周四，学年最后一次调整座位，班主任全权交给班长负责。

班长提出两种方案：一种是按照月考成绩排；另一种是自由选择。然后让大家投票，结果意料之中，是自由选择。

沈听温个子高，在走廊里站队的时候，他在最后。

井贺在他旁边，看着一个个进班的学生，问他："你跟周水绒坐一块儿吗？"

沈听温手插着兜，正靠在墙上听歌，宽大的衣服显得他很瘦弱，但没遮住他的贵气，干净利落的短发下一双闭起的眼，也是一道风景线。

梨亭不缺漂亮的人。这所学校里藏龙卧虎，男男女女，真要找，是各有各的漂亮，但要说找迷人的气质，沈听温独一份。

井贺没搞懂："我可以冒昧地问一句，你看上周水绒哪儿了吗？"

沈听温睁开眼，周水绒已经选好了位子，他慢悠悠地走过去，坐在她旁边。

周水绒看都没看他："滚。"

沈听温心悸，趴在了桌子上："我心脏不舒服，动不了。"

"你少跟我装蒜。"

沈听温拉着她的手放到自己的心口："你摸。"

周水绒把手抽走："别给我耍花样，赶紧滚蛋！"

沈听温声音很虚："你不知道心脏不舒服时不能随便动？要是我一不小心猝死了，你不心疼死？"

周水绒冷哼："你要是一不小心猝死了，我就买爆竹，在校门口放。"

"那你就被派出所带走了，市里不让放爆竹。"

"别废话了，你走不走？"

"不走。"

周水绒抓起包："你不走，我走！"

沈听温伸了一下手，没拉住她，眼看着她走了。

周水绒重新找了位子。舒服，没有沈听温就是舒服，她刷题的速度都肉眼可见地快了。但这种舒服没有维持太久，前两天考的物理卷子发下来了，周水绒错了几道题，而且她暂时没看出来错在哪儿了。

她看了一眼沈听温，他正撑着脑袋看书，看起来没有一点儿她的烦恼。

也正常，有人说他爸妈是物理学家，物理对他来说应该没有难度。

她挣扎了一会儿，还是走到他桌前，把卷子搁在桌上。

沈听温不易察觉地勾了勾唇角，抬眼时却一脸疑惑："怎么了？"

周水绒说："这道大题，是不是有问题？我推算了好几遍，答案都是我写的那个。"

"想请教？"

"就是问问。"

"哦，问问。那我为什么要告诉你？"

"你说过我有什么问题你都包，白纸黑字，别玩出尔反尔那一套。"

沈听温点头："我是说全包，但我没说你问的时候就马上告诉你。"

呵，耍她？周水绒走近他，薅住他的衣领："找死呢你？！"

沈听温假模假式地咳嗽起来："疼——"

周水绒松开他，说："你就说教不教，别废话。"

沈听温摸摸脖子："脖子被你勒疼了，你给我揉揉我就教你。"

周水绒微微仰头，看了一眼灯，然后拿起卷子回座位了。她这么好的记性，怎么总是忘记沈听温是个浑蛋呢？他无利不起早，不谈条件就不是他了。

她回到座位，把物理卷子收起来，拿起数学题库开始刷。

过了一会儿，有张字条传过来，她打开一看，是她不会的那几道物理大题的详细解析过程，还画了图。她下意识地看向沈听温，他正看着她，冲她挑了一下左眉。

她把解题过程看完，发现右下角还有一行字，写着：我是你的百科全书。

周水绒没理，揉成一团扔了。

体育课，沈听温他们打篮球，周水绒和一个女生打网球。

中场休息，有女生给沈听温送了一瓶水，他没要，接过了井贺递给他的那瓶。

井贺笑着跟他说了一件事："郭子打球时把他对象给他的小皮筋儿摘了，被他对象看见了，给他发消息说分手。他去哄了，估计是回不来了。"

沈听温眼睛一直看着网球场——周水绒打球真好看。

井贺还在说："我看这小皮筋儿就是紧箍咒啊，戴上就不能摘了，否则毁天灭地。这都有多少人因为那玩意儿被公开处刑了？"

沈听温收回目光来："什么小皮筋儿？"

井贺摸摸手腕："就是女的绑头发的那种小皮筋儿。哪个男的手上要是有一根，就代表他有对象了，也不知道怎么流行起来的。"

沈听温不感兴趣，听着就土。

"你说要是女的没洗头，摘下来皮筋儿给一个男的，不都是头油味啊？我光想想都饱了。"井贺说着抖了抖肩膀，好像抖了一地鸡皮疙瘩。

体育课下课，沈听温回到班上，拿着给周水绒买的一排酸奶，问她："你有小皮筋儿吗？"

"没有，滚。"

沈听温看到她手腕上有一根，就跟她要："那不是吗？"

周水绒不给，骂道："你有病？"

沈听温想要，说："你给我，我一个星期不跟你说话。"

那太好了，周水绒可以舒舒服服地过一个礼拜了。她忙把皮筋儿给了他：“拿了滚，记得说话算话。”

沈听温一戴上就翻脸不认人了：“一个星期不跟你说话，我做不到。”

周水绒要杀人了。

沈听温手腕上有周水绒的小皮筋，全校都知道了。

但他们不知道，他前脚刚说戴小皮筋土，后脚就啪啪啪地打脸了。

健身房。

周水绒做完当日锻炼内容，想去游泳。

沈听温也早早地结束了锻炼，跟她一道去了健身房的游泳区。

周水绒的泳衣有点儿暴露。她在展露自己这方面从来不扭捏，有好身材就露出来，而且她喜欢这身泳衣，无关它露不露。

沈听温没让她去泳池，在更衣室外堵住了她。

周水绒没给他好脸：“起开。”

沈听温说：“你不看看有多少人？你要去下饺子吗？”

“我就喜欢下饺子，我就喜欢吃饺子。”

行。沈听温仗着自己是男的，力气大，一把扛起她，把她扛进更衣间，然后锁上了门，硬要给她套上一件衣服。

周水绒不从，把他打了一顿。

沈听温就是不放弃，任她打，不是不疼，是他能忍。

周水绒使劲推了他一把，他的后背刮到了挂衣钩，刮出了一道口子，流出血来。她很生气：“你能不能要点儿脸？看不出来我烦你吗？”

沈听温不说话，还要给她穿衣服。

周水绒一巴掌打过去，打在他耳朵上：“别碰我！”

沈听温跟她说：“我带你去私人游泳馆。”

“我不用！”

沈听温有卡，把卡递给她说：“我是那个私人馆的年费会员，你想什么时候游，怎么游，都行。”

周水绒笑了：“我就想在外边下饺子，我就喜欢跟很多人一块儿游。”

其实不是，她更喜欢一个人游，但就是要戗沈听温。她不喜欢他那种替她做主的姿态，她用不着谁替她做主，她可以自己来。

沈听温后背流着血，手里还拿着周水绒的衣服：“你先把衣服穿上。”

周水绒快被他逼死了，她的嘴像刀子，说的话句句扎在他心上：“我劝你别白费力气了，我看不上你，我一天看不上你，我永远都看不上你。我最烦你这种男的，自以为是。”

确实很扎心，沈听温有点儿疼，他声音低下来：“嗯，我知道了。”

周水绒看他那样，突然没了游泳的兴致，穿上衣服走了。

沈听温坐下来，靠在墙上，看着顶上的灯。周水绒从来不会对他手下留情。也怪他，明知道她不会手软，还总是讨打。

可他还是很喜欢她。

她打死他，他也喜欢她。活这一辈子没多少时间是为了自己，为谁都是为，如果是为周水绒，那太好了。

周水绒出了健身房就被几个男的拦住了，他们说话还算礼貌，但拦住她不让走这个行为不礼貌。

打头的一个男的对她说：“我们等一下会去九里堡开卡，你要一起过去吗？”

这是要邀请她一起玩。周水绒不去，不悦地说：“让一下。”

那男的不让：“那加个微信行吗？刚才看你换泳衣，以为你要游泳，我们几个还在泳池边上等了你半天。看在我们这么有诚意的份上，加一个？”

周水绒皱眉，沈听温不让她去游泳，是因为他看出来这几个人把她当成了“目标”？

她刚才在更衣间那样对他……

她往回走，走回健身房，在门禁前，她又停了。她回去干什么呢？她要跟沈听温说什么呢？她明明不喜欢他，这一回去，他会不会以为她有那想法？

想着，她又转过身。

几个男的还没走，还是想邀她去蹦迪。她一个人打不过他们几个，所以没来硬的，就说：“我有传染病。”

只是五个字，他们就散了。

周水绒回到家，先洗澡，然后躺在床上，放空自己。

她觉得她有点儿奇怪，具体是哪儿奇怪，她也不知道。

网咖，沈听温跟原庚成一起来的。

原庚成，21 岁左右，是沈听温常去的那家国际射击场的少东家。原庚成跟沈听温认识，但不是单纯觉得沈听温这个人可以交往，主要还是看在他爸沈诚的面子上。

沈诚，一个金字招牌，沈听温凭着这两个字活了快二十年，顺风顺水。

沈听温一方面觉得自豪，另一方面又觉得有这么一个强大的爹，他估计这一辈子都会是“沈诚的儿子”，而没有别人称沈诚为“沈听温的爹”的一天。

原庚成拿了两杯咖啡过来：“你得带我上大分啊。”

沈听温打开 Steam，运行 PUBG：“我跟你打一把，你要是菜，我就玩单排。”

“你能不能看在我岁数比你大的份上，体谅一下我手速没你快？”

沈听温看过去：“手速跟岁数有关系吗？”

原庚成凑近拍了拍他的肩膀，一眼看到他手腕上的小皮筋儿，有点儿惊讶，拉着他的手腕要看看是什么牌子的小皮筋儿，让他连陀飞轮表都不戴了。他惊呼道：“哟哟哟，搞对象了？”

沈听温把手抽走：“你玩不玩？”

“玩玩玩。”

两人刚进入游戏，梁继凡和几个人上楼来了。梁继凡旁边的人先看到了沈听温，胳膊肘杵杵梁继凡：“凡子，沈听温。”

梁继凡扭头看见他，没说话，到窗边开了台电脑。

陈馥郁随后来了，她一身高街风格，嘴里嚼着口香糖，看起来已经从陈自谦进少管所的痛苦之中走出来了，还挺快。

她是来找梁继凡的，看到沈听温，她那副坏心眼儿又开始晃动了。

梁继凡他们玩 LOL 钻石局五排，陈馥郁坐在他旁边的沙发扶手上，手搭在他肩膀，给他吹耳边风：“周水绒，是不是你唯一没追到的女的？”

梁继凡烦死了，打开聊天框开始打字，顺便跟陈馥郁说：“那女的有什么好追的？我又不缺爹，追来供着？”

“我看就是你不行。怎么沈听温就追到了，还戴着她的皮筋儿？”

梁继凡：“滚滚滚，别在我这儿酸了，没看我这儿忙着呢？你不服气周水绒把沈听温拿下了，你去找她，你在我这儿说什么？”

陈馥郁声音高了：“梁继凡，你有没有良心？！”

这一嗓子，旁边很多人都看了过来。

她以前确实喜欢过沈听温，但都说了是以前。自从沈听温惦记周水绒之后，她那点儿心动全都没了。

梁继凡搂住她的腰，哄她：“好好好，我没良心、我没良心。你去那边等我一会儿，我打完这把带你去吃串儿。”

陈馥郁不干，哼哼唧唧地说：“我看见沈听温就烦，你能不能把他轰走？”

这就有点儿不识好歹了。梁继凡松了手：“愿意待就待着，不愿意待滚蛋！跟谁耍大小姐脾气呢？惯得你？”

陈馥郁歪着脖子，也不认㞞：“好啊，我从这门出去就往外宣传宣传你的丑事！”

造谣是陈馥郁的拿手好戏，她知道怎么把谣言说得像真的。喜欢梁继凡的时候，她拿他当宝贝，现在没那么喜欢了，就要榨干他最后一点儿价值。

梁继凡又不能在大庭广众之下打她，便把她拉到了一边，忍着抽她巴掌的冲动，说：“你说，让我怎么着？”

陈馥郁指向沈听温：“把沈听温轰走。”

梁继凡深呼一口气，咬着牙说：“行。”

他走到沈听温跟前：“兄弟，给个面子去别的地儿玩，行吗？钱我出。”

沈听温不搭理。

原庚成看一眼沈听温的反应，再一看梁继凡：“认识？”

梁继凡说：“我们一个学校。”

原庚成没明白，站了起来，态度有那么点儿不对了：“那让我们走？怎么了，有过节啊？”

梁继凡那几个朋友一看原庚成站起来，就都过去了，站在了梁继凡身后。

陈馥郁把这一幕拍了下来，发了一个朋友圈，写道：上网碰见有人挑衅，幸好有我梁哥在，轻松劝退。哈哈，梁哥就是牛。

她把沈听温的脸拍得特清楚，还有周水绒打的伤。但没人知道那伤是周水绒打的，这么一看就以为是梁继凡打的。

没一会儿，她的评论区就炸了。

周水绒听到消息是晚上八点，傅邻英告诉她的。傅邻英看到沈听温有周水绒的皮筋儿，周水绒也没解释过，他就也以为他们在一起了。

梁继凡不是要打架，便跟沈听温说：“给个面子。”

沈听温在决赛圈死了，没吃到鸡，退出游戏。他跟梁继凡说：“天天要我给你面子，你有那么多面子？”

他出来上网就是因为心里烦，本想着打两把游戏调整一下情绪，梁继凡还过来找碴儿，他哪有那么多好脾气任他跳脚呢？

他这话很难听，梁继凡舌头戳戳腮内侧：“你这话什么意思？”

“就是觉得你怎么总有事求我？”

原庚成心里沈听温的形象又高大了。他刚见到沈听温时，沈听温不入人群，话也不说。这样的印象就让他以为，沈听温是那种低调、不招惹别人的性格，哪怕他枪打得很好。

那时他没想过沈听温跟人正面冲突的画面，现在看见了。原来沈听温不是不刚，不是刚不过，是不屑。

梁继凡要面子，硬着头皮跟沈听温戗：“咱俩也算是打过几回交道了，老实说，我都给你留面儿了吧？我刚过来也没跟你说重话，你非要跟我这么冲？”

沈听温没空跟他扯淡：“你单方面求我不叫打交道，我没交道跟你打。”

梁继凡的面子一再被拂，突然理解了陈自谦之前为什么没控制住自己，跟沈听温正面冲突。有时候气一上来，真控制不住。

明白是一回事，做到又是一回事。

他往前走了一步，额头和脖子上的青筋已经暴了出来：“找练是吗？”

沈听温站起来，比他高三厘米。沈听温说：“你考虑清楚。”

梁继凡那几个兄弟像是得到了信号，嘴上说着一句句脏话，然后扑上去要跟他们干仗。

沈听温反应快，躲开了，原庚成反应慢了，没躲开，挨了一掌，他不干了，打电话叫了人。

网咖老板一看这事大了，报了警。

几个人被派出所带走，陈馥郁才有点儿慌了，赶紧删了朋友圈，但晚了，已经弄得尽人皆知了。

派出所。

原庚成家里来人，把他和沈听温带走了。梁继凡家里人来得晚，还带着赵孤晴和祝加夷。她们俩一听说就非要过来。

赵孤晴没在他脸上看到伤，放心了："你一天不打架就难受吗？"

祝加夷也说："你让我们好好学习，天天向上，你自己成天跟一帮二流子混。"

陈馥郁在一边，不敢说话。

祝加夷扭头讽刺她："有一些人，特会拿别人当枪使。"

陈馥郁很尴尬，说她有事，先走了。

祝加夷跟梁继凡说："你看，看看，这女的什么人品啊？！"

梁继凡听不进去她们的话，他还看着沈听温的方向。说实话，今天是他挑的事，沈听温的反应虽然有点儿激动，但在情理之中。如果是他被人轰，他恐怕都不会等到对方说完话就抡拳头了。

原庚成揽住沈听温："吃饭去？"

沈听温在回微信，刚才周水绒破天荒地问他现在在哪儿，他有点儿受宠若惊。他回：派出所。

周水绒：地址。

沈听温给她发了一个定位，嘴角随着发送成功的消息勾了起来。

原庚成看向他的手机："你还笑得出来？看见什么了？"

沈听温不给他看，收起手机，说：“你自己回去吧。”

原庚成明白了：“女朋友发的？”

沈听温没答，也不用答，因为周水绒已经来了。她从出租车上下来，在一众熟人的视线中，径直走向沈听温。那架势就好像是，世界这么大，她只为他。

周水绒过来是要把他的卡还给他，她回去收拾包的时候看到了，想必是当时两人吵得很凶，钥匙啊、卡啊、手环啊，掉了一地，她不小心收进自己包里了。

沈听温没接：“你过来找我就是为给我这个？”

不然呢？周水绒才不担心他的死活，她也不想知道他有没有怎么样，她就是为了送卡——她不想跟他在东西上不清不楚的——就是这样。

她也不看他：“你以为我是来看你的？少臭美了。”

沈听温把卡接过来：“哦。”

周水绒一看也没什么事，便说：“走了。”

沈听温跟原庚成说：“哥，没事，不用去医院了。”

原庚成突然被叫到，疑惑道：“啊？”

周水绒听到了。她以为自己会继续往前走，当作没听到，但想想在健身房时她就误会了他，突然生出了那么点儿不好意思。就是这点儿不好意思，让她回了头。

她这一回头，又不能不说话，就硬着头皮问了一句：“你又怎么了？”

沈听温的声音突然就虚了：“没事。”

原庚成看着这前后两副嘴脸的沈听温，差点儿没接住他的戏，幸亏自己也懂点儿套路，这才没给他露了馅儿。他忙说：“可能是刚才打架打到哪儿了，得赶紧去医院看看！”

沈听温跟跄着往前走了两步，还叹了口气：“我回家睡一觉就好了。”

原庚成看他坚持，便说："那行吧，我送你回去。"

沈听温说："不用了，离家也不远。"

原庚成又懂了，扭头跟周水绒说："那什么，我还有点儿事，挺着急的。这样，我给你俩打车，你送他回去。"

周水绒正要说话，原庚成已经给他俩打好了车，他脚底抹了油，比耗子窜得都快。

到这儿，周水绒已经看出来是怎么回事了。沈听温可以，进步了，都会请人助演了。但由于她对自己打人一事感到愧疚，就没撇下他不管。

周水绒一瞥他："走吧。"

沈听温走不动道："小腿抽筋了。"

周水绒一字一句地问他："那你想怎么样呢，少爷？"

沈听温把手伸向她："你扶着我。"

周水绒瞪他："你别得寸进尺，沈听温。"

沈听温把头扭向一边："我知道了，我不麻烦你了，我自己回去，以后我都不会再打扰你。也是，像我这么烦的人，你一定很讨厌。不像傅邻英，你还给他买酸奶。我都没喝过。"

周水绒差点儿给他一巴掌："那排酸奶最后不是让你给喝了吗？少跟我装蒜，你走不走？不走就在这儿死待着吧！"

沈听温不装了，跟上她。

梁继凡他们在不远处，把这一幕尽收眼底。梁继凡和祝加夷本能地看向赵孤晴，她的眼睛还是会透出难过，可已经会笑着面对他们的关心了。她说："他们很般配。"

周水绒把沈听温送回了家，沈听温不下车，说小腿抽筋还没好，要她扶他下车。她直接把他扔在车里了，爱下不下！

沈听温没辙，自己下了车。

周水绒咳了两声，说："那个，在健身房时，我没弄清楚原因就打你，是我冲动了，对不起。"

最后三个字她说得很含糊，不过还是可以猜到她说的是什么。沈听温装作没听到，把耳朵凑过去："啊，什么？没听清楚。"

周水绒又清了清嗓子："对、不、起！"

沈听温笑了笑，在夜色里不易察觉。他又说："就一个对不起？"

"那你还想怎么样？"

沈听温伸手拉住她的衣袖："你至少得说对不起谁吧？"

周水绒把袖子从他的爪子里扯走，说一个字停顿一下："对、不、起，沈、听、温！"

她为什么这么可爱？沈听温没管住自己，双手环起她的腰，抱住了她。

周水绒在他怀里扭动，就不让他抱："松手！别碰我！"

沈听温被她动得心里杂念横生，声音都不对劲了，双手摁住她的肩膀说："别动。"

周水绒真不敢动了。

沈听温在她的耳边低语："你就当是让我多活几年，别老勾引我。"

"谁勾引你了？你不说你自己满脑子污秽！"

沈听温笑："我满脑子都是你啊。"

周水绒回家又洗了个澡，洗完还是觉得心跳有点儿不对劲，她给自己测了测心率，测到一半，沈听温那张似笑非笑的脸突然光临她的脑海。

她晃晃脑袋，还晃不掉。她得跟他保持距离了，这家伙竟然开始影响到她了。

第二天上学，陈馥郁请假没去。校外打架的事只是在学生之间流传，没闹到老师的耳朵里。他们传的版本是：梁继凡和沈听温是为了陈馥郁打架。

陈馥郁的高光时刻，把一众就会嚼舌根子的女的酸得不行。

以前，学生们为陈馥郁站台，骂周水绒。现在风向全变了，两个在国大很出名的男生为了她打架，听起来是很长脸，但也很让人反感。

陈馥郁开始是要挫挫沈听温的锐气，让大家知道他被梁继凡打了。但谣言的传播总是始料不及，传着传着就变成了她脚踩两条船。

更有眼红的人把她跟校外男生在一起过的事扒出来了，有照片、有音频、有视频，她的名声更臭了。

看看，风水轮流转。

没有人说梁继凡和沈听温如何，她们说的都是同为女孩子的她们。

音乐教室。

李滚在看书，周夕宥突然出现吓了他一跳，他不悦地问："你干什么？"

周夕宥说："咱俩聊聊。"

音乐教室是对外开放的，最近周夕宥一直来国大跟李滚乐队排练。他们各有绝活，不用怎么练就能有很好的默契，所以大部分时间都在玩。

李滚没话跟她聊："不练了就回去吧。"

周夕宥偏要聊："我想跟你聊聊爱情。你跟赵孤晴，到哪步了？"

李滚烦她："你不走，我走。"

周夕宥拉住他："唉，你就不能看在我癌症晚期的份上，给我一点儿人道关怀吗？"

她这话管用，李滚重新坐下来说："就聊五分钟。"

周夕宥笑道："得嘞！"

"你想聊什么？"

"赵孤晴啊。我之前在'最美校园素人'的微博里看到过她的照片，她确实好看，看上去那么清纯。不过自从周水绒来了以后，她有点儿变成绿叶了。"

周夕宥这些天早就打听清楚他们这几个人的情况了。周水绒转学过来后，闹出的动静一件比一件大，几乎可以想象到她是为什么转学的。

当然，她不觉得都赖周水绒。自古红颜命途多舛，生而不平凡，糟心事就会围着她转。

李滚不想聊这个："聊点儿别的吧。"

周夕宥就想聊这个："赵孤晴喜欢沈听温，我一点儿也不意外。别看沈听温生人勿近，还深藏不露得让人害怕，但我们女的就喜欢这种感觉的。"

李滚抬起头："是吗？"

周夕宥看他来兴趣了，说："这样吧，你教我打鼓，我帮你追到赵孤晴。"

李滚就知道她是这个目的。他一开始以为她进乐队是真的想当好一个键盘手，可她前天说漏了嘴，她其实是奔着他的鼓技来的。他的鼓技，很多业内大牛都要夸一句。

周夕宥知道自己活不久了。谈恋爱就算了，她不想把剩下的时间都用在为沈听温流眼泪上。她就想为了自己学点儿自己喜欢的东西。

她看李滚犹豫了，乘胜追击道："我跟沈听温一起长大，青梅竹马，我知道赵孤晴喜欢他哪里。"

李滚还是摇了摇头："我可以教你打鼓，但帮我追人就算了，我知道自己几斤几两。"

周夕宥一咂嘴："伟大啊，李滚，你刷新了我对男人的印象。要不你喜欢我吧？我给你算一下，我大概还可以活两年，我给你当两年女朋友，你教我打鼓，带我上音乐节。我也让沈听温知道知道，我是他得不到的孔雀！”

她在开玩笑，也有点儿调侃他的意思，她就没见过这么卑微的男的，挺有趣。谁知道李滚说了句：“可以。”

“啊？”

李滚把手伸向她：“女朋友，你好！”

周水绒一整天都在看书、刷题，沈听温给她买的酸奶她也没喝。他把他的笔记给她传过去，她也不看。看起来就像是要跟他划清界限。他知道是他昨晚上抱她，把路走窄了。

这周水绒真小气，反正她以后也得嫁给他，他提前抱一下怎么了？预支一下怎么了？

井贺伸手在他眼前晃了晃：“别看了，哥，眼都直了。知道你喜欢她，但也收敛一点儿吧。”

沈听温被挡住了，有点儿烦：“滚。”

井贺给了他一张字条，说道：“马蒸磊让我给周水绒的，你去给她吧。”

沈听温接过来，直接打开了。

井贺突然不知道如何是好，忙说：“哥——这合适吗？”

没什么不合适的，周水绒之前非要游泳，就是说明她一点儿分辨危险的能力都没有，他不保护她，她一个女生得吃多大亏？

字条上的内容很过分，还留下了一个联系方式：……我的微信GZL01255_。

沈听温骂了一句，冲出去了。

他像一阵风，井贺反应过来的时候，他已经没影了。井贺偷偷看了一眼字条，暗叫不好，想追上去，可上课铃响了，他没办法，只好先回座位。

上课时，他把那张字条传给周水绒，然后在字条上又写了几个字：沈听温看见字条去找马蒸磊了。

周水绒没看懂是什么意思，没理。

任课老师看沈听温不在，在讲台上问："沈听温呢？"

没人答。

井贺看周水绒坐得还挺稳当，就又给她传了一张字条：沈听温肯定是去找马蒸磊理论了，这不是羊入虎口吗？

周水绒看到字条皱起眉，再看沈听温的位子，举起手："老师，我上卫生间。"

老师抬了一下手："去吧。"

周水绒跑出去，刚上楼，还没进走廊，她就听到骂街的声音，见到有男女往楼下跑。

待她跑到三班门口，见他们班乱成了一团，沈听温一个人站在中间，一副绝不服软的样子。

周水绒叫他："沈听温！"

她叫他的时候，正好有人上来推了他的肩膀一把。他突然就停住了。真奇怪，他不是一个冲动的人啊，他更擅长算计啊，他在干什么？

沈听温看到周水绒的时候，还能笑出来。啊，是他的姑娘啊。

周水绒跑过去扶住他，上来就骂："你缺心眼儿啊，你一个人过来？！"

沈听温说："你不是来了吗？"

周水绒扭头就是一个凶恶的眼神，歪了一下脑袋，然后把沈听温护在了身后。

沈听温看着她的头发，喘着气，下巴稍稍扬起，那样儿就好像在说：我老婆来了，你们等着死吧！

马蒸磊指着沈听温跟周水绒说：“可以，是个爷们儿，但上我们班找事，我们能让他走？都是肉长的，逞什么强？他沈听温也能算是个人物了？没他爹，他算什么！你想好了，是站在他……”

周水绒没让他说完就一脚踢过去，行动即立场。她当然站在沈听温这头，她又不认识对面这个人。

马蒸磊往后踉跄两步，撞在墙上。他懂周水绒的意思了，骂骂咧咧地冲向他们……

主任和老师过来，大声制止他们：“干什么呢？！”

周水绒被停课了，主任让她站在办公室门口，跟她在一起的还有其他几位涉事学生。

因为一张字条沈听温就疯了，他到底还是不是一个上网都会隐藏自己的人？这事至于吗？

学校的处分下来得很快，还没到晚上，就已经在大喇叭广播了。沈听温记大过，停课一周，在家反省；“从犯”周水绒记大过，停课三天；剩下几人也都被记大过并停课。

徐宿听说周水绒在学校里惹事了，赶紧从信源赶了过来，还带了个女的。

在周水绒的公寓里，那个女的给周水绒胳膊上被划的口子贴上创可贴，然后跟徐宿说：“就胳膊有点儿伤，别的地方没有。”

徐宿说：“麻烦你了，大老远跟我过来。”

女的笑道：“客气。”

徐宿没留她：“那这样，方绮，我给你订个酒店，然后给你买明天回去的票。”

方绮拒绝了：“我跟你待几天吧，反正我也没事。你一个大男人在这儿，总归是不方便，小姑娘有什么事，也不好跟你说。”

说是这么说，但他觉得……他还没说话，方绮说：“就这么定了。”

徐宿只好依了她。

方绮有眼力见儿，站起来：“我去买点儿吃的，你们聊。”

人一走，徐宿生气地拍了一下桌子：“你说你好好的，干吗去惹事？你是学生还是社会人？你要是有个三长两短，我怎么跟你舅舅交代，怎么跟你爸妈交代？”

周水绒不说话。

“你说你能保护好自己，这就是你保护的自己？你现在还小，等你长大了，你一定会后悔你现在这些行为的，简直是胡闹！”

周水绒看了徐宿一眼，说：“是，我以后会后悔，但让我在别人跟恶人抗争的时候像只乌龟一样缩起来，我做不到。年轻时不干点儿未来或许后悔的事，叫什么年轻？人在什么岁数，就干什么岁数的事。你别教育我，我也不干涉你，不好吗？你吃了几碗饭，你走了几座桥，是你的人生经验，不是我的，别用你的人生经验来约束我，我跟你从来不是一个人生。”

徐宿愣了。

总有人年长几岁就觉得自己是个人物了，周水绒之所以能辨是非、正直洒脱，就因为她爸妈从来不告诉她“你应该怎么样”。

徐宿气昏了头，周水绒这番话骂醒了他，是他没弄清楚自己的身份，在周水绒的教育问题上越俎代庖了。

他声音低下来：“对不起！我不理智了。”

周水绒原谅了他，说道：“你也可以活得自由一点儿，不要被社会总结的‘应该’束缚住。我妈跟我说过，就是因为太多的‘应该’，很多人都不愿意放过自己，所以他们不快乐。”

徐宿怎么也没想到，自认为活得挺明白的他，竟然没周水绒一个小姑娘通透。

医院病房。

温火看着病床上挂彩的沈听温，给沈诚削了一个苹果，还喂到他嘴边：“沈老师，啊——”

沈听温翻了个身，不想看见他们俩。

沈诚把苹果接过来，放下，跟沈听温说：“明天我出差，你妈也有事，你自己办出院手续。”

这就是长大，他小时候的待遇可好了。长大后除了遇到周水绒，没一件好事。沈听温无所谓，说：“嗯。”

温火问他：“你们老师说，你有个同伙，还是个女生。你没什么要跟我说的吗？”

沈听温一扭头：“你少打听。”

温火朝他的背拍了一巴掌：“什么态度！”

沈听温躲，不让她碰，但温火偏要碰，还要拧他身上的肉。他觉得烦，对沈诚说：“沈老师，能不能管管你媳妇儿？她当着你的面对别的男人动手动脚，这你都能忍？”

温火挑眉，她这儿子最近说的话越来越多了。她跟沈诚对视了一眼，交流了想法。

沈诚懂她的意思，牵住温火的手，最后嘱咐沈听温：“自己管自己。”

这不是常态吗？沈听温点头：“嗯。”

从医院出来，温火问沈诚：“那女孩儿你知道吗？”

沈诚的眼神变得深邃，慢慢地握紧了温火的手：“你听过司闻这人吗？”

周水绒有空看手机后才看到沈听温给他发了很多消息。她一条一条地看过去，从觉得无聊，到心里有点儿别扭，最后抿紧了嘴。

吃饭了吗？

那么担心我？

周水绒。

你好，周水绒！

我是沈听温。

你老公。

我很高兴你会来。

但仅此一次。

你应该被我保护。

懂吗？

周水绒！

姓周的！

有没有哪里疼？

他们打到你了吗？

你别瞒着我。

吃饭了吗？

别饿肚子。

周水绒。

你听见没有？

……

他好烦，废话真多，刚把他从黑名单放出来就骚扰她。他一刻都不停歇吗？周水绒把手机扔在床上，不理他。吃不吃饭关他什么事，烦！

手机还在响，不停地响。

他就不会发一段内容吗？他就不会说一整句话吗？周水绒又把手机拿起来，看他还是围绕着她吃没吃饭这个问题说着，便不耐烦地回道：**没吃！**

沈听温终于消停了。

周水绒呼了口气，把手机扔在了一旁。她躺在床上，看着顶灯，心里乱糟糟的。

这就是人们说的深夜伤感时间？可还没到深夜啊，那她怎么了？

她不知道自己想了多久，直到门铃响，她以为是徐宿和方绮回来了。

她跟徐宿说完话，他就出去找方绮了，说是怕方绮不认路，其实就是刚跟她吵完架，怕尴尬。

她走到门口，打开门一看，不是徐宿，不是方绮，而是身上全是绷带的沈听温。即便如此，他还是好看的。长相这方面，他就没输过。

沈听温举起手里的袋子："饺子。你之前说你爱吃。"

周水绒慌了，好奇怪，眼睛好像看不清楚了，心跳也早乱了节奏，呼吸还紊乱。她控制不住，就把门关上了，整个人靠在门上。

沈听温这么玩儿就没劲了，不带攻心的……

周水绒看着给她兑饺子蘸料的沈听温，没想通自己为什么会让他进来。

沈听温把筷子递给她。

周水绒没接："我有手。"

沈听温盘腿坐下来，扯到了后腰的伤口，闷哼一声，有点儿夸张。

"少装。"周水绒说。

沈听温不承认："真疼，缝了好几针。"

周水绒知道他流了不少血，但应该都是皮肉伤，要真有他说的那么严重，早瘫在病床上了，哪儿还有劲出现在她面前？

她懒得跟他计较，问出她的问题：“你是在各平台屏蔽了‘沈听温’相关的关键词吗？”

沈听温没瞒她：“差不多。”

周水绒展开来问：“你一个学生有必要把自己弄得跟个特务一样吗？还掩藏痕迹，你有什么秘密？”

沈听温给她的奶茶插上吸管，说：“我没有秘密，但我爸有，我不能成为别人算计他的突破口，凡事多留个心眼儿，就成了习惯。”

“你现在告诉我，就不怕我算计你爸？”

“我既然敢告诉你，就是不怕，这种问题你不用问。”

“你看不起我？觉得我办不到？”

“你能不能办到，我都不怕。”

没劲，周水绒不跟他扯了，说：“我对你爹不感兴趣，没心思算计他。”

“还有问题吗？”

周水绒本来没问题了，他这么一问，她突然想问：“你不问我，为什么去查你？”

沈听温不想问，答：“如果我到了一个陌生的环境，也会跟你一样先去了解周围人的特性，方便我跟他们和平相处。认识、磨合的过程太耽误时间了，且没有意义。”

周水绒觉得有意思了，把筷子放下：“你很聪明啊，那你跟我装蒜、扮可怜？够不要脸的。”

“我都没怪你查我，你凭什么怪我用什么方式跟你认识？”

周水绒没给他好脸：“故意引导就是欺骗，你这叫投机取巧。如果我不觉得你跟别人不一样，能多看你一眼吗？”

“我之前跟我爸去参加过一些科技项目的招商会，什么样的项目有投资价值？第一次亮相时就要有区别于其他项目的亮点，至少要做到推陈出新，然后它才拥有让大家进一步了解的资格。其他人没被你多看一眼，是他们无能。你不能因为我有能力就定我的罪，这没道理，我不服气。”

周水绒不跟他扯这些，说：“爱服气不服气，反正不管你多有理，你就是骗我了，我就是烦你。”

沈听温微微低下头，突然笑了一下，没笑出声，笑得很浅，有点儿没有办法的意思：“那就烦嘛。”

他的眼睛好像可以催眠，周水绒那种奇怪的感觉又来了，还很强烈。

沈听温夹起一个饺子，放到周水绒盘里：“吃吧。”

周水绒坦白：“我回国是想找到一些问题的答案，我没空去经营其他感情。你要是真聪明，就及时止损，别在我这棵树上吊死。”

沈听温把筷子放下，双手搭在桌上，撑着上身，看着周水绒：“要不要跟我打个赌？”

“什么？”

“赌你心里会有我。”

周水绒觉得可笑，不想跟他聊了，便说：“赶紧吃，吃完赶紧滚，你周爹要睡觉了。”

沈听温也不急于这一时，她逃避就让她逃。他重新拿起筷子，动作不怎么自然，看起来像是后背的伤口限制了他的行动。

周水绒有偶发性强迫症，明知道他在装蒜，也还是帮他把蘸料倒进他的碟里。

“谢谢。”沈听温夹饺子的动作也开始慢了，好像是夹不起来，很需要帮忙。

周水绒瞪他：“差不多得了，见好就收，懂吗？”

“有点儿疼，对不起。”沈听温抿了抿嘴。

周水绒盯着他的眼睛看，一眼就看出来他在骗人。可他的眼神太干净了，干净到有种洗脑的功效，叫她鬼使神差地帮他端起盘子，以便他夹到。

沈听温刚夹起饺子，饺子就掉了，周水绒下意识伸手去接，沈听温也去接，两个人的手就抓在了一起。周水绒反应快，往回收手，沈听温不松，攥得更紧了

她皱起眉："松手。"

沈听温很小声地说："你就让我牵一下，行不行？"

"不行。"周水绒说。

沈听温松了手："哦。"

周水绒认为，沈听温没被她彻底拖进黑名单的其中一个原因是他虽然讨厌，但很多行为他都会询问她，让她感觉到在被尊重。还有他冒犯到她的时候，他会道歉。把有没有诚意放在一边，男人能做到这点，至少不会让人反感。

沈听温看时间不早了，准备走了："为了你的安全着想，我得走了。我怕控制不住，就只能走。这可能就是一个男人成长路上必不可少的一课吧，尤其我还是一个很棒的男人。"

周水绒不想看他："就你？碰一下就哀号、喊疼，虚得不行，还棒？"

沈听温突然搂住她。

周水绒沉着脸，拧了他的胳膊，把他摁住："你找死呢？！"

沈听温发出闷哼声："疼……"

周水绒看他一点儿也不疼："我看你还是不疼，要是疼，早动不了了，还能来找我？"

"就算残废了，我也能来找你。"

周水绒没有再跟沈听温开玩笑："咱俩没戏，我不喜欢你，以后也不会喜欢。你的赌注没有意义，你不愿意及时止损，你就准备好被

伤死吧。”

沈听温点头，还能笑出来：“嗯，我准备好了。”

周水绒又开始变得奇怪，也不知道是不是室内空气不太好，她觉得有点儿憋得慌，推远他：“门在那儿，好走不送。”

沈听温看了一眼桌上的饺子：“那你记得吃东西。”

周水绒转过身，不看他，也不答话，她必须跟沈听温保持距离了。

沈听温走后，徐宿和方绮回来了。徐宿看到组合桌上的饺子，问她：“叫外卖了？”

周水绒没答：“我不饿了，你们吃。”

徐宿看着周水绒回了房间，有一个轻轻抿唇的小动作。

方绮看见了，低头笑了一下。

吃饭的时候，方绮给徐宿倒了一杯牛奶：“我记得你以前喝豆浆的，你说牛奶腥味太重，但现在好像可以喝了。”

徐宿心不在焉：“嗯。”

方绮给自己也倒了一杯，看着杯里的牛奶，说：“她确实很吸引人，有我没有的朝气，还有勇气。但她就跟花花世界里太多的诱惑一样，越美越危险，你驾驭不了。”

徐宿的注意力被她拉回来了，琢磨了一下她的话，有点儿被窥探到隐私的气急败坏：“你想多了。”

方绮淡淡地笑，道：“你现在不清醒，清醒之后想想我的话。如果你放不下，我祝福你。”

徐宿站起来，逃避了：“我送你回酒店，明天我跟你一起回去。”

沈听温从周水绒家出来嘴唇就白了，回医院的路上几个伤口都裂开了，血染红了绷带，满头的汗。

他没骗周水绒，他确实很疼，但他有演的成分，这样周水绒才觉得他在骗人。虽然不知道她会不会担心他，但他还不需要去卖惨。

回到医院，医生边给他处理伤口边骂他："都这样了，还往外跑？伤得还是轻。"

沈听温一个小伙子不至于弄俩伤口就动弹不了，疼两下又死不了。他答道："谢谢！"

医生剩下的话都被堵了，什么也不说了。

病房里只剩下沈听温，他待得闷，到外边走了走，不知不觉就走到了走廊尽头。

走廊尽头有扇窗户，窗户很大，窗户外是跟白天一样热闹的夜晚。医院没夜晚，总是这么忙碌。

突然，有个人出现在他身后，叫了一声："沈谕安？"

他没回头。

那个人也不走，说："你这张脸让人太印象深刻了，我不可能认错，沈谕安。"

沈听温记得这个声音，是之前在急诊厅认错他的人。他转过身来，还是那句话："你认错人了。"

那人摇头："两年前在平治九龙区旺角昌东街，发生了一起绑架案。有一伙不法分子绑架了两个学生，这两个学生第二天要去转机，然后去参加夏令营。"

沈听温像是听别人的故事一样，没点儿反应。

那人有点儿怀疑了，但还是把话说完了："被绑架的学生，一个叫沈谕安，另一个叫杨义祠。我是杨义祠，你是沈谕安。"

沈听温说："是吗？那真不幸。"

杨义祠撩开袖子给沈听温看了一眼："当时咱俩胳膊上都被铁丝划了编号，现在已经成了疤。你要不是沈谕安，就让我看看你的胳膊。"

沈听温把两条胳膊都给他看。

杨义祠看到一条花臂："你挡住了！"

沈听温把袖子放下来："先不说你真认错人了，就算你没有认错，已经过去的事，你想怎么样呢？"

杨义祠看着他的眼睛："我欠他一句'对不起'和一句'谢谢'。"

沈听温浅浅地笑道："没必要这么形式。"

看样子，杨义祠是得不到想要的答案了。他放弃了："我来医院是做全身检查的。下周要出国了，再回来，可能是十几年、二十年以后了。如果你真的不是沈谕安，那打扰了。"

他转身离开的时候，希望沈听温喊住他，承认自己是沈谕安，但沈听温没有。他也就没回头。看样子，他必须得让那段经历过去了。

那伙绑架犯是当时规模最大的黑帮，黄赌毒无不涉及。那时候平治乱，他们趁乱作案，犯了不少事。杨义祠和沈谕安被绑架后，天天挨打，杨义祠还因为总哭，被拉到"快乐房"。"快乐房"是什么？是地狱一般的地方，进去的人被折磨、践踏，甭管男女，进去就几乎不可能活着出来。

杨义祠当时怕极了，哭着喊着求他们放过他，最后要被扔进"快乐房"时，沈谕安说他有传染病，他们才放开了他，而目光转移到沈谕安自己的身上了。就这样，沈谕安被带进了"快乐房"。直到杨义祠被父母找到，都没再见过沈谕安。

周夕宥坐在秋千椅上晃悠，脑袋乱糟糟的。

唐君恩过来把她冰箱里吃的全换了，过期的都给丢掉了。看她魂不守舍的样子，唐君恩走过去，摸了摸她的额头，还好，不烫。

周夕宥抬头看着他："小叔，我爸消失三个月了，他是不要我了吗？"

唐君恩坐下来："你爸就你一个闺女，怎么可能不要你？"

"可我要死了，他很快就没有闺女了。"周夕宥说。

唐君恩捋捋她的头发："宥宥，咱们是生病了，但不是绝症，能治。"

周夕宥都多大了，怎么会跟小时候似的那么容易被骗呢？

"你知道我为什么喜欢沈听温吗？"

唐君恩一瞥他："你还不是看那小子长得帅？那东西随他爹，长了张漂亮脸蛋儿，到处骗小姑娘。"

周夕宥摇头："我们这样的家庭，爱情从来都不是全部，我们从小就被教育人生有更重要的事要做。普通人的生日礼物，或许是一顿丰盛的大餐，又或许是一部手机、一台电脑。我们的生日礼物可能是一套房、一辆车，可能是自家旗下公司的多少股份，又或者是哪个高端活动千金难求的门票。

"我们毕业以后会去更权威的学校深造，或者进入家族企业。在别人考虑是考研、上班，还是创业的时候，我们已经具备跟人在商场对弈的能力。

"学校能改变的，只有少部分人的命运，更多时候，学校都只是让大家短暂相遇的那么一个平台。曲终人散了，各自回到各自的阶层，大家的生活都不会有什么不同。

"因为我十分明白我人生的轨迹，所以我在很小的时候就知道，挑就挑一个最好的去喜欢，最好的人只会给我的生命锦上添花，我们甚至可以一起创造更大的价值。这就是我身为企业千金从小根深蒂固的思想。我或许会被新鲜的东西吸引一时，但绝对不会因为新鲜的东西迷失方向。"

唐君恩听着，并不惊讶她的领悟力。

很多年前，他像她那么大的时候，比她还要清楚自己该干什么。

周夕宥又说：“我以为我们这样的人都是差不多的，事实也确实如此。我那些朋友，他们不管多么离经叛道，都比其他人要精明，知道怎么用最少的力气获得最大的成就。

“沈听温是个典型，他条件太好了，他是我认识的人里，先天条件到后天发展都挑不出毛病的人。

“我跟他表白了，他拒绝了我，对我来说，虽然难过，但一定会及时止损。昨天我跟一个人开玩笑，他叫了我‘女朋友’，我的心狠跳了一下。当时不觉得有什么，只觉得可能是新鲜感，是新鲜感让我有了点儿反应。而我很清醒，我知道新鲜感是不作数的，它很快就会消失，绝对不会影响到我。

“可回到家，我清楚地感觉到，那是一种我明知道会是悲剧收场，但仍然想要去尝试的感情。这跟我理智的性格大相径庭。

“所以小叔，我明知道自己活不久了，还想要去尝试。这对吗？这不像我，我不应该是这样的。”

唐君恩听懂了，说：“成长环境让你比别人活得通透，那你怎么还是被这种所谓的‘应该’给束缚住了呢？培养你具有超前的思想，就是让你区别于普通人。如果你还是因为‘应该干什么，不应该干什么’逼迫你自己，你怎么能说你拥有跟别人不一样的成长经验？家里培养你半天，不是白培养了吗？”

周夕宥微怔。

唐君恩跟她说：“宥宥，你知道为什么虽然你跟沈听温一起长大，成长轨迹差不多，从家里边得到的资源也差不多，但无论是成绩还是交际，他都远胜于你吗？”

周夕宥摇头。

唐君恩说：“就是因为你不自由。别去想应不应该，要想自己愿不愿意，你会看到另一番景致。”

周夕宥理解能力很强，唐君恩的话她听懂了，也开始考虑李滚那句话了。

他喜欢赵孤晴，赵孤晴喜欢沈听温，他们都爱而不得。

反正他们俩不在一起也不会比现在更好，不如就在一起试试。

第五章 他很烦，但也没那么烦

周烟挂断周思源的电话，看向司闻：“你背着我联系思源了？”

司闻没否认：“嗯。”

“你送闺女回去，就是要重操旧业，是吗？”

“周烟。”

周烟懂了：“别叫我。”

“如果你不同意，我不会离开这里。”

周烟突然笑了：“可你明知道我忠于你。”

你当好人，我就当好人；你当坏人，我就当坏人；你拯救世界，我扬帆起航。

你明明都知道。

司闻走到她跟前：“你不相信我？我不会有事的。”

周烟的心突然疼了，多少年不疼了。她说：“我相信你，可是司闻，你比相信本身更重要。”我只想要我丈夫，我不管天什么时候会塌，月亮什么时候不再亮，我只要你在我身边，你有一双剔透的眼。

司闻拉起她的手，吻吻她手指：“遵命。”

周烟知道，她困不了他太久，这岛太小了，司闻太能耐了，它盛不下他。

周水绒不分昼夜地追赶国内的学习进度，才勉强到达中不溜儿的水平。她才回国没多久，就感受到了国内的学习强度比较大，她还需要一定时间适应，不过这个过程让她受益匪浅。

反省的三天，周水绒一直在刷题，还报了个班，高数老师的班。她不只教数学，以前也教过逻辑计算相关的科目，很合适周水绒。

周水绒把不懂的地方全都整理好，到固定的时间就去补习班补课。

说是补课，其实就是去老师跟前刷题复习，只不过相对于自己学，有一个好处，就是可以随时问问题，方便巩固所学知识。

另外，毕竟是花了钱的，会比没花钱的学生多学到一点儿技巧。

周水绒每次随堂小考的时候都能发现问题，所以她的月考成绩都还说得过去，也算是有一点儿运气在。

她找到可以请教的人了，就把沈听温那个“百科全书”抛到脑袋后边了。

她可以被很多事情吸引注意力，但一定不能被男人吸引注意力。尤其是沈听温这个在她这里有过“前科”的狗男人！

周水绒胡思乱想着，想到了沈听温，又骂了一遍，骂完还是觉得不解气，想到认识他以来发生的这些事，她就生气。

她周水绒什么时候让别人牵着鼻子走过？晦气死了！

越想越气，她拿起手机，看到他发来的几十条消息，回了一个“滚蛋”，然后又把他拉黑了。

沈听温刚看完一套题，收到“老婆”的消息，虽然只有两个字——滚蛋。但也够叫他弯起眼睛了。他清清嗓子，端着声音，用稍具磁性的声音给她发了一个语音：“怎么了？”

消息已发出，但被拒收了。

他看到熟悉的一行字，微微笑了一下，他几乎可以想象到周水绒发这两个字的时候是什么表情。

周五，周水绒返校。主任把她叫走教育了一通，最后说：“记住了吗？”

周水绒没记住，仍说：“记住了。”

“再有一次，就算你是国际生，也得该怎么办就怎么办。你不要觉得我们国内缺人才，有你没你都没多大影响，出去吧。”

周水绒从办公室出来，赵孤晴正好过来给主任送听课证。赵孤晴看到她后，下意识地点头，打了声招呼。

周水绒点了一下头，没说话。

下了楼，她又碰上了周夕宥和李滚。

周夕宥看见她，问李滚：“你认识她吗？”

李滚见过，也听过，说：“周水绒。”

周夕宥点头：“就这女的，我情敌。”

李滚没搭茬儿。

周夕宥把给李滚的水从他手里拿回来，走向周水绒，递给她：“救我的事还没谢谢你。”

周水绒没接，也没说话。

周夕宥本身不是娇小可爱类型的人，但跟比自己高半个头的周水绒走在一起，就显得小巧多了。周夕宥想请她吃个饭：“等下课一起吃饭吧？”

“不用。”

“沈宝贝跟你说我俩的关系了吗？我俩是青梅竹马，澡都一块儿洗过，家里边都给我俩定娃娃亲了。谁知道长大了，他看不上我了。呵，果然男人都一样，没一个好东西。”

周水绒没点儿反应：“跟我有关系吗？”

周夕宥把话题牵回到正轨上：“你让我请你吃顿饭，以后我就不烦你了。”

周水绒脚步没停："不吃这顿饭，你也没机会烦我。"

周夕宥看着她的背影，太潇洒了，她学不会。

李滚跟了上来："别看了。"

周夕宥把那瓶水又还给他："说她没素质吧，好像也不对。我要是要求她对我笑脸相迎，有点儿道德绑架。但说实话，她这态度我真不喜欢，太硬。"

李滚冷静分析道："她把你送到医院，还不要回报，光是这一点，就已经胜过大多数人了。"

周夕宥点头："对啊，态度不好也不是什么值得诟病的事，但不是所有人都跟你我似的想得这么明白。你信不信？她迟早吃亏在这态度上。"

"你就别操心别人了。"

周夕宥不操心了，挽住他的胳膊："行，不操心别人了，操心一下我的新男朋友吧！"

李滚红了脸，拿开她的手："别在学校这样。"

"你现在知道害臊了？那天你让我做你女朋友的时候，怎么不害臊？"周夕宥笑他。

李滚脸更红了，耳朵也红了，抿着嘴："周夕宥！"

周夕宥笑道："在呢！"

李滚的嘴抿成一条线，说："你别太过分了！"

"好嘛，我不说了还不行吗？"周夕宥又挽住他的胳膊，"既然周水绒不给面子，那晚上咱俩去吃饭吧？吃龙虾蛋糕。"

"晚上再说。"

"好的，我现在打电话预约。"

"我说晚上再说！"

"好的，约好了。"周夕宥晃晃手机说。

李滚后悔自己脑子一热让她当自己女朋友了，他哪儿受得了这么闹腾的女朋友，又不能凶她，她还生着病……他真是搬起石头砸自己的脚。

周水绒快进班的时候，楼梯间传来一声惨叫，音量不大，在室内可能听不到，但正处于室外的她听得一清二楚。

她没管闲事，进了班。

该上课了，但生物工程学范老师迟迟不来。她突然有一种不好的预感，跑出教室，推开楼梯间的门，就看到范老师摔在了楼梯口，看姿势貌似是滚下去的。

她跑下去，看到范老师两腿间的血流了一地，立刻打电话给医院，然后回班叫人。

整个过程她有条不紊，跟慌了神的其他人比起来，就像是事先知情，又或者是处理了太多类似情况。以至于医生给范老师检查完，说她是被人推下楼梯时，有部分人下意识地怀疑到了周水绒的头上。

偏偏范老师还含含糊糊，不说实话，甚至还有那么点儿把责任往她身上引的意思。

周水绒感觉莫名其妙，觉得自己这一番好心真是狗拿耗子。

范老师的丈夫到了医院，脸色铁青，尤其在知道范老师肚子里的孩子掉了的时候，那眼神就跟要杀人一样，几个学生在一边话都不敢说。

主任在一旁也很尴尬，虽然不是他们造成的，但毕竟是在学校流了产，难辞其咎。

丈夫问范老师：“怎么回事？”

范老师看了周水绒一眼，话说得不清不楚：“是我没守住他。”

丈夫不想听这些：“我问你发生了什么？为什么医生说你被人推

了，谁干的？到底怎么了？”

范老师低下头，抹了抹眼泪：“你就别问了，都是我的错就对了。”

丈夫扭过头来，话是对大家说的，眼睛却看着周水绒：“我孩子掉了，怎么掉的？我希望知情的人主动说，要是等我自己知道了，我一定让你们都安生不了。”

主任打圆场：“老哥别动气，具体发生了什么，我们都不知道。这几个孩子说看到范老师的时候，她就已经躺在了楼梯口……”

范老师没让主任说完，煞白的脸，虚弱的眼，似乎再说一句话就能因气血亏空而死，但她偏要说，好像受了多大的委屈：“他们是这么跟你说的吗？”

主任了解到的情况是这样。但范老师这么一问，主任怀疑了，看了周水绒一眼：“是不是这样的？”

周水绒又说了最后一遍：“我到楼梯间的时候，范老师已经躺在楼梯口了，我回班叫了人，然后跟大家一起把范老师送来了医院。这是整个过程。”

范老师又低下头，抹眼泪：“你为什么要说瞎话呢？你怕老师怪你吗？”

丈夫闻言瞪向周水绒，眼神何其恐怖。

主任也傻了眼，难道周水绒说谎了？范老师是她推下楼梯的？

其他学生也露出了怀疑的神色。

周水绒陷入有嘴说不清的境地，楼梯间没有监控，也没有一个证人。如果范老师一口咬定是她害得孩子掉了，她真救不了自己了。

范老师哭了一阵，抬起头来，泪眼婆娑，嘴唇还在抖：“孩子已经没了，我怪你就能挽回吗？我不会怪你，我只要你有一点儿愧疚之意。”

她那么伤心、那么真挚，她好像很无私一样，她似乎体现了一个人最高尚的境界，所以轻而易举地获得了民心。

她丈夫红着眼、咬着牙：“你们如果不能给出一个交代，大家就都别过了！”

气氛一度很紧张，周水绒被推到风口浪尖，成为众矢之的。范老师话里话外都是她对自己动了手。周水绒的同学、主任都将信将疑，哪怕有人心里觉得不靠谱，也因为对气氛的恐惧而不敢说一句。

周水绒淡淡地笑了一下：“就因为我不可怜，我不会哭、不会卖惨，所以你说的就是真的，我就是人品拙劣，就是罪无可恕？”

范老师有点儿生气：“你怎么能这么说呢？我都说不怪你了，你为什么还硬要否认呢？”

周水绒没空看他们演戏：“我这个人从不后悔自己干过的事，但说实话，我有点儿后悔把你送到医院来了，你不配！”

她转身就走，范老师的胸脯起起伏伏，她丈夫也气急败坏，既想追上去把人送到派出所，又担心情绪不稳定的老婆。他踱了几下步，最后还是坐到了床边，抚着他老婆的后背说：“慢点儿喘气。”

主任和几个学生在一旁也看不清楚事情真相了。

周水绒刚回家反省过，她看着就是个脾气暴躁的人。而且她对谁都是一个态度，也没个笑脸，几个学校关于她的流言数都数不过来，都不像假的。

范老师流产的事，第二天就在学校传遍了。周水绒再一次成为被议论的对象。上一次她还有几个支持者，这一次几乎没有支持她的人。

原因有二。

第一，她人很冷，不热情，转来以后以她为中心发生了很多事，大家认为“苍蝇不叮无缝的蛋”，很多事都跟她有关，就一定是她的问题。

第二，范老师性格好，对身边的人永远很温柔，都不会发火，几乎没有学生或老师不喜欢她。

就因为这两个原因，他们认定了一个“真相”：因为周水绒生物小考没考好，范老师想帮她，她觉得没面子，就在楼梯间推了范老师，然后叫人把老师送到医院，再说成是老师自己跌下楼梯的。

赵孤晴看到消息的时候，整个人都不好了。

祝加夷信了，说：“没想到她是这种人。要说陈馥郁造谣她，我信。范老师这么温柔的人都说是她推的了，肯定就是她。”

赵孤晴觉得逻辑不通：“她为什么要推范老师？”

祝加夷说：“他们不是说了吗？因为周水绒生物小考没考好，恼羞成怒。”

赵孤晴还是觉得不对：“恼羞成怒就推老师？而且那是一个孕妇啊，周水绒是脑子坏了吗？她为什么要干这样的事？事情败露了，她不就完了吗？”

“有可能是当时拌了两句嘴，冲动了，这有什么好怀疑的啊？难不成是范老师说谎了吗？”

赵孤晴不知道，但她就是觉得周水绒不是那么冲动的人。她那么聪明，她为什么会冲动？“我觉得这件事可能有误会。”

祝加夷钩住她的肩膀：“就是因为沈听温喜欢她，所以你也有点儿喜欢她了，对她有滤镜了。”

赵孤晴摇头：“好，先不说她冲不冲动。要定她的罪，至少得拿出证据吧？不能靠推测吧？”

祝加夷说：“范老师说的话还没可信度吗？范老师是谁啊，她在咱们学校零差评，而且她为什么要冤枉周水绒呢？用自己的孩子去冤枉一个人吗？”

赵孤晴也不知道该怎么说了，脑袋不够用了。

祝加夷叹气："别想了，反正你也放弃沈听温了，他沈听温不是能耐吗？我倒想看看，他这回还怎么给他心上人脱罪。"

音乐教室。

周夕宥听说了周水绒的事，一点儿打鼓的心情都没有了。周水绒救过她的命，她无条件相信对方，但除了她，怕是没几个人相信周水绒了，这让她很沮丧。

李滚给她两块小饼干："你中午就没吃东西。"

周夕宥拿过小饼干："你们学校的人都没有独立思考的能力吗？这么假的一件事怎么能传得那么凶？这是要逼死周水绒？"

李滚说："因为周水绒救过你，而你不了解范老师，所以你觉得这件事有蹊跷。我们学校的人都知道范老师是什么样的人，所以没有人站在周水绒这边。"

周夕宥把小饼干还给他："如果你也觉得周水绒推了你们的范老师，那咱俩分手，不合适。"

李滚一皱眉："我不是不相信周水绒，我是相对于她，更相信范老师。我印象中的范老师是一个温柔的人，她几次跟我说话都轻声细语的，还帮我提过琴。"

周夕宥站起来："周水绒把我送到医院，连句谢谢都没收，我说请她吃饭，她也拒绝了。就因为她看起来有点儿冷漠，所以就一口咬定她推了一个孕妇？这是什么道理？我是不认识你们的范老师，但我知道这世上颠倒黑白的事太多了。除非现在周水绒被诊出来有两种人格，或者精神病……"

最后一句话她说得很坚定："否则，我绝不相信，她会在学校推一个孕妇！"

李滚看她有点儿激动，担心她的身体：“我也没说周水绒推了范老师啊，我就是说范老师不可能说谎。其中可能有什么误会，你别气。”

周夕宥觉得他笨死了，说：“你这脑子要是不用，就捐了吧，跟你说话真费劲。我突然后悔答应做你女朋友了。要不，我再重新考虑一下？”

李滚也无所谓：“如果你想再考虑一下，当然可以。”

周夕宥看出来了，他一开始就是在开玩笑，就不坚定，她还烦恼了几天，他却当玩笑话来说。她突然有点儿难过，感觉自己难得那么郑重地做了一个决定，却并没有得到她想要的认真对待。

她把琴装好，背上，冲李滚一笑：“我考虑好了，你接着喜欢赵孤晴吧，我还是更喜欢沈听温。”

李滚突然有点儿不舒服。

青春期时跟儿戏一样的爱情，就这么被他碰上了吗？还是说，这根本就不是爱情？就是因为他们年轻、他们追求一切新潮的事情，包括爱情，所以让自己融入了人群当中？

周水绒并没有把范老师的事放在心上，但这件事影响太大了，越来越多的人开始诋毁她。

班主任不信她，主任也把她叫到办公室，言辞激烈。

从头到尾，周水绒就只做了一件事，就是把受伤流血的范老师送到了医院。无边的指责和谩骂却硬要逼她承认推了人家。

下午第一节课下课，学习委员发卷子发到她，把她的卷子往地上一扔，说：“能不能要点儿脸？承认会死？”

周水绒站起来，薅住学习委员的衣领，说：“捡起来。”

学习委员有点儿害怕被打，心怦怦跳，都要哭了。

周围有人看到这一幕，大声呵斥：“你干什么，周水绒？！推了范老师不够，现在又要打人？”

很多人看过来，附和着说她。不是骂她，但说的话比骂更难听。他们说她人品不好，推一个孕妇，现在又要打学习委员。沈听温是瞎了眼才喜欢她，搞不好沈听温也是这样的人，他们就是蛇鼠一窝。

围着的人越来越多，周水绒就是不松手，学习委员也偏不给她捡卷子。

井贺围在最边上，悄悄拿手机录下了这一幕，给沈听温发了过去，打了一行字：周水绒很难。

收到这条消息的沈听温在家一秒都待不了了，没换衣服就去了学校，无袖背心把他的好身材衬出来了，但也把他的花臂露出来了。

他点背，刚进校门就碰到了班主任，班主任一看到他，就把他轰出去了。

这样的沈听温一进学校，就是自毁前程。培养一个人才不容易，班主任不希望沈听温毁了。

沈听温站在校门外，又把视频看了一遍。

周水绒顶着这么多侮辱，也不露出胆怯，偏不认输。她太无畏了，可就是她太无畏了，他才更心疼。但凡她哭一声，就不会是现在这样被万人唾骂的局面。

不过她要是哭了，就不是周水绒了。

他不用去了解真相，他比周夕宥还无条件地站在周水绒这一头，人不会是她推的。

好不容易等到她来，她来了，他怎么能让她走？更不要说受着委屈走。

教室内，直到上课铃响，周水绒都不松手，还是班主任进来，把两个人叫走，才算让这场冲突收了尾。

办公室里，班主任问周水绒："为什么要这么做？"

周水绒语气很淡："她欠打。"

学习委员着急说话："我就是给她发卷子时不小心把她的卷子掉地上了，她就打我，还让我给她捡起来。"

班主任有点儿恨铁不成钢："你说说你转过来这段日子发生了多少事？就算我相信你不是主动闹事的人，但你有说服我的理由吗？这一桩桩一件件，你要说是同学冤枉你，或许是，可范老师也冤枉你？周水绒，我以为你到咱们十六班，咱们班是如虎添翼，我甚至还跟其他班主任夸口说你会是一匹黑马，结果你太让我失望了。你自己不上进就算了，还要拖着沈听温。"

周水绒看过去，她不是很明白班主任的意思。

班主任合了一下眼，无力感从她叹出的一口气中显露。她继续说："你长得漂亮，你有魅力，你把我最好的学生都带歪了。我看我这小庙是容不下你了。你要是有本事，就跟学校说，另找出路吧。你也别说老师无情，我带不了人品有瑕疵的学生，就算我顶着压力把你留下来，其他人也不同意。"

学习委员小得意。

周水绒一声不吭。

班主任看向周水绒："范老师这个事闹得太大了，很多学生家长都知道了，他们认为自己的孩子跟你这样的学生在一起学习很危险。我帮你说了话，但你知道，人言可畏，我的力量很薄弱。"

周水绒不想听这些。她说："你说怎么处理，我看能不能接受。"

班主任一怔，她没想到，都到这种时候了，周水绒都不低下她那颗"高贵"的头颅。她有什么可横的呢？现在没有一个人相信她，她在较劲些什么呢？

周水绒没横，她就是这样，她不会低头，因为她没错，没错为什么要低头？就因为没人相信？

从小到大，她只要进入人群，就会生出很多是非，所以她没有朋友。没办法，那些人要么讨厌她，要么害怕她，要么不想让自己被议论、被吐槽、被辱骂，怎么会想要跟她做朋友？

从她素未谋面的姥姥，到她妈，再到她舅舅，都是让人敬而远之的，所以他们从小就是一个人。

周烟说过，如果没有人喜欢，就一个人孤独、灿烂地活着，挺好的，一个人真的挺好的。干吗非要强迫别人呢？人家都不喜欢你、讨厌你、恨极了你，干吗非要凑过去？那会让自己看起来跟别人一样吗？为什么非要变得一样呢？因为孤独吗？孤独有什么不好呢？虽然难过不会有人安抚，但快乐也不必要跟别人分享啊。

她记着周烟的话，不强迫任何人站在自己身侧。后来事情发生得多了、杂了，她发现也没有人站在她身侧，他们更喜欢站在她对面。

没关系，她是司闻的女儿，她足够强大。

班主任郑重地说："你先回家反省吧，具体怎么处理，看学校的意思，到时候我再通知你。或者你把你家长叫来，我们聊一聊。"

周水绒点头，嘴上却说："我不接受这处理。"

班主任站起来："轮得着你接受不接受吗？你犯了错！"

周水绒说："我踢人，我回家反省，我接受，因为我确实干了，我不为自己辩解。你说我推人，说我人品次，我不接受。你不能因为骂我的人多，就认为我是错的。真理掌握在少数人手中，这话不见得对，但要是说真理掌握在乌合之众的手里，这话一定不对。要想处理我，你拿证据出来。"

"你就抓住了楼梯间没有监控这一个漏洞，是吗？"

"你怎么不说是范老师抓住了这一个漏洞而诬陷我呢？"

班主任急了，声音都大了："她为什么要诬陷你？！你给我一个理由！”

周水绒也不惧她：“那我为什么要推她？你也给我一个理由！”

班主任被她气得血压都要高了，大幅度地喘了几口气，剧烈地咳嗽起来。学习委员赶紧扶住她问：“老师，您没事吧？”

班主任用胳膊隔开她，接着跟周水绒说：“这回就算是天王老子来了，我也不要你了！出去！”

周水绒扭头就走。

学习委员有点儿幸灾乐祸，但她还是一脸担忧地看着班主任，颤抖着声音：“老师您别激动，为了一个学生，不值得。”

班主任叹着气：“这一个个的真不让我省心，我看迟早死在岗位上！”

学习委员表现得更害怕了：“您别这么说啊。”

他们都会伪装自己，都会让自己看起来无害、很可怜，只有周水绒像个顽固。

周水绒回到班上，所有人都用眼睛剜她，阴阳怪气地小声议论。

傅邻英不相信周水绒会推人，这事情一听就离谱。他跟周水绒相处过几天，虽然不能说了解她，但她知恩图报，根本不像他们说的那么歹毒。

他偷偷给周水绒传了一张字条，想鼓励她，结果被纪律委员看见。纪律委员拍了一下讲台：“干什么呢？”

字条传到一半，收是收不回去了，结果被纪律委员拿走，当着全班念了出来：“你没事吧？加油，我相信你！”

纪律委员在讲台上阴阳怪气地说：“有些女生，劝你自重，别以为有一两个支持你的人，你就可以不把纪律放在眼里。上课传字条，我要记在纪律簿上！”

傅邻英没被当众批评过。虽然没批评他，但事情跟他有关，还是让他红了脸、低了头。

井贺就很聪明，他不相信周水绒，也不相信范老师。他不会跟大家一起抵制周水绒，也不会跟傅邻英一样支持周水绒。

他不想被牵连，所以事不关己，高高挂起最好不过了。

周水绒没上这节自习课，收拾东西回家了。她心情不太好，不想上课了，而且目前这个学习环境，也不利于她再待下去，学不到什么东西。

她一走，十六班的人都自在了，好像走了洪水猛兽。

周水绒从校门口出来，沈听温走上去，拉住她的手腕就走。她跟着他走了两步，甩开他的手："我现在没心情搭理你，识相的话，赶紧滚。"

沈听温听不懂似的，就不走，还问她："饿了吗？"

那好，周水绒走。她绕过他，准备去车站坐车回家。

沈听温跟上她，不说话了，就跟着她。

周水绒在车站等车，看着对面的树，枝繁叶茂，却不如岛上的好。司闻买了很多岛，他让周烟给每座岛起名字，周烟把岛名取得一点儿都不诗意，叫什么小司、小闻、小司闻……

周烟取完岛名还喜欢问周水绒好不好听，周水绒还不能说不好听，不然她就不开心了。她不开心，司闻就不开心，周水绒就倒霉了……

周水绒有点儿想他们了，她想回家了。这里很好，可不是她的家，有司闻和周烟的地方才是她的家。

车来了，她上了车，刷了乘车码，走到后排位子坐下。

沈听温跟她上了车，跟她走到后排，坐在她身后，看着她。

周水绒的脑袋靠在窗户上，旁边座位上有一个小男孩，因为最后一口糖掉了，哇哇地哭起来。他妈妈一直在哄，周围人都是嫌弃的眼神。

周水绒以前也哭过，司闻说不喜欢她的时候她就哭，后来她发现哭完也不会改变这个结果，于是她就不哭了，再发生什么事都没再哭过。

周烟说“会哭的孩子有糖吃”，她试了，没有用，这句话在她这里就不成立，她还怎么哭得出来呢？

沈听温的花臂太扎眼了，很多人看到后都对着翻白眼，觉得有伤风化。带孩子的人还拿他举例子，用很小的声音说“这种人就是不正经”。

稍微有点儿理智的人，在孩子问道，“那个哥哥胳膊上画的是什么”时，是这样教育孩子的：“那是文身。就像妈妈是女人，你是男人一样，文身是很正常的事。但是你长大以后不要去文。”

孩子似懂非懂，沈听温听来觉得讽刺，淡淡一笑。

既告诉孩子不必对文身区别对待，又强调以后不能去文身，可笑的逻辑。

周水绒也听到了这句话，她知道他们是在议论沈听温的花臂。她刚才看到他穿了无袖背心，还有休闲裤，脚上的鞋也被踩住了鞋帮，好好的一双联名鞋被他穿成了拖鞋。不过也说明，他是赶过来的。

那又怎么样呢？

沈听温知道与否，要站在哪一头，都不会改变周水绒现在糟糕的心情。瓦妮莎跟她决裂那日，她不小心划破胳膊，痂已经脱落了，现在有点儿痒，像是在提醒她：无论她换到什么样的环境，该发生在她身上的事还是会发生。环境或许不同，人性里糟糕的东西却是大同小异。只要她是周水绒，只要她坚持使自己看上去薄情寡义，继续使自己看上去特立独行，不让自己被同化而变得世故、圆滑，她就会永远被孤立。

车到站了，周水绒下了车。

沈听温跟她下了车，追上去。

周水绒烦了，停住脚，一转身："你有病？一直跟着我。"

沈听温就想跟着她："嗯，绝症，不跟着你就死了。"

周水绒指着他："再跟着我，打折你的腿！"

沈听温就跟。他不会让她一个人走这条路的，也不会让她一个人消化那些不好的东西。

周水绒转身就给了他一脚："你找死呢？"

沈听温抿抿嘴，也不擦擦裤子上她踹的脚印，说："我要是承认我是在找死，你会让我跟着你吗？"

周水绒不想搭理他了，转身继续走，刷卡进了小区。

沈听温很像狗，跟在她身后进了小区的门，一路跟她走过了人工湖。

湖边下棋的老二大爷看到周水绒，跟她打了个招呼："丫头！"

周水绒心情不好，但不影响她讲礼貌，她淡淡回了一声："二爷。"

二爷看她身后跟着个小伙子，一挑眉："带朋友回家？"

周水绒看都没看沈听温："我不认识他。"

沈听温自我介绍："二爷，你好！我是她男朋友。"

周水绒扭头就骂："你少胡说八道！"

二爷看懂了："吵架了？"

沈听温撇着嘴点头："跟我闹气呢。"

周水绒眉头锁得更紧了："他不是我男朋友！我眼光有这么差吗？二爷，你前两天还说我有一双慧眼，有慧眼能看上这么个东西？"

二爷笑了笑："你这个口气，跟我们家那口子谈起我时一模一样。"

周水绒不辩了，爱咋咋的！

二爷看她带着气走了，喊了一句："不来杀一盘？"

周水绒摆了一下手："明儿您赶早再来！"

二爷笑着摇头，这丫头学他说话就算了，还把他的腔调都学来了。他说：“那要是明儿再来，你就碰不上这精绝的残局了！”

周水绒一听，折了回来。

二爷调侃她：“怎么着，不是明儿再来吗？”

“那您别拿残局招我啊。”

二爷笑着指指棋局：“看看吧，这几位老哥都解不出来，在这儿磨蹭一天了。”

几位老哥哥不服气：“你下成这样，进退两难，别说一天，三天下完这一盘就不错了。哪儿有你这么下棋的，不要结果，就要过程，这不耗工夫吗？”

周水绒一看这棋，困毙局面，单从棋面上看，确实难解。

二爷把位子让出来，说：“咱们让年轻人看看，他们这一代怪力乱神，净干独辟蹊径的事，说不定就能把这局给破了呢。”

他们都不信：“你个棋痴，除了吃睡就是下棋的人都解不出来，你这不难为人家姑娘吗？”

周水绒还真敢坐下来，她这一坐，几位老哥哥都闭嘴了。

二爷暗暗笑，他就喜欢这丫头被架到什么份上都不自乱阵脚的脾性，像他！

沈听温站在旁边，看了一眼这棋局，第一反应不是想怎么破，而是看向这位下棋的二爷。这棋局他见过。二爷，排行老二？他好像知道这位二爷是谁了。

周水绒百思不得其解，动哪一子都是死，难怪他们对着这棋局琢磨一整天了。

二爷看周水绒想不出来，就想着给她个台阶下，不至于让她跌面儿。谁知道沈听温蹲下来，凑到她耳边，说了什么，然后周水绒的眼睛就亮了，盯着棋局看了两眼，尝试动了几个子。棋局没破，但转成了另外一个困境，就是说，变成了另外一个难解的残局。按道理说，上一个残局算是解了。

几位老哥哥一看这情况，愣了愣，然后击节叹赏：“还真解了！”

周水绒这时思路才清晰起来，破局动子皆破，既然他们只要破局的过程，不要局面的输赢，那这样破局就是赢局。

沈听温的脑子有这么快吗？她看向他。

二爷也看向沈听温。

沈听温只看周水绒。

棋局破了，人群散了，周水绒走了。

沈听温自然是追上去，但被二爷喊住了，他停下来。

二爷问他：“小伙子，叫什么？”

沈听温说：“我姓沈。”

那就对了。二爷笑了一下：“替我跟你爷爷问个好！”

沈听温应了，走了。

二爷看着沈听温走远，感慨时间过得是真的快。眨眼，沈诚的儿子都这么大了。他们这些老东西，看来是真的到入土为安的时候了。

沈听温跟着周水绒进了她家那栋楼，又蹭了别人的卡上了电梯，来到周水绒家门口，敲了门。

周水绒没开门，她知道是沈听温，她没空搭理他，她要洗澡，然后睡个觉。

沈听温不敲了，给她打电话。

周水绒看到陌生的号码打来电话，就接了，听到沈听温的声音后，她头都要炸了，问：“你怎么会知道我手机号？”

沈听温说：“你开门，我告诉你。”

“我不开。”

“那我不说。”

周水绒就把电话挂了。

沈听温再给她打，她拒接了。他给她发短信：**那你想不想知道，棋局我是怎么想到的？**

周水绒突然来了点儿兴趣，这已经是这些天唯一能让她暂时放松的事了。她过去给他开了门，但不让他进，说：“你就在这儿说。”

沈听温直喊累：“我走了那么长时间路，腿疼了，你让我进去坐一下。”

“不行！”

“我保证什么也不干。”

“你干不干我都不让你进来。”

“那我不告诉你了。”

周水绒气死了，一把薅住他的背心，把他拽进了屋里：“现在说吧！”

沈听温低头看她的手，她的手就贴着他胸膛的肉。他说：“说就说，你怎么还摸我？你那么喜欢摸我吗？”

周水绒一巴掌打过去：“你有什么好摸的？”

“你怎么又提那茬儿，忘不了了？周水绒，你还说不会看上我，你现在还不是在天天想我？”

周水绒一个过肩摔，力量不够，没把他摔过去，跟他一起倒在了沙发上，准确来说，是她躺在了沈听温身上，后背抵着他的胸膛。

她当下就要起来，可沈听温抱住了她，她屈肘杵在他腹部：“松手！”

沈听温不松，抱得更紧：“对不起，你觉得冒犯我也不想放开你。”

“你到底想干什么？”

“我想让你喜欢我，如果暂时不行，就想让你开心点儿。”沈听温声音低低的，但很温柔。

周水绒不挣扎了，那点儿难受劲又回来了，她突然觉得冷，还往沈听温滚烫的身躯里躲了躲。她以为自己是不需要怀抱的，但她偶尔会想要温暖，沈听温的怀里很温暖。

她可能要暂时忘记自己是谁了，忘记自己才刚说完要跟沈听温划清界限。

她想要这点儿温暖。

沈听温跟周水绒侧躺在沙发上，他在里，她在外，他抱着她，下巴贴在她肩膀上。

不知道过了多久，周水绒冰冰凉的身子被裹热了。沈听温说："二爷本名叫费宪明，叔伯兄弟当中排老二。他家祖上是唱戏的，到了他这儿，不唱戏，喜欢下棋。但他下棋不是很厉害，厉害的是摆棋。"

周水绒听着。

沈听温接着说："听说他手上有古谱孤本，全是奇局。他下棋不讲输赢，是因为他想把棋下成奇局，他享受这个过程。摆残局在过去是江湖棋手行骗的手艺，放在当下，有些人以它为毕生追求。"

周水绒问他："你怎么知道？"

沈听温贴着她的脸："你老公什么不知道？"

周水绒不让他抱了，一拧他胳膊："再胡说八道就把你胳膊剁了！"

沈听温不松手，疼也不松手，说："你这是过河拆桥，暖和了就不要我这个暖炉了。"

"你扯淡！我没有，我一点儿都不冷！"

"嗯，我冷，再让我抱一下，可以吗？"

周水绒不给抱，狗东西还想抱她？想得美！她推他："你给我把手松开！"

"我还受着伤呢，你这么使劲推我，万一我的伤复发了，你又该心疼了。"

周水绒不信他的鬼话："从认识你开始，你就在骗我，你的话要是能信，太阳就升不起来了！”

沈听温说：“你还想不想听二爷的事了？”

周水绒消停了。

“那你能不能给我抱一下？”

“不能！你少跟我做生意！你爱说不说，你爹不听了！”周水绒一巴掌打在他胳膊上，给他的白皮肤打红了，“起来！别躺我家沙发！”

她这一巴掌正好打在沈听温的伤口上，他在最疼的那一阵忍住了，没有反应，等疼劲过了才喊：“啊——”

他叫得很奇怪，周水绒眼睛都睁大了，下意识地捂住他的嘴：“你瞎叫唤什么？”

沈听温攥住她的手腕，嘴唇贴在她的手心，说：“疼。”

“疼你就叫？你还是不是男人？有那么疼吗？而且你叫的那是什么声音？”周水绒想把他的嘴缝上，真是烦。

沈听温撇嘴：“哦。”

他又来了，又来了，就是这副样子，仗着自己长得无害，就老骗她！她不看他了，扭过头去，坐在地毯上，靠着沙发：“你不是要说二爷的事吗？”

沈听温接着跟她说：“二爷跟我爷爷是杵臼之交，当年两个人一起离家出走，过了很长一段没钱的日子，后来约好，等谁混出名堂就大摆喜宴，只请对方。刚才那残局就是二爷当年跟我爷爷再见时摆给他的，我爷爷琢磨了半辈子也没琢磨出来，后来被我爸破了，所以我一看就知道是怎么回事。”

周水绒没想到世界这么小，但细细一想，也正常。

她住的地方算是个富人区，邻居自然非富即贵，娱乐圈是个圈，财富圈也是个圈，在同一个圈里撞上，似乎也没那么不可思议。

现在她知道了，沈听温可以走了。她当下就要送客：“没事了吧？没事了滚。”

沈听温不想走：“那我跟你保持距离，你可以让我留下来吗？”

“不可以。”周水绒有点儿累了，“别让我说第二遍。”

沈听温说那么半天就是想转移她的注意力，可她太不容易被转移注意力了，他留下确实没意义了。如果周水绒一个人待着舒服点儿，他当然不会打扰她。

门关上，巨大的无力感瞬间吞掉了周水绒，原来一个人待着，并没有比沈听温在时好多少。原来她不仅被沈听温影响，还有点儿习惯他在身边了。

其实从他能够骗到她，而她允许他靠近，就有什么东西悄悄发生了变化。

不知道为什么，沈听温好像很了解她，他把她所有的口是心非都猜到了。

她走到沙发前，想着这段时间发生的事，发起呆来。

沈听温没走，出门就坐在了她家门口，他担心她。他刚才一句都没提学校的事，可他知道，学校那些糟心事就没离开过周水绒的脑子。

他要在这里守着，她有什么事，他第一个就知道。

李滚犹豫一整天了，拿着手机，看着周夕宥的头像，不知道该不该找她。找她的话，不知道该说点儿什么，但不找吧，他又觉得心里没着落。

最后他打定了主意，给她发了条消息：**我发现你这个人就喜欢口嗨，一点儿都不负责任。**

周夕宥刚做完检查，已经很累了，收到李滚的消息，更累，回都没有回他，揪着手指生闷气。

唐君恩看她不高兴了，以为她在想她的病情，便说：“等做完骨髓移植，你就好了。”

周夕宥笑了笑：“配型的骨髓那么好找吗？”

“这你就别管了，反正你记住你不会有事就行了。其他的，我跟你说了也没有用。”

周夕宥没当回事，她现在心里很乱，想着李滚，想着沈听温，又想着周水绒。按理说，周水绒是她情敌，她应该对周水绒没什么好感，但她并不讨厌周水绒，甚至还有点儿喜欢。

周水绒的家庭条件不会比她差，但周水绒跟她身边所有的富二代都不一样，周水绒的一切都太鲜明了。

等做完全身检查，周夕宥就要住院联合化疗了，再也不能出去见这些人了。她还挺想在此之前跟李滚说清楚是好是散，然后看着周水绒洗清嫌疑。

想到这些，她给李滚回了消息：我还想吃龙虾蛋糕。

温火心不在焉，只一顿饭的时间，就已经走很多次神了。

沈诚放下叉子：“别想了。”

温火回神，闭了一下眼：“我不像你，什么场面都见过。我听到儿子喜欢的女孩儿是司闻的女儿，我平静不下来。可司闻他是谁？”

“你怕吗？”

“我不怕，脸我都不要，我还怕什么？我只是担心我儿子。”

“我们不说他出国就是要找那女孩儿，就说他只是出国留学。咱们儿子不是个老实的人，你知道他能给你闹出什么事？”

温火不说话了。

沈诚把她的手拉起来：“火火，他是只鸟，你能把他锁在家里一时，但你永远不能开窗，因为他一定会找到机会飞走的。”

NUDAKE Mars Cafe 店里。

李滚看着面前的一块蛋糕，没什么胃口，因为周夕宥从跟他见面就没说过话。

周夕宥把蛋糕吃完，擦了擦嘴："你现在觉得我口嗨了？那你答应我的时候不口嗨吗？咱俩都有责任，你为什么就赖我呢？"

李滚说那句话的时候冲动了，也是有点儿生气。她说在一起就在一起，说分开就分开，这叫什么呢？

周夕宥又问他："你现在不喜欢赵孤晴了吗？"

李滚也问她："你现在不喜欢沈听温了吗？"

周夕宥说："我喜欢沈听温啊，长得比你帅，还比你有钱，他手里边全是升值的资产，我绑住他就是绑住了后半辈子的饭票。"

她故意说气人的话，说她其实并不认可的话："女人什么都可以不好，但不能嫁得不好。"

李滚很生气："我早就应该知道，你认真不了。"

"那你就能认真了吗？只有我要跟你学鼓这一件事是真的，其他的我敢说，你真敢信吗？"

"我信了！"

周夕宥愣了。

李滚站起来："我现在知道你是什么态度了。既然我答应教你打鼓，我会做到，其他的就算了。我不想跟你试试了，你这人不会认真！"

周夕宥伸了一下手，没拦住他，眼看着他去埋单了。

这几块蛋糕有点儿贵。生活费没多少的李滚一听才知道上次周夕宥请他吃蛋糕花了多少钱。他咬咬牙买了单，转身往外走。

周夕宥追出去，挽住他的胳膊："在一起是两个人的事，那么分开也得是两个人的事。"

李滚停住了，看着她。

周夕宥扬扬下巴："说好了试试，至少得试一下。"

"你不是喜欢沈听温吗？"李滚别别扭扭地问。

"那你不是喜欢赵孤晴吗？"

李滚不跟她提这个了。问她："这次是认真的吗？"

周夕宥说："周水绒的事情是我没有站在你的立场考虑，你跟她不熟，她也没救过你，你不向着她在情理之中，我不能跟你任性。"

李滚也跟她承认错误："我既然是你男朋友，就应该以你为主，你说的话就算在我听来没有道理，也一定是有你的道理的。"

周夕宥突然笑了："你这是在哪儿看到的？"

李滚说："我在网上搜了搜。"

周夕宥要笑死了："然后网上告诉你，女朋友都是对的，是吗？你信吗？"

"有点儿信。"

"你怎么傻乎乎的啊？我后悔了，咱俩别好了吧？沈听温多聪明啊！"

李滚攥住她的手："那我以后听你的，你能不能也答应我，不要再提沈听温了。"

周夕宥清清嗓子说："好！"

李滚接着跟她说："现在我觉得周水绒一定没有问题，其中一定有什么误会。"

周夕宥点头："我会证明给你的，周水绒绝对没问题！"

周水绒一夜未眠。

沈听温守了一夜。

周水绒洗个澡，准备去上学。

她没错，他们休想让她认了这个错。

药不乱吃，话不乱说，错也不乱认！如果他们不依不饶，她就从头开始捋，所有踩过她一脚的人，她会一个一个把他们吊在太阳下！

她出门时没看到沈听温，不是沈听温走了，是他躲在了楼梯间。

待她进了电梯，他才出来。他准备回家换身衣服，有事干了。

出了一楼大厅，他没看到周水绒的身影，刚觉得不妙，周水绒突然出现在他面前，像鬼一样。

周水绒看着他："你别跟我说你在我家门口待了一宿。"

"没有，我早上过来的。"

"回家不换衣服？"

"男人天天换什么衣服？"

周水绒一瞥他："别以为我会感动。"

沈听温点头："嗯，你不感动，你只心动，但心动也不是对我心动。你看不上我，以后也看不上我，我不应该白费力气。"

他把周水绒要说的话都说完了。

沈听温对她说："你左右就说这两句，我都会背了。"

周水绒懒得跟他说，扭头就走。

沈听温跟上去："既然被你发现我守了你一宿，你能不能请我吃个早饭？"

"是我让你守的吗？"

"不是。"

"那你凭什么让我请你吃饭？"

"好吧，我知道了，我不配。那我回家喝粥吃咸菜吧。"

周水绒的眼神要是有杀伤力，沈听温现在俨然就成了一具尸体。他卖惨总是卖得恰到好处，还亦真亦假。她妥协了："就吃一顿。"

"好！"

周水绒请沈听温吃饭，碰到了熟人，沈听温的熟人，还是个女人，看上去 20 岁左右，有点儿轻熟女人的魅力。女人看到沈听温，眼睛都亮了，自动忽略了一旁的周水绒。

周水绒没什么胃口，没吃两口，结账走了。

沈听温想追上去，被那女人拦住了。

周水绒没回头。沈听温没追上来，应该是跟那女人有话说。正好，她要迟到了，就先走了。

在车上，周水绒又回想起刚才那一幕，想起那个女人的脸，还有她之前猜测的沈听温的事情，虽然这些事没什么必然的联系，但不知道为什么，她就是忍不住会乱想。

沈听温没被那女人耽搁太久，但出来时周水绒已经不见了。他给她发了一个消息：那是我姐。

周水绒回过去：你不用跟我解释。

我怕你吃醋。

那你想多了。

是吗？那你跑什么？奶油汤都没喝完，你就那么着急走？

周水绒不回了，沈听温老有话说，她懒得跟他废话。

沈听温的反省还剩一天，他已经安排好最后一天干些什么事了，首先就是去医院看范老师。

医院病房。

沈听温穿着得体，给范老师送上鲜花和果篮。

范老师受宠若惊，沈听温是第一个来医院看她的学生，两个人之前也没多少交集。

沈听温亲自给范老师削了一个苹果，难得笑意盈盈地说："范老师，没想到周水绒竟然是这样的人。您受伤太让人难过了，我听到消息后一晚上没睡着觉。"

范老师笑了笑，有点儿不太相信："你这么关心我吗？"

沈听温拿出一张生物试卷，说：“我刚上国大的时候生物最差，那时候您帮我补了一个多星期，后来我的生物成绩赶上来了，这都是您的功劳。”

范老师记得有这么回事，但她以为过去那么久了，他早忘了，没想到他还记得。

沈听温又说：“听说您丈夫经常出差，没时间照顾您。这样吧，反正我这段时间也上不了学，我来照顾您吧？以后我接您上下班。”

范老师本来要拒绝的，但谁能拒绝沈听温这张脸呢？

就这样，沈听温成了范老师的“保镖”。

反省时间到了他也请了假，没去上课，白天在医院照顾范老师，晚上去周水绒家门口守着，抽空去门诊给自己换药，忙得不行。

周水绒在学校过得一点儿也不好。

卫生间里总是能听到有人辱骂她，骂完还幸灾乐祸，说沈听温最近一直在照顾范老师，看样子是看清楚周水绒的真面目了。

周水绒可以平静地听完她们说的那些脏字，但不能平静地听完关于沈听温的那句。

她不相信沈听温对她有几分真心，但她也不蠢，不会就凭她们的两句话就认为沈听温要站在范老师那头，他应该是想通过范老师帮她洗清嫌疑。

她也不知道他是不是傻，人们骂她不是因为范老师，他们只是借助范老师这件事，发泄对她的不满。

没有这件事，人们也会找到另外一件事。具体为什么对她不满，她可以说出一、二、三条，但究其根本，很多讨厌，都不需要原因。

第三节课下课，英语老师走进来，把卷子往桌上重重一摔，很生气地说：“周水绒，你给我站起来！”

周水绒站起来。

所有人都等着看她的热闹。

英语老师拿起一张卷子，说："你要不想考你就别考，你这写的是什么啊？我知道最近在你身上发生了很多事，但学校是学习的地方，我不管你在课下怎么样，你只要学习好，我就拿你当我的学生。可你看看你这个学习态度，你还配我教你吗？把英语卷子当语文卷子写，英语作文你写成文言文？"

哄堂大笑。

周水绒听到这儿知道发生了什么，估计是有人调包了她的卷子。

她直说："我自己搞自己，让你到班上来骂我？就算是精神病，也不至于这么不利己吧？这种拙劣的恶作剧你之所以会信，说明最近的事情你都信了。信我推老师，信我人品次，所以也信我乱写卷子不尊重你。我回国学了很多谚语，其中有一个我体会最深，叫作'福无双至，祸不单行'。"

班上的人小声议论着她，仍然没一句好话，全是说她在装白莲花，强词夺理，胡搅蛮缠。

这就是谎话说一千遍，流言传一千遍，变成了"真相"的表现。

周水绒在国大已经到人人喊打的地步了，极个别冷静的人也不敢表达自己的看法，因为总会被各种激动、高亢的声音反驳、掩盖。

英语老师毕竟是成年人，就算相信那些事，被周水绒这么一说，面子上也有点儿挂不住，匆匆结束了话题，让她以后不要再这样了。

这事在学生里却过不去了，周水绒戏弄英语老师，罪加一等，就连早上出操都被找碴儿，硬是让她站了一个小时军姿。

站军姿、负重跑步，这都是周水绒的强项，司闻早把她训练出来了。可不知道为什么，她就觉得此刻的太阳格外刺眼，灼得她脸疼。

赵孤晴看到站在太阳底下的周水绒，有点儿难过。

祝加夷安慰她："你别乱想了。"

赵孤晴说："你就去看那些骂周水绒最欢的人，她们看上去好像恨死了她。但如果有机会成为她，我可以说，她们没有一个人会拒绝。"

祝加夷也承认这一点，周水绒漂亮、有钱，学习还好，她有太多让人想要成为的地方了。

想想历朝历代，那些拥有盛名也背负骂名的英雄、红颜，再看看周水绒，虽然她不能跟他们相提并论，但反映的问题好像是一样的。

在医院，沈听温通过这些天跟范老师接触，果然发现了问题。

他让井贺帮忙找范老师给哪些学生提供过帮助，拿到了一个名单。他照着这个名单一一排除，最后锁定了一个跟范老师相处过于密切的人。

范老师下午就要出院了，沈听温在此之前跟她聊了一点儿别的事情。他说："范老师听过 20 世纪 90 年代末的一起女老师强奸一名未成年男生的案子吗？犯罪的老师坐了几年牢来着？"

范老师当下变了脸，不温柔了，也不镇定了，那表情像戏本里被戳穿秘密的丑角，嘴唇抖动着。

周水绒站完军姿，到超市买了一瓶水，故意走了去艺术院系的路，路过美术班。有个男生看到她，追了出来，喊她的名字。

他走到周水绒跟前，低着头，不好意思地看她："你有时间吗？"

周水绒手插进兜里，摸到手机："说吧。"

他看起来像是对不起周水绒，可他们根本不认识。他一直不抬头，很小声地说："我知道你没有推人，他们都错骂你了。"

"嗯，因为推人的是你。"

他猛地一抬头。

周水绒脸上还有站军姿时被晒出来的汗，她看着他：“范老师出轨了，跟你在一起了。她怀孕了，孩子是你的。你害怕了，就把她推下了楼。”

他急着辩解：“不是，是她不想要孩子！她不想离婚，因为她老公能挣钱，而我没有钱！我当时是一不小心……”

他说完，见周水绒看着他，立刻捂住嘴，但已经晚了。他紧张了好几天，精神都要崩溃了，所以周水绒轻飘飘的一句话就把他的实话套出来了。

他蹲下来，捂住脸说：“对不起！我没想到你会送她去医院，我也没想到她把责任都推给了你。”

周水绒当然不会平白接这口锅。她从范老师诬陷她那天开始，就留了个心眼儿。没有不透风的墙，学校里发生的事，怎么可能一点儿风声都没有。

果不其然，范老师早年因为跟一个男生走得太近被学生家长找过，最后学校说是误会。

这事算是给了周水绒一个方向，她从这个角度入手，私底下向傅邻英打听了范老师跟哪些学生走得近。要说最近跟范老师走得近的学生，那就是眼前这个人了。

周水绒把所有已知条件拼凑在一起，猜测出来一个答案——

范老师不能让人知道是这个男生推了她，而周水绒多管闲事，送她去了医院，正好当了这个男生的替罪羊。她为什么要替这个男生隐瞒？答案无外乎两种，因为爱情，或者他有她的把柄。

周水绒本来想要直接找他，跟他明说，但听说他最近很不在状态，有些反常，笃定他还有一丝良知，便硬是自己接受了所有的针对，让自己看起来更可怜。

果然，今天等到了他。

周水绒从这个男生嘴里知道了全部的真相，随手录了下来，又随手给范老师的老公发了一份。

以德报怨的是圣人，她周水绒就是个俗人。

范老师离开了学校，周水绒被骂得更惨了，他们都觉得是周水绒逼走了她。

周水绒不痛不痒，反正没这件事，她也会因为其他的事被骂，他们骂就骂吧，只要她知道范老师现在过得惨烈就行了。

但她没想到，学校里的学生竟然为此组织了一次抵制她的活动，就在大课间操结束后。活动主题是：周水绒该不该退学？

认为周水绒该退学的站在左边，认为她不该退学的站在她后边。

周水绒觉得无聊，要走，他们拦住她，不让走。他们非要让她看看，没有一个人愿意站在她身后，非要让她面对这个血淋淋的事实。

之前被她打的那个女生可得意了，阴阳怪气地说："我不知道你为什么还有脸待在我们学校。"

周水绒一抬手就能给她一下，但有人在她动手之前行动了——沈听温双手插在裤兜里，有点儿慵懒，有点儿倦怠，但无比坚定地站在了周水绒的身后。

所有人都忘了，沈听温来上学了。

阴阳怪气的那个女生当下就不说话了。不光她，很多人都不说话了。

赵孤晴笑了一下，也慢慢走了过去，站在了沈听温的身后。祝加夷没办法，她跟赵孤晴是一起的，也站了过去。梁继凡欠沈听温一回，摸摸脑袋，也走了过去。

接着是傅邻英，他本来也是周水绒那头的。

周夕宥刚背着琴到他们学校，看见这场面，想都没想就跑过去了。她先扑在周水绒怀里，抱了她一下，然后站在了她的身后。

李滚嘛，听女朋友的，女朋友都是对的。女朋友在哪儿，他就在哪儿。

组织这场活动的人蒙了，看热闹的也蒙了。有人不理解，在人群中喊："沈听温，你知不知道你在干什么？"

沈听温看向周围，用闲散的声音说："看不出来吗？我在造反。"

周水绒没有回头，但她有耳朵，她听得到。

"如果没有人喜欢，就一个人孤独、灿烂地活着。"这话很对。可是，如果到山顶之前有人为伴，是一种什么体验？半山腰的风景会不会更好看？

她忘了她是为什么要回国的了。

但她好像找到了一直追寻的答案。

可以同行的人，永远不需要你去改变自己，好的关系应该是——

我知道你的不好和勉强，你不用改，我能接受。

第十六章

第一次被除了父母以外的人保护

美术班的男生退学了，范老师不是辞职离开，而是被警方带走了。水落石出，周水绒被冤枉了，但没有一个人跟她道歉。

当然，周水绒也不是很需要别人的道歉。

说实话，她反而想让人们继续误解下去。这样，就能让那些没有主见的墙头草离她远点儿。

周五下午最后一节自习课，沈听温给周水绒传了字条：下课等我一下。

周水绒没看，直接揉了丢掉。

沈听温就跟周水绒的同桌换了一下位子，坐到她旁边。

周水绒扭头看见他，立马移开脸，她不想看见离她这么近的沈听温。她会觉得自己很奇怪，心跳很快，耳朵很红，口很干。脑海里也总会想起他在操场上说的那句："看不出来吗？我在造反。"

这一切都像是在提醒她，她根本抗拒不了沈听温无条件站在她身后的样子。

沈听温把她的笔拿过来，在她的草稿纸上写了一句话——周水绒是个小呆瓜。然后又推到她面前。

周水绒扭头就骂："你找死？！"

她像只刚长出尖牙的小狗，吸引着沈听温的目光。他的眼睛一直在她身上，怎么都收不回来。沈听温就想看着她，他只要看着她，就觉得来日可期、万物可待。

周水绒挡住脸，不给他看：“你有病？”

“说一万遍了，有病，绝症，不看你就死了。”

“那你去死吧。”

沈听温趴在桌上，仍旧看着她：“那我去了。”

周水绒又急，挪开挡住脸的手臂：“我不是那个意思！”

“你都想让我死了，我活着也没什么劲了。”

他就喜欢说这些话博取她的同情。她不想跟他继续说车轱辘话了，便说：“你别装蒜了。我问你，范老师被警察带走，是不是你干的？”

沈听温还不承认：“没有啊。”

周水绒不傻，如果是范老师的丈夫报的警，就会拿那份录音当证据。可警方没找她了解情况，也就是说，直接证据不是她的那份录音。那一定就是沈听温干的。

“你觉得我蠢吗？”周水绒问他。

沈听温不否认了：“你蠢，有我这么好的一个男人在你身边，你都不知道珍惜。”

周水绒无视了这话，抿了一下嘴唇，话音不太清楚地说：“谢谢！”

沈听温嘴角上挑：“啊？”

周水绒摸着嘴唇，脸也不对着他：“谢谢！”

沈听温每一天都觉得周水绒可爱死了，每一天都比前一天更喜欢她。他说：“沈听温将全权负责周水绒人生所有的难题，只要她需要，他就无条件为她。身为男子汉，就得说到做到。”

周水绒的心跳不好了，特别不好！

沈听温凑过去，歪着头看她：“感动了？”

“我没有！”周水绒还不看他。

“那你扭过头，让我看看你的脸。”沈听温说。

周水绒不让他看：“我不想让你看！”

"那你就是脸红了、感动了！"

周水绒扭过头来说："我没有！"

沈听温伸手拨开她的碎发："你那么紧张干什么？喜欢我又不是丢人的事。"

周水绒打开他的手："呸，我才不喜欢你！"

沈听温笑："嗯，是我喜欢你，特别喜欢。"

周水绒的心跳真的不好了，已经影响到她的表情了，她不能再跟他待在一块儿了，他这个人太无赖了，还老勾引她！

沈听温看着她匆匆去了卫生间，托住下巴，心里还是那一句：我老婆真的太可爱了！

井贺蹲着跑到沈听温座位旁，坐在周水绒的位子上，把刚才在后边拍的他俩在一块儿的照片给他看了一眼："哥，你看看你那眼睛，都直了。"

公然在教室里打情骂俏，沈听温是真的不害臊啊。

沈听温看到那张照片，他正看着周水绒，周水绒也正看着他，她的侧脸真好看。这个眼睛、这个鼻子、这个嘴唇，他都喜欢……他看着看着，突然就不高兴了，瞪向井贺："谁让你拍的？"

井贺傻眼了，有点儿不知所措。

沈听温警告他："以后别乱拍她。"

井贺知道了，把手机拿回来："我错了，我这就删了，以后不拍了。"

沈听温清了清嗓子说："你把这张照片给我发过来再删。"

井贺在心里翻了个白眼，嘴上还是嬉笑着说："好的，哥。"

下课后，主任叫沈听温去一趟办公室，沈听温怕周水绒不等他下课，就和主任商量改时间。对不起，任何事情都没有周水绒重要。

他沈听温要是当皇帝，不要江山，就要周水绒。昏君就昏君，江山社稷换周水绒，不亏！

周水绒在车站等车。沈听温走过来，单肩背着包，少年感扑面而来。她突然想咬他一口，可又因为要咬哪里变得纠结。

沈听温问她："我不是让你等我吗？"

周水绒回神，压下那些让她无所适从的悸动："我又没答应。"

沈听温有点儿难过："你怎么这么狠心呢？周水绒，我心好疼。"

烦死了，又开始装了。这会儿车来了，周水绒一瞥他："怎么不疼死你？别跟着我，离我远点儿！"

沈听温真的没上车。周水绒以为他上车了，坐下后看了一圈，没看到他人。她看向窗外，他还站在原地，没动弹，也没看她。

她把眼神收回来，戴上了耳机。

随便吧，反正回他家也不是坐这趟车，照理说他应该坐地铁。爱上不上，以后也别跟着她，还心好疼，就会装蒜。

车开出了两条街，她还没平静下来。她也不知道为什么，老是想起沈听温——他在操场上的样子、他跟她说话的样子、他看她的样子。本来很欢快的歌单听着都不欢快了，她烦躁地摘了耳机，放回盒里。

健身房。

周水绒到时沈听温已经在了，他们的教练收了新的会员，是两个女生。她们好像认识沈听温，一直围着他说话，沈听温还给她们买了冰激凌。

沈听温又把花臂露出来了，还有腹肌。那两个女生好开心，跟他聊天时笑得眼睛都弯成了小月牙。

他看到周水绒了，没跟她说话，周水绒也没理他，换了衣服去跑步了。但周水绒一直静不下心来，跑步速度从每小时 10 公里变到每小时 20 公里，然后她就摔倒了，崴了脚。

这个速度不至于摔倒，归根结底还是她心不在焉。

旁边有男士看到她摔倒了，赶紧跑过来扶起她。与此同时，沈听温也过来了，从那人手里把周水绒拉到了自己怀里，那架势就跟护食的老母鸡一样。

周水绒就是因为他才摔的，不想搭理他，甩开他的手："滚！"

沈听温不管这一套，看她行动不了，便用公主抱抱起她往外走。

周水绒挣扎："你放开我！"

"别动！"

"沈听温，你别太过分了！你不在那边吃冰激凌，你管我干什么？你怎么这么闲得慌呢？"周水绒的话酸死了，但她自己听不出来。

沈听温停住，看着怀里的宝贝："冰激凌？"

周水绒才意识到自己说错话，脸到脖子都红了，但嘴硬，死不承认："你把我放下来！"

沈听温的心跳也快了，问她："周水绒，你不是在吃醋吧？"

"你扯淡，我没有！我怎么可能吃醋？！"周水绒太激动了，疯了一样地否认。

沈听温看着她的眼睛："真没吃醋？"

"呵，可笑，我为你吃醋？你搞笑吧？我为谁吃醋都不会为你吃醋！你爱跟谁在一起跟谁在一起，你爱给谁买冰激凌给谁买冰激凌！"

沈听温确定了，跟她解释："冰激凌不是我买的，我也没吃，她们问我有没有女朋友。"

呵，谁信啊，那两个女生长得那么漂亮，他都开心死了。周水绒不想跟他说话："放我下来！你再不放，我喊人了！"

沈听温说："我跟她们说了，跑步机那边那个最好看的，就是我女朋友，她们都羡慕我。"

周水绒才不信他的鬼话："你跟她们说什么都跟我没关系！我跟

你之间也不可能有关系！我早说过，我看不上你！你太讨人厌了！”

沈听温慢慢地把她放下来，问：“你就那么讨厌我？”

“对，讨厌！”

“哦。”

周水绒扭头就走，一瘸一拐地走。

沈听温在她身后叫她：“就一点儿机会都不给？”

周水绒现在很不爽，说话也不过脑子：“对，除非你跟我姓！”

沈听温再没声了。

周六、周日两天，沈听温都没有再找周水绒。周水绒不止一次看向手机，根本没有他的信息。其实从健身房出来，她就觉得自己说话说重了。

她干吗那么生气？沈听温又不是她的什么人，他想跟谁聊天是他的自由，哪儿轮得着她发脾气？

可因为这件事跟沈听温道歉太傻了，她不好意思，但又觉得这件事确实是自己的问题……

她躺在床上怎么都睡不着，无数次打开微信。她加了周夕宥、赵孤晴。周夕宥话很多，每次手机响都是她在说话。沈听温的头像安静地躺在消息列表最底下，都不说往上挪挪。

周夕宥跟着唐君恩参加了沈家的聚会，给周水绒拍了沈听温的照片。照片中的沈听温穿着衬衫，竟然有一种成熟男人的感觉。

他是因为参加家庭聚会，所以没空理她吗？或许是因为生她气了吧。

看看，从来都是沈听温找周水绒，都给她养成了习惯。突然有一天，他不找她了，她反而患得患失，变得奇怪了。

周水绒把沈听温那张照片保存到手机里，然后把手机扔到了一边，算了，顺其自然好了。

周一上学，周水绒来得早，沈听温还没来。她多看了他的座位几眼，没有他，她突然有点儿不舒服，具体为什么她也不知道，但就是不舒服。

快上自习课的时候，沈听温来了，她看着他进门，看着他直接走到她桌前。

沈听温把身份证拍在她桌上，说：“叫老公！”

周水绒低头看向那张身份证，照片是沈听温漂亮的脸，姓名写的是“沈周”。

沈听温音量不大，但每个字都打一遍周水绒的心，沉重又疼：“跟你姓算什么？我以你之姓，做我之名。”

要不是上课铃响了，周水绒真不知道她要怎么躲过沈听温的逼迫。

沈听温回座位前没拿走身份证，它还躺在周水绒桌上，脸是真漂亮，名字是真让她受到了惊吓。

她心狂跳，“沈周”两个字在她心里不断被重复。从他蓄谋已久接近她，到他死缠烂打追着她，再到他明目张胆站在她身后，如今是以她之姓，做他之名……

他从一开始就不介意让全世界知道：我，沈听温，喜欢周水绒。我要她。世界很好，我只要她！

周水绒的嘴抿得很紧，拿书盖住他的脸，盖住那双眼，捂住耳朵背起英语。

但背不下去，背着背着，就开始念“沈周”了。沈周、沈周、沈周，沈听温、沈听温！

她把书往桌上一扣，趴了下来，睡觉吧，睡一觉就好了，不会乱糟糟了。

她同桌小声问她："周水绒，你能把你的英语小论文给我看看吗？"

周水绒的论文写得不好，但英文的水平全班没一个人比得了她。她跟周烟和司闻是讲中文的，中文是她的第一语言，但跟他们以外的人她讲英文。

她把小论文递给同桌，没说别的。

同桌看了一会儿，小声提醒她："你写错题了，题目是沈明来到洛杉矶的见闻，你都写成了沈听温……"

周水绒猛地坐起，把卷子拿过来看，应该写"Shen Ming"的地方，她全写成了"Shen Tingwen"。

同桌还安慰她说："没事的，我偷偷告诉你，很多人表面上说沈听温怪怪的，但私底下喜欢他。我们宿舍就有好几个，喜欢沈听温没什么。"

这个同桌之前在周水绒被污蔑的事情上跟井贺一样，持"事不关己，高高挂起"的态度，现在知道周水绒是被冤枉的，愿意主动跟她说话了。

很多墙头草，还有因为那件事误解周水绒的人，虽然没有道歉，但都开始主动跟她说话了。对他们来说，这就是已经认识到错误了。

这说明他们并不热衷于表达自己，而一直在表达自己的沈听温，在他们当中就显得很是不同。

周水绒早就想回华国，想看看父母的根、理解父母的爱情。

那一次跟瓦妮莎的友情覆灭让她陷入迷惘，她开始想不通一些问题，具体是什么，她又说不出来，所以她来了，终于来了。

回国后，发生了太多事，一桩桩一件件，她的思路好像清晰了起来。

原来，她跟瓦妮莎之间不是友情，她跟沈听温、周夕宥等那帮明知道会跟她一起被骂，也坚定不移地站在她身后的人之间才是友情。

这些收获让她迅速成长，她几乎在一瞬间就找到了方向。

她自以为爱情跟这些比，真的太不积极、太微不足道了。

但沈听温那张欠打的脸总钻进她心里，重复地对她描画着爱情的模样，让她认识到，这种感情同样重要。

他，沈听温，同样重要。

周水绒知道，这不对、不好、不正常、太糟糕，但上瘾，像中毒了一样。

她较着劲修改了小论文上的名字，然后重新递给同桌。

同桌看她好像是有点儿不好意思，双手拢在嘴边，做小喇叭状，小声跟她说："我不告诉别人。"

周水绒可以接受有人靠近她，但不接受权衡利弊之后的靠近。这种看清了形势，觉得跟她为伍已是大势所趋，然后再凑过来的人，她很明确，不要。

她没搭茬儿，趴下睡了。

她醒来时已经下课了，是班长叫醒她的，要收作业。她把作业交了，心里还想着沈听温，就偷偷朝他那个方向看了一眼，然后跟他在人来人往间对上了眼。

她猛地回头，假模假式地摸着脸，好像刚才只是不经意地回头，她没想看谁，对视只是意外。

沈听温笑了一下，把她所有的小动作都收进眼里。

晚上，沈听温在校门口等着周水绒，她一出来就堵了上去。

周水绒左躲右躲躲不开，抬头瞪着他："你有事没事？"

沈听温冲她伸手："身份证啊，不还我了？想私藏吗？我给你一张我的其他照片，行吗？"

"谁要私藏了？是你放在我桌上的。"他倒打一耙，周水绒忍不住跟他辩论。

“是我放你桌上的，但你可以还给我，你为什么不还？还不是想要？”沈听温还很认真地跟她说，“你要是想要我的照片，我现在给你拍一张，好不好？身份证要还给我。”

本来他这几句话就够讨厌了，他还一口一个“好不好”，装蒜卖惨真是他的拿手好戏！她把身份证拍在他身上：“拿上，滚！”

沈听温不滚，还要跟她一起去健身房。

周水绒全程默背各种公式，想忽略一旁的沈听温，可他存在感太强了，上了地铁还有人小声议论他，说他鼻子、眼睛长得好看，嘴唇也好看。

她背着背着就管不住眼睛，去看他的鼻子、眼睛、嘴唇了。

是，沈听温长得不丑，但周水绒天天看着她爸她妈，早对好看的脸免疫了。但最近她一看他，心跳就快。

她管不了自己了，换了一节车厢，也不下车了，健身房不去了！

周水绒刚回到家，沈听温给她发来了一张照片——他的自拍。他是有多自信，敢用前置摄像头拍，还选了个死亡角度！

而且他这一张集齐所有拍照大忌的照片，凭什么不丑？

她清空了聊天记录，她对一切影响她的东西第一反应就是清除，这是个人习惯。

沈听温问她：一张够吗？

周水绒的心有点儿动摇了，她需要时间消化。她消化的这段时间，沈听温最好不要来招惹她，他太影响她独立思考了。她坦白跟他说：你最近能不找我吗？

沈听温：我可以答应你，但我做不到。

周水绒：那叫答应？

沈听温：你要是不想让我找你，我只能答应，但能不能做到，我说了不算。

周水绒：你连你自己的主都做不了？

沈听温：我能做人的主，做不了心的主。

周水绒的心又开始跳，还口干舌燥的，她费了好一番工夫才压下去。她说：既然你做不到，我来，今后我有多远就离你多远。

沈听温不愿意：你说了我跟你姓就给我机会，现在我名字都改了，你说你有多远就离我多远？

周水绒抿了一下嘴，硬逼着自己说：对。

沈听温：你何必口是心非？喜欢我是丢人现眼的事？承认这件事，你周水绒就会死？还是说你真就不喜欢我？如果是这样，是我自作多情了。打扰了，周水绒！

周水绒看着这一段话，手机屏幕都要被她抠碎了，可抬起头来，她的表情好像也没有太多变化，好像口干舌燥的、抿嘴紧张的，都不是她。

润泽御府。

沈诚前两年买的房，是送给温火的结婚十五周年礼物，从买房到装修花了不少钱，光衣帽间就有一百多平方米，完全就是把温火当祖宗养了。

沈听温没事不往这儿来，这里是父母过二人世界的地方，来了也是吃狗粮，他没有受虐倾向。但这回改名一事引起了温火的不满，让他务必滚回来。

在一楼会客厅，温火问他："你眼里只有周水绒了，是吗？"

沈听温不意外温火知道周水绒，只要温火想知道，沈诚什么都能让她知道。他说："名字是自己的，为什么不能改？"

"没说不让你改，是不好听。"温火说。

沈听温觉得挺好听的，看到自己的名字就像是看到了周水绒。

温火还想说什么，沈诚没让她说。他对她说：“去看你的汤是不是好了？”

温火一下子想起来她还煲着汤，光着脚就往厨房跑。

沈诚揽住她的腰，把自己的鞋换给了她。

温火一走，沈听温看着光脚的沈诚，觉得自己一定可以像沈诚一样，深爱并且保护好自己的爱人。

沈诚坐下来，双手叠放，搭在腿上，抬头，看着他：“你知道‘沈听温’这三个字什么意思吗？”

“沈诚听闻温火。”沈听温说。

“既然知道，为什么改？”

“我不是证明你们爱情的东西，我是你们想要孕育、培养的生命，你们想给我一次来这个世界的机会。这是你教给我的。而且你要是想表达你很爱我妈，该你改名。”

沈诚往后一靠，靠在沙发上说：“这你记得住，我让你别让你妈担心，你记不住。”

“我不会有事的。”沈听温说。

沈诚看着他说：“你自己的事，你自己看着办，但别让我老婆太担心。”

沈听温就知道他回来免不了受刺激，这周水绒要离他远远的，他回来还要看沈城和温火二十年如一日的恩爱。他不想待了：“跟我妈说一声，我有事先走了。”

“儿子。”沈诚叫住他。

沈听温回头。

沈诚说：“解决不了的事，我来。”

“嗯。”即使沈听温并不需要。

温火回来的时候，沈听温已经走了，气得她一巴掌打在沈诚胳膊上："你就惯他，惯坏拉倒！"

沈诚搂住她的腰，把她拉下来，让她坐在自己腿上："沈听温是爷爷给他取的名字，我们给他取的名字是沈谕安，但这都不是他想叫的名字，既然不是，改又怎么了？"

"歪理邪说！他名字都改了，指不定哪天就跟人跑了，我就这一个儿子，没了你赔我？"

沈诚握住她的手，亲吻她的锁骨："我赔你。"

温火痒痒，推他："我不反对他谈恋爱，更不在意对方是谁，但我只想要我儿子，你明白吗，沈诚？女人的直觉是最准的，我觉得我要失去他了。"

沈诚拉开她："你就怕失去儿子，不怕失去我？早知他这么让你放不下，当初就该生个女儿。"

温火歪着头看他："沈老师，儿子的醋也吃？"

沈诚不承认："我没有。"

温火重新坐到他的腿上，搂着他的脖子，在他的脸上亲了一口："我不会失去你啊。我就是从别人手里把你抢来的，谁抢得过我啊？"

"那是因为在你抢我之前，我心里就只有你。"

温火趴在他肩膀，摆弄他的耳朵："其实我也希望他能遇到很喜欢的女孩子，但当妈的总是会担心孩子的安危。司闻跟你一样，又不一样，他是半生都在刀尖上舔血，你是舔完了，安稳地过了半生。他有百分之七十的戾气，你只有百分之三十。宝贝去碰百分之七十，我没法儿不担心。"

"宝贝又不是一个人，他不是还有爹吗？"

温火坐直，看着他："你干吗？"

"只是谈恋爱没事，如果让我儿子沾上其他东西……"沈诚只说了半句话。

温火搂紧他的脖子，不说话了。她可以永远相信沈诚。

沈听温再也不找周水绒了。学校里，他不跟她说一句话；学校外，他不跟周水绒坐公交车了。健身房他也不去了，带着他的歉意永久离开了周水绒。

周水绒专心学习，白天上课，晚上健身，通宵做题。

她习惯了当优秀的人，所以没有人可以影响她前进的步伐。

她好像忘了对沈听温的那点儿心动，也可能就没心动，那些反常只不过是她一个人待久了，他突然闯入她的生活而产生的错觉。

徐宿又来看周水绒了，这一次他还是没有消化好对周水绒的喜欢。

他还跟周思源打听了周水绒的喜好，这才知道周水绒在国外时涉猎过很多领域。

她很聪明，喜欢冒险，比起人，更愿意跟山川湖海、野生动物打交道。

她去过很多国家，富饶的、贫瘠的。她在战乱的国家住过一年，近距离地感受过内战带来的连绵不断的战火。

她能看懂晦涩的话剧，并迅速分析出剧本属性，也弹得一手好琴，跳得一支好舞。她通过努力练习，还有幸参演过莎士比亚的经典剧目《第十二夜》。剧目演出，她拿到了 2500 美元的收入，但转手就捐给了联邦创立的社会救助机构，然后潇洒地回了家。

她有很开明的父母，他们给了她自由的思想和支持她去丰富见闻的基本保障。所以她的起点有可能就是别人的终点。

而他是被别人养大的，他要多努力、多优秀，才可以配得上她?

他很沮丧，但不想放弃。

方绮很好，但喜欢跟好不好没关系。

他买了下个月在梨亭剧院上演的话剧《第十二夜》的票，想邀请周水绒一起去看。他什么都不会做，他可以等她长大，等她想要尝试爱情。

百家汇南路。

周水绒没穿过旗袍，但听周烟说过。周末，她写完作业没事了，就跟二爷打听了一下，找到了一家定制旗袍的老字号，想做一身旗袍穿穿。

手工刺绣的款式有点儿贵，可她偏偏就看上了手工刺绣的款式。店家一看她这个小姑娘挺有钱，又给她介绍了附近一家跟他们是合作关系的手工定制店。

她闲来无事，量完尺寸就溜达过去了，发现是一家做定制西装的店。

她站在橱窗外，看着非卖品——一身白色的女士西装，平驳领，中性风格。没有很正式，倒像街拍会拍到的街头风格。

她一眼就看上了，结果人家不卖，但因为是私人的店，所以还算有转圜余地。

她给二爷打了一个电话，说了一下情况，二爷让她等着，然后沈听温就来了。他一身黑，穿得随性，没看周水绒，跟店员说了两句话，然后交了钱就走了。

周水绒也没跟他说话，这样挺好，最好以后就这样，永远都这样。

店员把西装打包了正准备递给周水绒，二爷的电话就打来了，说：“那家店我不熟，我给我一老哥们儿打了一个电话，他说让他孙子去一趟，你认识，就是你那个小男朋友。”

周水绒立即否认：“他不是我男朋友。”

“现在不是。”

“以后也不是，我们已经不说话了。”

“嗯嗯嗯，我信。”

“二爷，有劲没劲？”

“你瞅瞅你这丫头，我都信了，这还不行？”

周水绒把电话挂了。本来不咸不淡的心情，因为沈听温，突然就变得不好了。这一不好，就容易犯轴——她问了店员才知道，沈听温也不认识这家店，她之所以能买到这件衣服，是因为他给了双倍的价钱。她出门就把钱给沈听温转过去了，还说：把钱收了。说了要掰，就彻底点儿，别欠什么。

沈听温也在较劲，就把钱收了。

周水绒一看，挺好，顺手把消息清空，然后把他拉黑了。

是原庚成送沈听温过来的。沈听温进了那家定制店，没一会儿就出来了，现在上车了也不说走，眼睛还看着店里的周水绒。

他不理解，问：“她一个丫头片子，都快骑到你脑袋上造反了，这你都能忍？”

“都是我惯的，为什么忍不了？”

“她就是仗着你喜欢她，你试试晾她几天，你看她不跟只小猫似的。”

沈听温可舍不得晾着她，但这回他确实想给她一些时间，让她理理思路。他不能逼她太紧，到时候把她逼跑了，他还得追。

眨眼，半个多月过去了，周水绒的月考成绩进步很大，排在班级第二十七名。班主任看到成绩的那一瞬间，百感交集，考虑了一天，还是把周水绒叫到了办公室，就之前误会她的事郑重道歉。

周水绒接受了，跟班主任的隔阂解开了。

从办公室出来，周水绒碰到了沈听温。他看着很平淡，无悲无喜，就像她刚开始认识他那样。

这一次他身边的人不再是井贺。细细想来，他跟井贺好像并不是朋友，他跟谁都不是朋友。他好像一直都跟她一样，孤独、不合群。

是那段时间他缠她太紧了，让她忘了这一点。现在回忆起来，她周水绒好像是他唯一的例外。

……

她快步走进门，避免跟他撞上，避免尴尬。

近期枯燥的生活除了学习就是学习，但周水绒还挺感激这样高强度的学习，她可以不用那么频繁地想起沈听温。

说起来，她最近想起他的次数越来越少了，她几乎可以确定，她对沈听温的脸红心跳都是假象。就像两个经常聊天的人会以为他们聊出了爱情。

她从没见过沈听温这样的人，有点儿招架不住，似乎也在情理之中。

沈听温看到周水绒躲他，她还真是说到做到，说躲就真躲。在她的努力下，他这么久以来拉近的关系，一下子回到了他们认识之前的水平。

很棒，周水绒。扮乖不行，死缠烂打不行，她就跟不是女的一样，无论他怎么做，都不行。

他有点儿后悔让她冷静这段时间了，她一点儿都没想通。不光如此，好像更坚定地要跟他划清界限了。哪有女的是这样的？

她周水绒怎么就跟其他女的不一样呢？她凭什么说不理就能真不理呢？

话剧《第十二夜》在梨亭剧院开幕，徐宿带周水绒去了。这场演出是莎士比亚环球剧院演出团队的巡演，想看的人不少，票早就卖空了。

周水绒和徐宿刚进剧院，就碰到了原庚成和一个女孩儿。

原庚成主动跟她打招呼："嘿，是你啊。"然后看了徐宿一眼，又问她，"沈听温呢？"

周水绒说："问错人了。"

原庚成也不尴尬："我以为你们还在一起呢，原来分手了。"

徐宿皱起眉，看向周水绒。

周水绒反应很淡，也不再说什么，一个人朝里走去。

徐宿跟上。

原庚成身边的女孩儿问他："那是谁啊？"

原庚成看着周水绒的背影，拍了一张照片，给沈听温发过去，笑了笑说："就说应该看热门的剧，看冷门的剧就撞不见这么好看的戏了。"

"那到底是谁啊？"

原庚成说："老沈家太子爷的前女友。"

"沈听温啊？"

"嗯。"

沈听温看到照片后都疯了。周水绒还穿着那套西装？穿着他给她拿下的西装，跟一个男的快快乐乐地看剧去了！牛啊，周水绒，他费那么半天劲给她撕开了存着感情的密封袋，结果让别人钻了空子。

他在家里大闹一番，然后洗澡，换了一身衣服，圆领的，领口大但露得不刻意，锁骨一览无余。

他又看了一眼原庚成发给他的那张照片。他也不知道她旁边那男的长得算不算好看，就把自己的照片给原庚成发过去了，问：“你看我跟那男的比，怎么样？”

原庚成看见消息就笑了，回道：“你是对你的脸有什么误解吗？那男的哪里能跟你比？”

沈听温更来气了。既然比不上他，为什么周水绒不要他，要这个人？而且这个人是谁啊？他一直都在她身边，这个人是什么时候冒出来的？

剧院里，徐宿满脑子都是那句“我以为你们还在一起呢”。这是什么意思？周水绒谈恋爱了？她跟谁谈恋爱了？沈听温是谁？

他心乱如麻，没心思看剧了。

周水绒就没这个烦恼，看剧看得很认真，她爱莎士比亚，最爱《奥赛罗》，看了很多遍。

徐宿看她那么专注，似乎并没有被刚才的偶遇影响，突然觉得自己这番矫情好没意思。

他不再胡思乱想，专心看剧了，看了一半，脑袋又乱起来。

他虽然长得清秀，但是个粗人，成天跟犯罪分子打交道，没有太多艺术造诣，看不了这种高雅的东西。

他看不下去了，很小声地跟周水绒说要出去待会儿。

周水绒点了一下头。

徐宿走的时候烟盒掉了，周水绒捡了起来，随手放进了口袋。

过了一会儿，人回来了，坐下来。

周水绒没在意，也没看他。

两分钟左右，他说话了：“好看吗？”

周水绒皱起眉，这……是沈听温的声音？她一扭头，果然是他。

环境太暗，她看不清他的脸，但他的轮廓她记得，他清新的味道她也记得。他太注重个人卫生了，有些男生有口气，他从没有过。

他怎么来了？

刚想完这个问题，她就已经得出了答案——原庚成。

她不想跟他说话，也不想挨着他，把身子挪到她那张座椅的最边上。

她还躲他？他有那么可怕吗？原庚成给他发的照片中，她跟那个男的走得那么近，现在却躲他？沈听温偏要往她身边挪，还要说话刺激她："脱单了？找男人了？周水绒，我发现你这个人真虚伪。"

周水绒看剧的心情都被他破坏了，她把耳朵堵住。

沈听温拿掉她的手："那天在你家，你跟我说你不想想其他的事，可扭头就跟别的男的在一块儿了。我还以为你多清高呢，现在下凡了？"

他话说得好难听，他从没这样跟周水绒说过话，周水绒感到了他的愤怒和委屈。她也挺愤怒，压着嗓子跟他说："你别找事。"

沈听温问她："谁都要，就不要我，是吗？"

周水绒没法儿在剧场待了，起身朝外走。

沈听温追了出去。

周水绒进了厕所。

沈听温也跟着进了厕所，在她锁小门前开门进去，替她锁了门。

又是在狭小的空间，周水绒合了一下眼，很无力地说："我现在没心情搭理你，在我发火之前赶紧滚。我不想说第二遍。"

沈听温挡着门，就不滚："你还有资格发火？说到没做到的是你。"

周水绒笑了："我为什么要对你说到做到？你算个什么东西？跟你说我不想考虑别的，但扭头跟别人在一起，你还不明白什么意思吗？就是我找谁都不找你。看不上，就是看不上。"

沈听温气她，拿话恶心她，她这人记仇，她就恶心回去，互相伤害，要死一块儿死，谁都别好过。

沈听温听她说完，满肚子火气，双手搂住她的腰，本来想说点儿什么，但摸到她兜里的烟盒，什么都忘了。他从她的兜里把烟盒拿出来，问她："这是什么？"

周水绒轻飘飘地说："你瞎？"

沈听温的愤怒带了点儿严肃："你抽烟了？"

周水绒没抽，但嘴不饶人："管得着吗？我想抽就抽，抽什么又干你什么事？"

沈听温感觉他哪天要是死了，就是被周水绒气死的。她还谁都不气，就气他，往死里气。抽烟是吗？好！他点了一根，抽了一口，托住周水绒的后脑勺，对着嘴直接亲下去，用舌头撬开她的嘴唇，把烟雾吐进去，呛得她剧烈咳嗽，脸红了，脖子红了，眼睛也红了，额头的筋也暴起来了。

沈听温把烟盒往垃圾桶里一扔："还抽吗？"

周水绒一巴掌拍在他胳膊上："你有病！"

沈听温的胳膊顿时红成一片，他也无所谓，还问："我问你，还抽吗？"

周水绒掐住他脖子："你找死！"

沈听温不躲、不反抗，也不挣扎，就让她掐。

周水绒只好放了手。

沈听温靠在门上，看着她："你不如掐死我，现在这样你一辈子都摆脱不了我。"

周水绒心很乱，也很疼，不想跟他说话，扒开他，出去了。她还没走出大门，沈听温笔直地朝后仰去，摔在了地上。

周水绒停下来，攥紧了拳头，想逼自己走出去，却做不到，最后还是转过身。

沈听温在她过来扶他时，搂住她的腰，把她摁到怀里。

“松手！”

沈听温不松：“我疼！”

周水绒被他摁着趴在了他的身上，脸对着他的脸，嘴唇间仅有毫米之隔。

沈听温的腿夹住她，不让她动：“我真的疼，你差点儿掐死我。”

周水绒心跳得很快，她跟沈听温贴得太近了，他好烫。她说：“别给我装！我手下有分寸！”

沈听温说话的时候，嘴唇还有意无意地碰她的嘴唇，跟无赖无异。他说：“为什么有分寸？心疼？舍不得？你这会儿又承认了？”

“我是怕掐死你要负刑事责任！”

沈听温不听这个，说：“那你转身是为什么？不是因为心疼？”

“我说了，我……”

沈听温没让她说完，吻住她。

周水绒的嘴唇很软，其实应该说，女孩子的嘴唇都很软。沈听温没有艳福，活那么大，只吻过周水绒这一张，不过这一张就够了。

他吻得周水绒脑子乱了，心乱了，什么都顾不上了，牙关也放松了，他趁机把舌头伸进去。

周水绒想，她一定是疯了，她好喜欢这种感觉，她好像很乱，但她很清楚她在做什么，她在跟沈听温接吻。她不想承认，她喜欢他亲她，她喜欢他们唇舌缠在一起的感觉，她一定是疯了……

沈听温吻了她好久，吻到她脸红红的，眼睛像是刚睡醒一样，才放开，手托着她的腰，给她时间缓和。

周水绒缓不过来了，这感觉太让人奇怪了，又软又麻，心也怦怦怦地直跳。这么多不正常的现象，她却一点儿都不讨厌。

沈听温声音变小了，语气也变委屈了：“我哪里不好，我改，行不行？你能不能让他滚？”

周水绒缓过来了，心跳还是很快，但可以正常说话了。看到委屈的沈听温，她一点儿都不心疼，她知道他在装蒜，他就会装蒜，他认准了她在关键时刻只吃这一套。

她越想越来气，正好他的领口被她扯大，肩头露出来了，她张嘴就是一口。

沈听温也不忍了，大声嚷道：“啊——”

周水绒松了嘴，看着他，喘着气问：“爽吗？”

沈听温疼得喘粗气：“爽。”

周水绒骑在他身上，一把薅起他的衣领，那架势就像想打他一顿，结果她只是说了一句话，还是一句没来由的话：“他是我舅舅的徒弟。”

说完话，周水绒起身走了。

沈听温还躺在地上，回想她刚才那句话，嘴角慢慢勾起来：她，在跟我解释？

要不是来人了，问他为什么躺在厕所，是不是有病，他可能还要躺着想一会儿，想他“老婆”周水绒刚才跟他接吻时，回应他的那几个小动作。

她还以为他不知道她偷偷舔了一下他的舌头，这个小呆绒。

徐宿到处都找不到周水绒，打电话也不接，突然有种不好的预感。还没等他去验证这不好的感觉是什么，周水绒朝他走来了。她的衣裳变皱了，嘴唇和脸都很红。

他快步走上前，握住她肩膀，紧张地问：“怎么了？”

周水绒拿开他的手：“没事。”

徐宿问出心中的猜测：“跟谁见面了？”

周水绒没答，没心情看剧了，往外走。

徐宿懂了，进场时遇到的那个人，他说的那些话都是真的，应该是那个男的来找周水绒了。

原庚成的车上有一股子味，他还怕沈听温上车闻见，结果沈听温满脑子周水绒，根本闻不到。原庚成看他那样，猜测道：“搞定了？”

沈听温没说话，还在想周水绒，她到底是有意识地回应，还是无意识地。

不过，不管她有没有意识，心里有他是板上钉钉的了。

原庚成这才看到他衣领皱巴巴的，拉开领子一看，一排牙印。他吸了一口凉气：“嚯，下嘴这么狠？”

沈听温一点儿都不觉得疼。

只要一想到周水绒心里有他，咬死他都行。

周水绒的情况就没沈听温那么好了，本来在面对沈听温的时候，她就有太多反常的行为了，本以为保持距离她就可以想通，重新变回正常的人，结果……

沈听温跟她闹了这一通，让她彻底明白了，她只是在心里把他压下去了，而不是清除了，他确实在她心里了，而且还是很重要的位置。

他大摇大摆，他何其嚣张。

她以前不谈恋爱是那些人都让她讨厌，不是司闻和周烟不让。就像她说过的话：男的不如她爸，女的不如她妈，她为什么要跟他们谈恋爱？

沈听温，他跟所有人都不同，她好像特别讨厌他，在此之前，她就没有特别讨厌的人。

这就不是一个好信号。

她知道，是她把自己的安全感分了一部分在沈听温身上，所以他在时，她就会有底气。

尤其从他懒洋洋地站在她身后，吊儿郎当地说出“我在造反”后，这份底气达到了巅峰。从那以后，有关他的一切都一帧一帧地塞满她的大脑。

当他把身份证拍在她面前，让她叫“老公”，告诉她，他要以她之姓，做他之名，终于，她听到轰的一声，心防塌了。

她当下驾驭不了这种情绪，就把它藏起来了，像只王八一样缩进了壳里，直到她以为自己已经战胜了这种情绪，没有成为它的奴隶。沈听温像条疯狗一样横冲直撞地冲向她，一下子就撞碎了她好不容易修好的心防。她掩藏起来的那点儿心事都飞出去了。她喜欢沈听温就再也瞒不住了。

有个瞬间，她想咬他一口，哪儿疼咬哪儿，咬死他，嚼碎了咽下去。这样，他就变成了她的一部分。

多可怕的占有欲，越可怕就越反映她的迫切——对沈听温的迫切。原来万物美丽，她只想要他。

徐宿走了。

他是一个成年人，他干不出来死缠烂打的事。

也许他就是输在了这一点。还有，他太克制，而且也没有与之匹配的家境。

他没那么不要脸，不想委屈周水绒跟着充满不定性的自己。

何况她也不愿意。

方绮说得对，是他不清醒了。

周水绒红了的嘴给他浇了满满一盆冷水。他醒了，从一个不真实的梦里。

周一有雨，出家门时雨还不大，周水绒就没打伞。到了车站，雨下大了，她没找到伞，才想起伞被她落在玄关了。

车站人很多，遮雨棚就那么大，周水绒进不去，就顶着包叫了车。可还没等车抵达，她的手机进水死机了。得亏她记得车牌号，就一直默念，生怕忘记。结果怕什么来什么，背着背着她竟然忘了。

都怪沈听温，让她想了一晚上，觉都没睡。

没一会儿，车站来了很多车，叫车的人陆陆续续上了车，就她还淋着雨。每来一辆车她就报一遍自己的手机号，倒霉的是，没一辆车是来接她的。

眼看她要湿透了，一把黑伞打在她头上，她一抬头，是沈听温。

她之前也见过他打伞，但那次是觉得他可怜。这一次，是她比较可怜，再看他就觉得他有那么点儿救世主的意思，黑色的伞撑住的好像不仅是雨，还有要塌下来的天。

沈听温把手伸向周水绒。

周水绒没把手给他，往他的伞下靠了一下。

沈听温看她的肩膀没被遮到，搂住她的腰，往自己怀里带。

周水绒皱着眉瞪他："干什么？"

沈听温说："你淋湿了。"

周水绒睡眠不足，脑袋不清醒地说："你才淋湿了！"

沈听温指指她的肩膀："你自己看湿没湿？"

周水绒扭头一看，突然有点儿尴尬，就要挣开他的手："你别碰我。"

沈听温不松："等下你淋到了，感冒了，还得我照顾。就这么待着吧，车来了我就放开你。"

“那你看我淋到了，不会把伞往我这边挪一下？非要抱我？”

沈听温一副小可怜的模样：“我看你淋到了，想不了那么多啊。你就会怪我，我干什么你都怪我，我哪一件事不向着你？你有哪一件事不是在怪我？你就是一颗石头也该被我焐热了吧？还是说我就是不配，你亲我也只是因为寂寞……”

周水绒捂住他的嘴，脸特别红，简直无地自容。她咬着后槽牙说：“你给我闭嘴！”

沈听温用无辜的眼神看着她，看起来很难过：“你还咬我。从小到大，我爸妈都没碰过我一下，你天天打我，还咬我。”

周水绒要不是知道他是个什么东西，真被他这副可怜模样给骗了，他太会装了。她烦，说：“行了，别装了，抱抱抱，你抱着吧！”

沈听温搂紧她的腰：“谢谢你，绒绒。”

“别叫我绒绒！”

“那叫老婆你也不愿意啊。”

“只有这两个选项？”

沈听温点头。

周水绒不想说话了。

过了一会儿，车来了，沈听温跟她上了车，直接把她拉在怀里护着，男的碰不到，女的也不能。

周水绒的底气就这么被他一点儿一点儿填满。

确实如他所说，他没有一件事不是在向着她，她根本招架不住。

下了车，雨停了，周水绒往学校走，也不等沈听温。

沈听温追上去，问她：“咱俩算不算和好了？你那句‘我有多远就离你多远’，是不是就不算数了？”

周水绒没停下。

沈听温停下了，看着快走的周水绒，想着他这追求的路到底有多长。

周水绒突然一转身："你磨蹭什么呢？"

雨过天晴，阳光照得人很白。周水绒站在校门口的画面特别好看，像是有打光板在旁边。他心里一暖，走过去："来了。"

第七章

我想我是有一点儿喜欢他

周水绒的包湿了，作业也湿了，交不上作业，要罚站了。

沈听温看她交不上作业，就把自己的作业揉成团丢了，跟她一起被罚站。

教室外边，周水绒问他：“你何必呢？”

沈听温说：“你一个人在外边站着，丢人。我陪你就不会了。我是年级第一，我都被罚，谁还笑话你？”

说到这个，周水绒想问：“你凭什么能拿年级第一？”

“凭我花钱上一堆班，凭我上课认真听讲，凭我晚上不睡写题。别人学基础知识的时候，我提升内容都要学完了。”挺酸楚的话，但被沈听温说得轻飘飘的。

周水绒不说话了。

沈听温说：“不过，你要硬觉得我是个天才，也行。”

“狗才吧。”

沈听温还在笑：“也行。”

周水绒觉得他病了，说：“我在骂你。”

“我说了，也行。”

周水绒看着他，盯着他的眼睛，又想起在剧院卫生间跟他接吻的事，抿了一下嘴，捂住了心口喊：“沈听温。”

“嗯，我在。”

“你别勾引我了。”

沈听温一愣。

沈听温好像听不懂。周水绒不让他勾引她了，他却变本加厉。动不动露个腰、锁骨，打个球还要撩球衣……就他有腹肌，是吗？

他以前在学校都不会把头发往后拢，看着很乖，现在就走运动风格，还对着她转球。

别的女的看他，他非看她，弄得她被那些女的翻白眼……真讨厌！

周水绒觉得他好烦，但她不能免俗地对他上瘾。

她越烦，就越证明她上瘾。自从发现自己对他有别的冲动后，这种瘾就跟纸包不住的火一样，都要烧到脸了，就要被他发现了……

这种时候，她又想当缩头乌龟了。她是控制不住自己，但她还不会躲吗？

自习课的时候，周水绒写完作业，刷了一套题，还没下课，就拿出速写本开始她的建筑速写。

沈听温看她在画画，也拿纸画了一张她，然后卷起来，传给她，还附了一句话：像你吗？

他的简笔画画得不错，周水绒的特征都被他画出来了，但她是不可能说像的，就在他那张纸上画了只王八，也写了一句话：像你吗？

沈听温笑弯眉目，想着那天在卫生间的情景，在纸上情景再现了一下。

周水绒看完生气了，王八都不想给他画了，写了一个字：滚。

沈听温没再传回给她，下课也没过来缠着她，周水绒又庆幸又隐隐失落。她也觉得自己口是心非，很讨厌。可她不知道怎么去疏解这种感情。

理论她是会的，毕竟她智商高，但实际跟理论有区别啊，实际上她脑海里混沌一片。

沈听温没缠着周水绒是因为他要文身，他把自己和周水绒画的画文在了后背靠左肩。有好看的周水绒，有他们接吻那一幕，还有她画的那只可爱的王八。

打线，打雾，文了一宿，很疼，但他更爽，以后他身上都是周水绒，真好。

第二天，早操结束，沈听温去广播室读《莎士比亚经典作品选集》。周水绒坐在教室，撑着脑袋听。

教室里乱且杂的声音，周水绒听不到。她只能听到莎士比亚的名著选段，还有沈听温的声音。

她听得入迷了，傅邻英叫她，她都没注意，叫了好几声她才清醒过来，有些慌张地问："怎么了？"

傅邻英看她一头的汗，递给她一包纸巾："我想跟你对对卷子。"

周水绒有一种被人发现她那点儿小秘密的紧张，胡乱地擦了擦脸，赶忙把卷子拿出来，递给他。

傅邻英看到周水绒额头上粘了纸屑，想都没想就帮她拿掉了。

周水绒在他拿掉纸屑之后才后知后觉地躲了一下，摸摸额头。

傅邻英拿着纸屑，说："粘上东西了。"

"谢谢。"

傅邻英笑了笑："不用客气。"

沈听温快上课才回来，进门就盯着周水绒看。

周水绒被他看得别扭，低下头，把脸藏起来。

上课后，井贺给沈听温发微信，说傅邻英下课的时候摸了周水绒的额头，周水绒也没躲。沈听温不信这鬼话，他不小心碰周水绒一下，她都翻脸，傅邻英凭什么可以摸她额头，一听就不靠谱。

他没当回事，结果井贺把照片给他发来了，傅邻英确实摸周水绒了，而且照片中的周水绒没躲。

他是不信一张照片的，他有脑子，但架不住井贺老给他吹耳边风。

其实井贺就是看热闹不嫌事大，而且也有那么点儿嫉妒周水绒。他在沈听温身边那么久都没跟他成为朋友，周水绒一下就拥有了他。

对沈听温来说，周水绒不答应他，就不可能答应傅邻英。他有这点儿把握。但傅邻英可以靠近她这件事让他觉得，他在周水绒那里并没有不同。

往常他是自信的，但被周水绒折腾太多回了，他突然没那么自信了。他跟周水绒之间，好像是他在带节奏，但被牵住心的，似乎只有他自己。

是，看上去是周水绒一直占下风，但只要他沈听温喜欢她一天，她就一天立于不败之地。

他突然有点儿累，没回应真的有点儿累。

尤其是她都已经动心了，却还是跟以前一样，这让他更累。

她没有去爱一个人的体验，所以她逃避。她没错，那他沈听温只想爱她就错了吗？

他可以陪她成长，一点儿一点儿教会她，但总要给他一个进度条吧？

还是说他太贪心了？

他想要她承认自己的感情，这是他太贪心了吗？

沈听温有一周没有理周水绒了，还有点儿躲着她的意思。周水绒从一开始的松了一口气，到后来有点儿后悔，再到现在的懊恼，无不在提醒她：别端着了，你都要爱死他了，你看你现在这样儿，丢人。

她躺在床上，看着天花板，完全不知道该怎么办。

要是动手，她当仁不让；要是动脑子，她也能拔得头筹。但要是说爱情，她只见过司闻和周烟的爱情。而沈听温跟司闻一点儿也不一样，这要她怎么应对？

应对不了就要跑啊，她又不是那种明知道自己实力不行还硬上的人。

现在她跑了，人也被她跑没了，理都不理她了，她又后悔了。

她一天无数次地打开与沈听温的聊天界面，但就是下不了决心给他发消息。她往健身房跑，可是沈听温现在都不去健身房了。

是啊，他去健身房做什么呢？他家里应该有。他也不用坐公交、地铁，只要他想，车接车送。他去健身房是为她，他坐公交、地铁也是为她，现在她把人得罪了，他要回去当少爷了。

周水绒一边后悔，一边忍不住骂道："滚回去当少爷吧！回去吃奶嘴吧！衣来伸手，饭来张口！"

骂完又后悔，她后悔时也跟一般人不一样。她说："爱理不理，不理拉倒。谁稀罕！我洗澡去了！"

看看她多有骨气。结果她洗到一半就跑了出来，想找那天沈听温发给她的自拍，拿起手机才想起她清空了消息。想到这一点，她湿着身子侧倒在床上，捂着脸生起闷气。

这时候，周夕宥找她了，想请她吃饭，说是住院前最后一聚。她都检查完了，接下来就要住院治疗了。周水绒最近没在学校看到她，但也没断了她的消息——周夕宥拉了一个群，天天在群里说话，给他们发各种短视频和歌单，全是不堪入目的。

周夕宥跟她聊完吃饭的事，问她：你现在在干吗呢？

周水绒：洗澡。

周夕宥：还以为你跟沈宝贝在一块儿呢。他去泗远了，我小叔说他是去赴一人的约。我就说他除了你还能赴谁的约？原来不是你。

周水绒心一空，突然有点儿不自在，什么话都不想说了。

周夕宥没再回。

周水绒缓了至少五分钟，心里才舒服一点儿。她蜷成一团准备给沈听温发消息。字打了删，打了删，最后什么也没发，把手机扔在了一边。

她难过什么？这不是自作自受吗？

谁愿意老给一棵不开花的树浇水呢？

周一上学，沈听温请了一天假，周水绒频频看向他的空座位。纸包不住火了，她对沈听温的喜欢已经烧到脸了，明眼人都能看出来。

第二天，沈听温来了，头发放下来了，皮肤还是很白，模样还是很乖巧。

周水绒发卷子的时候，就想着一定要有沈听温的卷子，一定要有，结果真有。发到他，他却什么也没说，更没停下哪怕三秒。

她学不会沈听温那样明目张胆地表达喜欢，她也不会停下来。

沈听温看周水绒还是那样冷冰冰的，就知道再这么耗下去，还会出现她跟别人去看话剧的一幕，甚至会出现她挽着别人的手的一幕。

她或许真的对他动心了，但她最珍贵的品质就是隐忍，她什么都能忍，自然这份心动也能忍住。

时间久了，她不心动了，然后有别人乘虚而入，他这么久的努力就白费了……他都知道，但他不能总是这样不要尊严地找她，她也不能总是这样死不承认。

沈听温继承了沈诚谋算的本事，却谋算不了想要的，陷入一种想得明白但做不明白的死局当中。

距离毕业就剩三个月了，学校安排了一个毕业讲座，请了一些已经毕业多年并取得一定成绩的毕业生回来演讲，还有几位心理咨询师。

毕业班的学生们全都聚在大演播厅，看着台上的成功人士，听着他们的创业史，忍不住激动落泪。

周水绒魂不守舍，沈听温坐在她后面两排的位子上，他抬眼就能看到她。由于一门心思想着他会不会看她，她根本无暇去听成功人士的人生经验。

待了一会儿，如坐针毡，她不待了，弓着腰悄悄走了。

她出来碰到梁继凡，梁继凡看到她还有点儿惊讶，露出好久不见的表情。他走到她面前，跟她说："少奶奶这是要上哪儿啊？"

周水绒没见过这么贫的人，沈听温再讨厌都没这么贫。

梁继凡看她不说话，伸手要捏她的脸："怎么这个表情？"

周水绒迅速躲开，攥住他的手腕一拧，他的胳膊错了位，人跪了下来，咣当一声，他甚至还没反应过来，就已经给周水绒行了个大礼。

周水绒不想跟他纠缠，松了手，朝前走了。

梁继凡有点儿蒙。这是什么啊？她刚才干了什么？他是怎么……突然就没劲的？

他在原地想了好一阵，沈听温出来时，他还保持着傻眼的状态。

沈听温没理他，想直接绕过。

梁继凡看见他，一把拉住，跟他说："周水绒的臂力可以啊，我这胳膊都让她给弄折了。"

周水绒。沈听温轻易地默念周水绒的名字，是因为他念了不知道多少遍。可人家不需要他这么惦记也能保护好自己，他的行为对她来说就是多此一举！他还不明白吗？

梁继凡之后还说了什么，沈听温没再听了。

他看到了周水绒的背影，但还是选择了相反的方向，越走越远，头都没回。

周水绒走到操场的看台，坐下来，看着操场上一对散步的小情侣。

那对情侣好像吵架了，男生在哄女生，给了她一瓶苏打水，然后左右看看，似乎是看有没有人在看他们，没看到人，就迅速地摸了摸她的脸。

女生捂着脸，低下头，然后任性地踩了男生一脚，跑开了。

男生追上去，趁她不注意又牵住了她的手，放在唇下快速吻了一下。

女生笑了，被哄好了。

周水绒看得头疼。她自己要躲着沈听温，却还让他来哄，是不是太过分了？

她趴在腿上，心情糟透了。

突然传来一阵脚步声，她抬头看到了赵孤晴，只有赵孤晴一个人。

赵孤晴跟她说话总是很谨慎、很紧张，有时候还露出不好意思的神色。这一次也是，她不敢离周水绒太近，坐得远远的，跟她说："梁继凡说你不太开心。"

周水绒问她："你担心我？"

赵孤晴立马摇头，觉得不对，又缓慢地点了点头："一点儿。"

"我没事。"

赵孤晴也没什么要说的，她听梁继凡说完有点儿担心，就过来了，至于过来干什么，她也不知道。

两个人沉默了五分钟。周水绒站起来，说："走吧。"

赵孤晴立刻站起来："去哪儿？"

周水绒说："你哪儿来的回哪儿，我也要回班了。"

"哦。"赵孤晴小声说。

周水绒看她傻里傻气的，把手里的维他命水递给她。

赵孤晴一愣，摆手又摇头："我不渴。"

周水绒用冰冰的水贴了一下她的脸，然后搁在她手上。

赵孤晴看着手里的水，再看看远走的周水绒，心跳突然快了，祝加夷找过来的时候，她还没缓过来。她在被叫了几声后，攥着祝加夷的胳膊，说：“我想成为她那样的人。”

祝加夷摸摸她的额头说：“这是暗恋沈听温三年的后遗症？”

赵孤晴拿掉她的手，说：“周水绒被污蔑的事，我一直在想，如果是我，我会怎么做，我想自己可能会生一场大病，然后转学。我不知道她难不难过，但她的做法很值得我学习，我想学习。”

祝加夷现在认同她了：“嗯，不过晴晴，你也是别人想要成为的人，其实你不用那么否定自己。现在喜欢你的人依然很多，嫉妒你的人也很多。”

赵孤晴知道，每一个人都有可能是另一个人珍贵的存在，每一个人在自己的生命中都是主角。

“其实比起周水绒，我更喜欢周夕宥。她生了病还能每天笑着来我们学校，反正我是做不到。”祝加夷说。

说到周夕宥，赵孤晴收到她邀请她们吃饭的微信了。她说：“我们周末去给她买个礼物吧。”

“好啊！”

周末，周夕宥要住院了，在此之前请大家吃饭。地点选在一个潜水主题日式餐厅，周夕宥提前预约了一个泡泡屋，吃寿喜锅。

其他人都是自己过来的，只有周水绒是周夕宥亲自接来的，她还让周水绒坐在自己旁边。周夕宥靠靠李滚的肩，然后靠靠周水绒的肩，说：“左手男朋友，右手女朋友，人生巅峰。”

梁继凡一瞥她：“那是你女朋友吗？少爷还没说话呢。少爷来，说两句，周哥哥是谁的女朋友？”

他就喜欢拿“少爷”这个词调侃沈听温。就像刚上国大的时候，高年级有几个人老叫他“鸡总”，眨眼间他快毕业了，怎么可能不给别人起外号呢？

周夕宥也看他，两个人互看。她说：“你少说话！我还没问赵孤晴呢，我让你这只狗来了吗？”

赵孤晴缩了一下肩膀：“他没脸，他非要来，说咱们这顿饭少他不香。”

梁继凡一咂嘴：“有人请客，我干吗不来？”

周夕宥不搭理他了，扭头看向周水绒说：“来，周水绒‘老公’，你来点菜，挑贵的点，沈宝贝埋单。”

祝加夷好奇：“为什么是‘沈宝贝’啊？”

周夕宥放下水杯，清了清嗓子，好像要说多重要的事：“不知道了吧？我来告诉你们。温火小姨给他取名沈宝贝，后来上户口时改成沈听温，现在他在他家也是被叫宝贝。”

沈听温没心情听他们扯淡，如果不是周夕宥要住院了，唐君恩嘱咐他别太不给她面子，他才不会来。来了面对周水绒，还要再看一遍她冷漠的脸，他是嫌自己心不够疼吗？

周水绒也一句话都没听进去，沈听温连看都不看她，一直玩手机，梁继凡叫他，他也不说话。他看上去烦死了这种场面，也烦死了有她的地方。

接下来的每一分钟都变得煎熬，周水绒不想让周夕宥不开心，就一直逼自己笑。周夕宥要住院了，她邀请大家吃饭，一定是希望大家聚在一起，开开心心的。

可周水绒不知道，就是她这样的笑，像把刀子在沈听温的心上划来划去。在他看来，原来难过的只有他自己。

饭吃到一半，沈听温接了一个电话，他看上去很紧张，似乎来电的人很重要，重要到他要去外边接这个电话。

周水绒实在待不下去了，说去卫生间，但又在离开前握了一下周夕宥的手，表示自己没事。

周夕宥冲她笑了一下："快点儿回来，肉都给你吃！"

旁边的李滚也没因为她这说法生气，还为她把菜、肉用公筷夹出来分离。他很好，好到有点儿不真实。

做男朋友这件事，周夕宥觉得没人比李滚做得更好。

但她以为，谈恋爱不应该是这样的，怎么可能没有吵过架呢？

他后来的一切都以她为主，让她感到这段尝试突然变得索然无味。

她吃了一口李滚夹给她的肉，冲他笑了一下，然后当着其他几个人的面亲了他一口，亲了他一脸酱。

李滚耳朵都红了，低了一下头，小声说她："当着人面呢！"

周夕宥扬着下巴说："那怎么了？咱俩又不是偷情，咱俩是光明正大的情侣，亲一下怎么了？怎么了？"

梁继凡说："不怎么，就是有点儿腻歪。"

"你有可腻歪的吗？"周夕宥瞪他，梁继凡说的话就没一句她爱听的。

梁继凡喝了一口饮料，说："你们最好能一直这么腻歪下去。"

周夕宥不反驳了，因为她听出了他的话外音，他希望她可以治好病，然后好好地生活下去。

赵孤晴给周夕宥倒了一杯水，说："宥宥，你就别喝饮料了，多喝点儿水。"

祝加夷也说："他们家饮料不好喝，赶明儿我们给你买我们小时候常喝的那个，倍儿好喝。"

周夕宥看着他们，突然想到她建群那天他们互相介绍的画面。那是他们第一次正式认识彼此。

他们之间还有狗血的关系：他喜欢她，她喜欢他，他又喜欢她。但他们在决定做朋友的那一刻，什么乱七八糟的关系都不重要了，重要的只是"我们是朋友"。

周水绒从卫生间出来，回到泡泡屋，这一路上没见到沈听温，她也不知道她在期待什么。

周夕宥看周水绒回来，对梁继凡说："你拿个瓶子，咱们玩游戏！"

祝加夷说："来个简单点儿的游戏吧，接点儿地气。"

梁继凡说："那就真心话大冒险。"

周夕宥一拍巴掌："成，就玩这个！沈听温那玩意儿接个电话这么半天，他煲电话粥呢？"

李滚握住她的手："别嚷，等会儿嗓子疼。"

周夕宥笑了一下，眼睛弯弯的："哦。"

梁继凡要吐了，说："我做错了什么？"

周夕宥一瞥他："没人让你来！"

赵孤晴打圆场："我们先开始吧，等会儿他回来再加入也行的。"

梁继凡擦了擦手，转了一下瓶子："转到谁是谁啊，不能耍赖的。"

第一个就转到了周夕宥。

祝加夷说："吉兆！宥宥，你一定会好的！你看这么小概率的事都能转到你。"

祝加夷是真的喜欢周夕宥，嘴都瞒不住，更别说眼睛了，全是她想要周夕宥健健康康的愿望。

周夕宥也觉得第一个转到自己真好，于是说道："那我就选真心话吧。"

梁继凡没让李滚问，他觉得李滚会放水。他自己问道："你跟少爷是青梅竹马，就没发展点儿别的感情？"

周水绒抬起头。

周夕宥很大方，说："我喜欢他，他不喜欢我，我就不喜欢他了。"

赵孤晴跟周水绒不一样，她低下了头。她也喜欢沈听温，但她不能像周夕宥一样大方地说出来，尤其还当着男朋友的面。她更不能像周水绒一样无动于衷。

李滚对周夕宥说的话没点儿反应，好像是习惯了，也好像是有反应也阻止不了。

梁继凡觉得这个答案够无聊的，又转了一下酒瓶，转到了周水绒。

梁继凡正想问，周夕宥不让他问："你狗嘴里吐不出象牙来，别说话了！"

正好沈听温回来了，周水绒一直融不进去的心似乎找到了归属，扎进沈听温怀里，再也不出来了。她管不住心了，只能先管住眼，逼自己不去看他。

梁继凡偏要问："周水绒，你就说，如果你不了解我跟沈听温，只看我们的脸，你选谁？"

周水绒选沈听温，但她说不出来，只说："就只有这两个选项吗？"

周夕宥笑了："听见没有？你俩都看不上！"

沈听温冷笑一声，他回来就是想告诉他们，他有事要走。正好待不下去了。他说："你们玩。"

"干吗去啊？生气了？你也太小心眼儿了！"周夕宥喊他。

周水绒也待不了了，沈听温把她的心带走了。

两个人相继离开，赵孤晴头又低下来，笑了笑，像是在安慰自己。

梁继凡看她难受了，迅速开启了下一个话题。

这顿饭有梁继凡活跃气氛，还有周夕宥搭腔，看起来并没受到周水绒和沈听温离席的影响。

周水绒出来没找到沈听温，心情更糟了，都怪自己太自以为是，现在遭到反噬了。

她没有在周夕宥的饭局上喧宾夺主，没有让自己很突出，这是她对周夕宥的礼貌，但她也实在提不起兴趣。

沈听温从坐在那里开始，就把距离感印在了脑门儿上，他以前都不会不理人的……

周水绒果然是被他惯坏了，竟然把他的主动当成了应该。

她慢慢吞吞地朝外走，走到路口，车来车往。只有她奇奇怪怪的，她不会哭，可满脸都是难过。

她站在路口，看着红绿灯不停地变化，一遍又一遍，她都不动，直到她看见对面有一个熟悉的身影朝她走来，脚步不慢不快。

她突然攥紧了拳头。

身影的主人是沈听温，他走到周水绒跟前停下，问她："你想我了吗？"

周水绒还没说话，他又说："我就问你这一遍，你考虑清楚了再回答。"

他本来都走了，看到周水绒追出来，他就疯了，那点儿矫情全被他一把火烧了。他不再管她躲不躲，她爱躲不躲。她躲了，他也爱她。

周水绒一抿嘴。

沈听温往后退："我走到头，你要不说话，以后就都别说了。"

周水绒一皱眉。

正好是绿灯，沈听温退了一步。

周水绒往前走了一步，但没叫住他。

沈听温又退了一步。

周水绒着急了："你别这样。"

沈听温恍若未闻，再退一步。

周水绒不管了，一把拉住他，但没拉动。她以为自己已经强到可以轻松拉动一个男人了，结果她被反作用力撞进他怀里。

沈听温停住了，但没回抱她："想没想？"

周水绒较劲，不喜欢他这种逼她的方式，想说"没有"，但说不出来。她说："你能告诉我，你说的想是哪种吗？你给我几个选项。"

沈听温告诉她："你想不想见我，有没有梦到我，后不后悔躲着我，看我后退心不心疼。"

周水绒想见他，梦到过他，后悔躲着他了，也心疼。但她脑子有点儿乱，想着他的话，喃喃自语："什么是心疼呢？"

沈听温闻言还要往后退，这会儿车正多，他跟有病似的。周水绒更急了，一把搂住他："我心疼了，你别搞我！我不想送你去医院！"

沈听温停下来，等她接下来的话。

周水绒使劲搂住他的腰，声音变得很小，只有两个人能听到："我想你了，我就说一遍。"

沈听温等到了！他疯了，不管有多少人在围观，一把抱起周水绒，对着嘴唇，用力地亲了一口。

周水绒差点儿掉下去，搂紧他的脖子。

沈听温问她："还犟不犟？"

"我没犟过！"周水绒不承认。

"还较不较劲？"

"我没有。"

"还嘴不嘴硬？"

周水绒不说话了，她知道错了。

沈听温问题好多："你现在要不要承认你喜欢我？你就这一次机会了。"

周水绒不想答了，说："我都说想你了，也说心疼了，还不能说明喜不喜欢吗？你干吗还问我？"

"因为你嘴太硬，你口是心非，谁知道你会不会又反悔。"沈听温说。

周水绒觉得这里人太多了，而且他们挡道了，便说："我们去别的地方说。”

沈听温把她抱到路边：“说吧。”

周水绒缩在他怀里：“说什么？”

“说你什么时候看上我的。”

“我没看上你……”

“又不承认了？”

“不是……你别老问我这种问题……”

沈听温偏要问：“你就告诉我，你从什么时候喜欢我的，我就问这一个。”

周水绒也不知道，反正从她特别讨厌他开始，她就不对劲了。她答：“我不知道！你先把我放下来！”

“那我不放。”

“你放不放？”

沈听温不放：“我抱我女朋友不是天经地义吗？”

“谁说我是你女朋友了？”

“你说喜欢我了。”

“我只是喜欢你，又没说要跟你在一起！”周水绒说着，也不看他。

沈听温俯身亲了她额头一口。

周水绒挣扎着从他身上下来，捂住额头：“你干什么？”

沈听温被她一吼，委屈了：“傅邻英一个外人都能摸你的额头，我身为你的男朋友，亲一下都不行？”

“我什么时候让他摸我额头了？你别造谣！”周水绒感觉莫名其妙。

沈听温低下头说：“你不承认，还维护他？也是，他跟你有共同语言，还教你写作文。不像我，天天没皮没脸地缠着你，你烦都烦死我了。”

周水绒现在才是被他烦死了：“你少跟我阴阳怪气的！只有你一

天到晚对我动手动脚，别人谁敢？”

“我哪次动手动脚你没打我？他摸你，你都没打他！”沈听温委屈死了。

周水绒要疯了，他是不是有毛病啊？真是讨厌死了！她不想跟他说话了，扭头就走。

沈听温更委屈了，也不动弹。

周水绒走出两米，转过身，往回走，也没空恨自己不争气，牵住他的手，边走边用手臂遮住眼睛——她觉得返回来的自己有点儿傻，不想见人。

沈听温嘴角噙着笑，还问她：“干吗遮住脸啊？”

周水绒气呼呼地说：“你长得太丑了，我拉着你丢人现眼。”

“那你放开我啊。”

周水绒立马放开了他。

沈听温认㞞，双手拉住她的手：“我错了。”

周水绒警告他：“你别挑衅我。”

“挑衅你，你就会打我，我知道。”

周水绒说：“你挑衅我，我就放开你的手。”

沈听温不说话了，攥紧周水绒的手。好不容易牵到了，他不能放开，死都不放开。

周水绒被他攥疼了：“手，别使劲！”

沈听温放松了一些，挨着她近了一些，软乎乎地说：“绒绒，你喜欢我吗？”

周水绒不想答了，躲开他的脸：“你这个问题不都问过了？”

“那我们能在一起吗？”沈听温在她耳朵边上说，还故意压低嗓音。

周水绒耳朵麻了，他真讨厌！他老勾引她！她不要：“不能！谁说喜欢就得在一起了？”

沈听温不走了：“是我还不够优秀吗？那你告诉我，我要怎么做？只要你说，我一定会做到。”

又来了，又阴阳怪气了。周水绒觉得他上国大屈才，他应该去皇家戏剧学院进修。她说：“你能不能正常一点儿？早看出你那点儿套路了，还演？”

“那你都喜欢我了，还不跟我在一起，你让我怎么办？”

周水绒还牵着他的手，但跟他说话的样子就像是要吃了他：“那你不能过两天再问我吗？非得在今天打破砂锅问到底？没人跟你说刨根问底这个毛病不好吗？”

沈听温知道了，说：“哦。”

周水绒看到他就生气，拽了拽他的手：“走了！”

周夕宥的局散场了，所有人都走了，除了李滚。

李滚给周夕宥擦了擦嘴：“吃了一嘴的酱，都变成小花猫了。”

周夕宥还想着刚才李滚把赵孤晴的酒换成了水的事，她这个人比较直接，拉下李滚的手，握住，问：“我想知道你为什么喜欢赵孤晴。”

李滚的表情有些僵硬。

周夕宥笑了一下：“你别紧张，我就是问问。作为交换，我告诉你我之前为什么喜欢沈听温。”

李滚看着她的眼睛。

周水绒家。

沈听温在会客厅站着，周水绒也站着，没有说话，也没有靠很近，因为很尴尬。他们也不知道怎么就回家来了，而回家要干什么，他们更不知道。

时间顺延，周水绒先说话了：“你……要不要喝点儿水？”

沈听温看过去，嗓子眼儿有点儿烫，口水都咽不下去，问：“喝什么水？”

“我家没有饮料，有水。你喝吗？”周水绒手臂往后，拄着桌面，手指头扣着桌沿。

沈听温摸了一下鼻尖：“那……喝水吧。”

周水绒去冰箱给他拿水。

沈听温看着她跑开，呼了口气，暗骂自己真不是个爷们儿。以前她不喜欢他的时候他脸皮那么厚，现在她都喜欢他了，他怎么连话都说不利索了？

周水绒给他拿来一瓶水。

沈听温拿着水，也不喝，更不说坐下。

周水绒以为他打不开，又从他手里把水拿过来，给他打开：“喝吧。”

沈听温该说点儿什么？该客气一下吗？他咳了一下，说：“谢谢！”

周水绒该回点儿什么？该客气一下吗？她摸了摸脖子，说：“不客气。”

沈听温以前爱开玩笑是因为没动真格的。现在他喜欢的女孩儿喜欢他了，万一他把持不住，他真敢做点儿什么。因为他有恃无恐啊，他知道她喜欢他了啊。

周水绒觉得气氛有点儿尴尬，尴尬让她有点儿热，有点儿热就想洗澡。但沈听温在，她又不好去洗，就鬼使神差地问了他一句：“你要不要先去洗个澡？”

沈听温听见这话就炸了，脑子里想了一堆乱七八糟的，问：“我去洗澡？”

周水绒还没意识到他的变化，主要是她自己也一头乱麻，不知道该怎么办。她答：“那我先去洗也行。”

沈听温的嗓子更烫了，口水都被烧干了，说：“你先去洗吧。”

周水绒觉得她不能在这儿待了，忙说：“那我去洗了。”说完就跑，跑得很快。

沈听温靠在沙发背上。周水绒这个小呆瓜……

周水绒刚进浴室，觉得把沈听温一个人丢在外边不合适，又跑了出来。

沈听温被她吓了一跳。

周水绒把手机递给他：“你可以连那个音箱，我手机里有很多歌。”

周水绒看他不接，抓起他的手，把手机搁在他手上，又跑了。

沈听温像块石头一样呆住不动了……

过了一会儿，浴室里传来水声——周水绒洗澡的声音——这也太折磨人了……

沈听温用周水绒的手机连了蓝牙，打开她的音乐播放器，点开“最近播放”，结果看到一长溜外文歌……她确定让他听这个吗？

周水绒洗到一半才想起周夕宥给她发的歌单。她裹了一条毛巾就往外跑，把音箱电源关了，也把手机从沈听温手里抢了过来，什么也没说就跑回了浴室。

沈听温鼻间还有周水绒沐浴液的香味，毛巾没遮住她的肩膀、锁骨、长腿，它们几乎要了沈听温的命……

他管不了那么多，走到浴室门前，问周水绒：“你洗完了吗？”

周水绒还没摘掉毛巾，正捂着心口，摁着心跳：“没有！”

“我也想洗了。”

“你等一会儿！”周水绒喊了一声。

沈听温问她：“我可以一起洗吗？省水。”

周水绒心中警钟敲响：“我交得起水费！”

“但要节约资源啊……”

“你别跟我说话！离浴室门远一点儿！”

沈听温声音越来越小："绒绒，我有一点儿难受。"

周水绒闭上眼，用力吸了几口气，想无视他，但她发现自己做不到，就把门打开了。她刚想说点儿注意事项，比如不要乱动，沈听温已经把门反锁，然后把她抱起来，压在了门上。

沈听温就像是要吃人，胸肌一直随着粗重的呼吸起伏，他叫她的名字时声音都哑了："绒绒。"

周水绒的呼吸也很重："你……你找死吗，沈听温？"

沈听温拉着她的手说："我没骗你，真的。"

周水绒的脖子也红了，推他："给我出去！"

沈听温又问："那你要不要跟我在一起？"

周水绒还有得选吗？看看他这样儿，她抵抗得了他？而且就冲他这么勾引她，她怕是以后都会上他的瘾。

沈听温得不到回答，就把她搂得更紧："你不说我又要难受了。"

周水绒一听，回神了，推开他："好好好！在一起、在一起！你说了算！"

沈听温看着生气的周水绒，觉得：这人生啊，别往下进行了，就到这儿吧，就让他死在这儿吧！他要温柔乡，他爱周水绒！

他把周水绒打横抱起，抱出门，抱上床，拨开她湿漉漉的头发，亲了一下她的大眼睛。

周水绒看着一张那么帅、那么近的脸，提醒道："说好了，下次再……"

沈听温压住一肚子冲动，捏了捏周水绒的小鼻子，叫她："小呆绒，再让别人摸你额头，我就剁了他的手，然后说是你让我剁的，咱俩一块儿蹲监狱。"

周水绒喜欢他是真的，觉得他有病也是真的。她说："你好歹毒啊。"

沈听温摇头，又捏她的脸，他喜欢捏："应该是……"

后面半句话是他凑到周水绒耳边说的：“我好喜欢你啊。”

周水绒心里暖暖的，也满满的。

这种感觉让她不由自主地搂住了沈听温的窄腰，也在他耳边说：“知道了。”

我知道你喜欢我了。

我也是。

李滚叫了车送周夕宥回家，送到家门口没着急走，陪她溜达了一会儿。以后这样一起溜达的机会就少了，他们希望这个过程尽可能长，所以走得很慢。

周夕宥手里还有一杯果茶，李滚给她买的。她这个病没忌口，当然多补充点维生素更好。

两个人在一起以来，除了打打鼓、练练琴、唱唱歌，剩下的时间都是各干各的。偶尔发个消息“早上好”“晚上好”，别无其他。

这样的关系看起来好成熟，就像是已经过了热恋期，开始追求平平淡淡的情侣或者夫妻生活。

但他们才在一起没多久，这正常吗？周夕宥忍不住问自己。

李滚一直盯着周夕宥手里的果茶，看她喝完了，把杯子从她手里接过来，在路过垃圾桶时丢了进去。

周夕宥淡淡地一笑：“你看起来怪怪的、冷冷的，其实心很细。”

李滚不是听不出来她的话外音：她是放弃追沈听温了，但她做不到放弃喜欢他，沈听温的一举一动都牵动着她的心。这样的情况下，她喝酒会喝伤自己的。

“真好。”周夕宥想直白地骂他，但她没心情跟他掰扯，就变得阴阳怪气起来。

李滚下一句说：“你要是想喝酒，我不会让你喝，但你可以喝一点儿饮料，不过喝多了我也会制止。”

周夕宥不想听了，越听越生气，气得她有一瞬间都想不治病了，死了算了。她压着火气，说起自己：“我小时候就没有得不到的东西，所以我对什么都没有特别想要的冲动，因为我总会得到。我妈说聪明的人都知道，什么东西都得要最好的。那时候，我身边最好的就是沈听温。

“他爸妈把他教得什么都会。我自认为我的起点和天赋够高了，但还是没法儿跟他比。

“当然，重点是他好看。我觉得他小时候比现在好看，现在脸上线条太分明了，以前都奶奶的。”

李滚越听越不舒服，但出于对周夕宥的尊重，他没有表现出来。

周夕宥说着话看了他一眼。可以，无动于衷。她又接着说：“我就喜欢沈听温，要不是他喜欢周水绒，而我也喜欢周水绒，我绝对不放手！”

李滚的拳头攥了松，松了攥，但脸上就是不表现出来。周夕宥明天要住院了，他不能在今天跟她生气，她心情不好也不利于治病。

但在周夕宥心里，她话都说到这份上了，李滚还是那德行，肯定是心里没她了。也对，两个人因为一个玩笑在一起，连有好感可能都谈不上，哪儿就轮到喜不喜欢了？不喜欢，心里能有？

李滚说到做到，作为交换，跟她说他为什么喜欢赵孤晴：“我刚入学时要做一个小手术。因为害怕，也因为没经验，而且我跟我爸妈沟通很少，我的事几乎不麻烦他们，所以我就自己找了一个小诊所。那时候被其他班同学看到了，就开始造谣我。

“那个诊所是赵孤晴表亲家的一个人开的，她为我澄清了这件事。但你知道，没有人在乎谣言是不是真的，他们只想传播谣言。就这样，赵孤晴被我连累了。

“是赵孤晴的父母找来学校，学校严惩了那几个传谣的人，这件事才过去，后来再没人敢提。”

周夕宥不知道他还有这么一段经历，难怪他在学校沉默寡言的。

李滚又说：“我不知道是从什么时候开始喜欢她的，但自从我开始在人群中找她的身影，我就知道自己可能是喜欢上她了。”

周夕宥后悔知道了。赵孤晴对李滚有这么大的恩，还做了他父母没有对他做到的事，这些她周夕宥要怎么比？她突然有点儿难过，也有点儿想不明白，为什么喜欢沈听温的时候，她没有这么难过？

走着走着，两人走到了周夕宥家门前，一幢有着前庭后院的别墅。

李滚停下来，对周夕宥说：“回家早点儿睡，等会儿我回家就不发消息给你了，明天你家人送你去医院，我不能去，但我下午会请假去医院看你的。”

周夕宥看着这个说话温柔但面容冷峻的男生，问了一个问题：“你为什么答应跟我在一起？”

李滚也不知道，他开了一个玩笑：“或许是你太漂亮了，我当时鬼迷心窍了。”

“那你后悔吗？”

李滚说：“我不后悔。”

“你能忘了赵孤晴吗？”

“你呢？能忘了沈听温吗？”

“我先问的。”

李滚不知道，但他知道一件事：“我会尽全力爱上你。”

周夕宥看着他的眼睛，看到了他的决心。

周水绒家。

周水绒换了一件衣服。

沈听温坐在地毯上，身上湿着，头发还滴着水。

周水绒找了自己最大的一件衣服，拿给他让他先去换上，他不去。周水绒瞪他：“你不去就这么湿着吧，冻死你算了。”

沈听温说：“我没劲了，你给我穿，好吗？”

周水绒讽刺他道：“这就没劲了？少爷不太行啊。”

她这话一出，沈听温也不着急，还笑，笑得痞痞的：“那再试试吧。”

周水绒把衣服扔给他：“滚去换了，不换就滚。”

沈听温不逗她了，拿上衣服去卫生间了。

周水绒呼了口气，她也不知道自己是怎么答应沈听温的，但她觉得自己被算计了，他从在红绿灯那里开始就一直逼她来着。

“啊！”

周水绒正胡思乱想着，沈听温叫了一声，她走过去：“你又怎么了？”

沈听温说：“你这个衣服有问题。”

“衣服能有什么问题？”

“你进来看一下。”

“我不看，赶紧穿，穿完赶紧出来。”

沈听温的声音听起来好像很着急：“我没骗你，你看一下。”

周水绒不信他，他老骗她。她问道：“出不出来？不出来我锁门了。”

沈听温没声了。

周水绒叫了几声他都不答应，她把门打开了，刚打开就被罩住了，脸贴上沈听温的胸膛。她折腾了半天才从领口钻出来，瞪他：“你是不是有病？”

沈听温搂着她的腰，歪着头，噙着笑，说：“你这个衣服太大了，你看这领口，可以容我们两个的脑袋，腰身也肥，你进来都很宽松。”

这衣服本来就像被单一样，别的他也穿不下啊。周水绒被迫扶着他的腰：“你怎么那么多花样？”

沈听温没玩花样：“我是让你看看，你这衣服有多大。”

“我现在看见了，放我出去！”

沈听温问她：“你不想跟你男朋友穿一件衣服吗？”

男朋友——一个遥远又陌生的词。周水绒怎么都想不到，她就这么稀里糊涂地有男朋友了。而且这个男朋友还就会耍无赖。

周水绒腰太细了，还有马甲线。他摸着她的腰，忍不住浮想联翩。他凑到周水绒耳边，小声说：“绒绒。”

“干吗？”

周水绒从衣服里钻出来了，她得离他远一点儿。她打开门，指着外边：“你也换完了，该滚了。”

沈听温舍不得走，周水绒都要馋死他了，他想尽可能跟她多待一会儿：“我衣服还没干。”

周水绒以为自己听错了：“等你衣服干，都明天早上了。”

沈听温：“那明天早上我们一起从你家出发去上学，也可以。”

“你想得美！赶紧滚，不滚就分手！”周水绒说。

沈听温没招了，留是留不下来了，但他还能再拖一会儿，就说：“我头发还没干，外边有风。”

周水绒一瞥他：“你之前在体育馆脱掉衣服系在我腰上的时候，怎么就不觉得冷？”

“那是在室内。”

周水绒好无力，拿了吹风机给他：“自己吹干。”

沈听温手疼，有点儿委屈地晃晃手腕：“刚才手戳了一下，长时间举着手会疼。”

周水绒懒得再跟他废话了，插上电，叫他：“滚过来！”

沈听温卖乖，笑了笑，挪了过去，坐在地毯上，仰起脸看着她。

周水绒给他吹起头发，边吹边薅他，发泄火气。

沈听温也不委屈自己，薅疼他，他就叫，周水绒没办法，只能好好给他吹。

吹完头发，沈听温再没有理由待在周水绒家了，被轰到了门口。

周水绒着急独处，“拜拜”都没跟他说，就要关门。

突然，周水绒家的灯灭了，沈听温立刻用手撑住门：“你家灯坏了，我给你修修吧。”

“不用！滚！”周水绒硬是把他推了出去，把门关上了。

周水绒靠在门上，想起沈听温勾引她的种种，还有自己虽看上去强硬，其实哪一回都妥协的种种，觉得有点儿辜负她爸了。

“色”字头上一把刀……

沈听温回到家就给周水绒发了一条消息：我到家了。

周水绒看见了，没回。

沈听温又发：睡了？

周水绒趴在床上，看着手机里的聊天界面。沈听温的消息不断地跳出来，她不知道要回点儿什么，但心里又特想让他知道，她还没睡。

沈听温接着发：晚安！

周水绒有点儿急，拿起手机给他发了一条消息：你把我吵醒了。

看到消息的沈听温笑了笑，没拆穿她：哦，那你接着睡吧。

周水绒翻了一个身，手举着手机，打了十几个字：你都把我吵醒了，我怎么睡？

沈听温放下水杯，清了清嗓子，摁住手机说话：“那我哄你睡？”

周水绒听到他的声音，他委屈的画面又回到了她的脑袋，便把手机扔到一边，不回他了。

她再翻身，平躺在床上，看着天花板，对被沈听温牵着鼻子走的自己感到失望。她也太禁不住诱惑了，凭什么沈听温现在的一举一动都能牵动她的情绪？好丢脸。

沈听温见她不回了，猜她又在那边给自己洗脑跟他保持距离，又说了句：“别再想离你男朋友远点儿，你男朋友不同意。”

周水绒听到这句话，皱起眉：“你能不以我男朋友的身份自称吗？你没名字？”

“有，我叫沈周，沈听温的沈，周水绒的周。”

周水绒心跳加快了。

沈听温又说：“虽然我这名字很好听，但我还是更喜欢‘男朋友’这个称呼。我好不容易当上了你的男朋友，你不准剥夺我的这个权利。”

周水绒心跳更快了。

沈听温看了一眼时间，不早了，压低了嗓子，很小声地说：“晚安，小呆绒！”

周水绒听到他这一声，觉得他很有做配音演员的潜质，听得她浑身难受，热得不行，后面的五个小时，毫无困意。

沈听温上了三楼，打开房门，打开灯，满房间都是周水绒的照片，从小到大。他随手拿起一张，摸摸她没有表情的脸，想想她对他露出的愤怒、紧张、心疼，他的笑容又来了。

第一次见到她的时候，他只有3岁，刚有记忆，除了沈诚和温火，他就记住了周水绒。

那时候他还没那么多想法，也不觉得自己有什么想法，就是好奇，然后感兴趣。慢慢地，在探索的过程中，他泥足深陷。

具体是从什么时候对她有了其他的想法，他自己也不知道，也不用知道，过程都不重要。

他坐下来，趴在桌上，闭上眼，全都是周水绒，各种各样的周水绒。

他怎么能满心思都是一个女人呢？哪儿有男人是他这样的？可他偏偏是这样的。

他是一个庸俗的人，庸俗的人只想保护他的心上人。

周一上学，周水绒生理期肚子疼，脸惨白、嘴惨白，趴在桌上，动都不动一下。

沈听温看她太难受，替她把值日做了，课间操也给她请了假。

监操的人查到十六班，没看到周水绒，问她去哪儿了。

沈听温说："她身体不舒服。"

监操的人翻个白眼："有什么不舒服的，又装痛经呢？我发现这些女生没别的招，天天说自己痛经。等她们哪天真得了什么病，就后悔今天偷的这点儿懒了！"

沈听温不爱听了："你也是个女的吧？咒起女的来真恶毒。"

监操的人被噎了，没给他好眼色："有你什么事？老实待着！"

班上的人都有点儿惊讶沈听温的作为。不光这一次，他近来有太多不像他的行为了，他太关注周水绒了。

回到教室，有学生习惯地打开了空调，沈听温伸手就给关了，惹来一片不满。但他们不敢说。沈听温让井贺去超市买了两箱饮料，一人给了一瓶，这才没人阴阳怪气、翻白眼了。

井贺把热奶茶递给沈听温："哥，你以前不喝奶茶啊？"

沈听温没说话，把奶茶放在周水绒桌上了。

井贺懂了。

中午吃饭的时候，所有人都去餐厅、超市了，周水绒没去，她动不了。很邪门，这一次特别疼。

沈听温也没去。他订了校外的饭，出去拿了一趟，给了周水绒。顺便给她肚子上贴了一个暖贴，又在她桌旁蹲下来，手扶着她的背，说："下午请假吧。"

周水绒扭过头来，看着他，跟个小可怜一样："你能不能离我远点儿？"

"不能。"

"你好烦啊。"周水绒虚弱地说。

沈听温很强硬地说："我下午给你请假。"

周水绒："下午发测验成绩，我想看看我物理多少分。"

"我给你看。"

周水绒没再搭他的话，而是说："这可能是警示，让我跟你分手。"

沈听温点头："好，分手。"

周水绒呆住了。

沈听温手摸到她的肚子，给她焐着："分手了你也疼，所以跟我有关系吗？"

周水绒不说话了，他手心好暖。

沈听温看她一直出冷汗，到底没让她继续在学校待下去，班主任一上班，他就去请假了。

班主任准了假，却没让他走，提醒他："现在是很重要的时期，你不要让老师失望。"

沈听温反问道："我成绩下降了吗？"

班主任不说话了。他没有，哪怕他最近的心思都在周水绒身上，他的学习成绩也没下降。

她好像是管得太宽了，她应该去管那些成绩下降的学生。

周水绒下午就好多了，但沈听温已经给她请假了，她就没在学校待。她去医院看了看周夕宥，然后去了健身房。

沈听温下课给她打了一个电话，追到了健身房，见面第一句话就是："还疼吗？"

健身教练给他们腾出了地方："你们聊。"

周水绒没看沈听温："我走的时候就不疼了。"

沈听温看她气色好多了，不担心了："那等会儿我送你回去。"

周水绒看着他："不用了。"

"为什么不用？"

为什么？就沈听温这玩意儿，她让他送她回去，他肯定要进门，进门就要坏，她根本招架不住。

沈听温有点儿委屈："你从来都不需要我，显得我这个男朋友好没用。"

"又来了，我又不是没脚，我用得着你送吗？"周水绒从动感单车上下来，喝了一口水，"不过你说的这个问题，确实是个问题。我什么都能干，我要你有什么用呢？"

"你不能这么想，我肯定是有点儿用的，比如你想我的时候，我可以跟昨晚……"

周水绒踮起脚捂住他的嘴："你给我闭嘴！"

沈听温握住她的手腕，吻了吻她的掌心："跟昨晚一样抱你。"

周水绒耳朵红了，想到昨晚她就浑身不自在，她挨近沈听温，小声说："你别讲这件事！"

沈听温问她："那你需不需要你的男朋友？"

周水绒牙都咬碎了："需要！"

“那我送你回家，你答不答应？”

“答应！”

沈听温伸手给她擦擦额头上的汗，还没说话，走过来一伙人——上次在泳池边等着周水绒的那伙人。

第八章 我想我应该是很喜欢他

他们看上去没有很凶，无人见状不说一句“他们来者不善”。

沈听温没说话，想看看他们什么意思。

打头那男的问周水绒：“你不是说你有病吗？有病你还健身？不怕传染给别人？”

周水绒很平淡地问：“是不是，跟你有关系吗？”

“没关系，就是你这个骗人的行为不太好，我们想给你上上课，让你知道一下你的问题。”打头那男的一边说话，一边摆弄着打火机，行为动作让人脚底生寒。

他们这伙人，有几个穿着劣质的冒牌豆豆鞋，脖子上的大金链子也不知道真假，完全是在校门口混迹的社会青年的模样。

周水绒在学校附近看到过这种人，有事没事帮女学生拎行李，趁机要个微信。

沈听温在学校也是有影响力的人，虽然不能说是校霸，也跟“扛把子”那些土称呼没关系，但提到他的名字，学生们会畏惧，毕竟见过他的实力。

他跟眼前这帮人还是有本质区别的，他不穿假货，他再嚣张也认真学习。

眼前这一伙人无论此刻多放肆，觉得自己多牛，在沈听温面前，都是轻轻松松就能解决的人。

周水绒不想跟他们废话，就说：“上课就算了，你们也没有能教我的东西。”

打头那男的不这么认为，说：“你要说不想加微信，我们也不逼你，你骗我们是什么意思？觉得我们死皮赖脸，非要你的微信？”

周水绒把绑在头上的发带摘下来，看一眼周围，没什么人，接着跟他们说：“不是吗？”

打头那男的跟他的几个朋友互看了几眼，挺不可思议的样儿：“没人跟你说，你这么装是会挨打的吗？你以为我们不打女的啊？”

沈听温不让周水绒说话了，她今天说得够多了，身体还不舒服，不能再说了。他走到她前面，直面这几个人，淡淡地说了一句话，声音不大：“来，再重复一遍。”

那几个人笑道：“哎哟，吓死我了，英雄救美呢？哪家的大哥啊？”

沈听温没再废话，上去就是一脚，顺便一把拉住周水绒的胳膊，把她甩得更远，让她脱离战场。

打头那男的踉跄几步，被朋友扶住，他们还在反应的时候，健身房管事的人过来了，还有几个健身教练，横在了他们中间。

管事的人两头都得罪不得，就一直说和。打头那男的反应过来了，不干，扯着脖子要沈听温给他下跪，他那几个朋友还在那儿附和。

他们嗓门大，健身房里顿时只剩下他们叫唤的声音。

沈听温听不得他们说周水绒一个字，拨开健身房的人，一把薅住打头那男的，薅到周水绒跟前：“道歉！”

“我不道歉！”打头那男的也不是没劲，但被沈听温别住手，动弹不了，只能动嘴。

“道歉！”

“我给你脸了？”

打头那男的还手了，攥住沈听温的胳膊，要上脚踹他。

健身房的人拉架，两个人拉一个，总算是拉开了他们。

但沈听温不干，那人也不干，一个要对方道歉，另一个要对方下跪。

打头那男的啐了一口唾沫，眼珠子边上都是红丝，一遍一遍地舔牙，一身假货随着他那一身横肉颤抖。那咬牙切齿的样儿，似乎不把沈听温吃了，他就活不到明天早上。

沈听温也不放狠话，自始至终就俩字——道歉。但骇人程度已经够了，至少周水绒没见过他这样。

健身房惹不起，说如果两方都不饶人，就报警。打头那男的嚣张气焰这时才慢慢熄了，指着沈听温放狠话："你给我等着。"

沈听温不让他走："还没道歉就想走？"

他可以自损一千换八百，报警也随便，但必须得道歉，骂得太难听，他接受不了。

打头那男的似乎很怕进局子，即使百般不情愿也还是给周水绒道了歉。但狠话也没少说："歉，我道了。你哪个学校、哪个班、叫什么，能说吧？别连这点儿胆量都没有，就会在这儿仗着是会员嚣张。"

沈听温没什么不能说的，答："国大，沈听温。"

那人记住了，喊道："你等着！"

那帮人一走，健身房管事的人过来道歉了，孰轻孰重他们还是知道的。按次买游泳票的和一次性交一年会员费的，他们肯定向着这些一次性交一年会员费的。

沈听温没话跟他们说，转身问周水绒："走吗？"

周水绒也没心情健身了。

回家路上，沈听温那脸色都没变回来，看得出来他真的很生气。

周水绒自己也处理得了这种事，但被沈听温拉到身后的感觉有点儿奇怪，让她的脑子在当时一片空白，只能像个傻子一样看着他解决。

她越来越能感觉到被男人保护的滋味了。

这个男人，不是她爸，不是那些执法部门的人，而是只属于她的，只会保护她的男人。

沈听温走着走着就要牵手：“绒绒，我想牵手。”

周水绒再看他，这哪儿还是刚才那个气场两米八的男人？这不就是个撒娇精吗？还是个可怜虫，就会跟她装可怜。她不给他牵：“我不想。”

沈听温想装可怜的时候装可怜；不想装可怜的时候就直接上手拉住就走，不管周水绒怎么挣脱，他就是不放手。

周水绒骂他：“你是无赖吗？”

沈听温就要牵手：“我是你老公。”

周水绒有点儿无奈，给他牵了。没办法，他脸皮太厚了，她拗不过他，给他、给他，他要就给他。

沈听温得寸进尺：“等会儿到家的时候我能抱你吗？”

周水绒瞪他：“你差不多得了。”

沈听温吸了口气：“别人家老公想抱就抱、想亲就亲，我还得问你愿不愿意，可能这就是没那么爱吧。我永远不是你的第一选择，就永远不配你的全部允许。”

周水绒好烦他动不动就跟她来这一套，不耐烦地说：“抱抱抱，给你抱！但只能抱一下！”

“那抱都抱了，我可不可以再亲……”

“沈听温！”

“好了，不亲了。”

周水绒转移话题，不跟他聊这个了，他一聊这个就上瘾。她说：“过几天是泗远音乐节，周夕宥要去。”

这跟沈听温有关系吗？

“所以呢？”

“所以她想我去。”

“她没对象吗？干吗老缠着我对象？”沈听温对周夕宥有意见了。

“我答应了要去。”

沈听温松开了周水绒的手，一个人往前走了。

周水绒跟在他身后，也不叫他，反正他肯定会回头。

没走半分钟，沈听温果然回过头，那个委屈样儿，可不得了：“她让你去你就去，我想亲你一下都要报告。到底我是你男朋友，还是她是你男朋友？”

周水绒走过去，把手伸给他，主动给他牵：“那她生病了，你生病了吗？”

“生病了！绝症！”沈听温嘴上再不愿意，手还是会牵的。

周水绒使劲攥他，攥疼了他：“以后别说了。”

沈听温疼得叫唤，叫唤完了问她：“我是你男朋友吗？”

他从昨天开始给周水绒洗脑，周水绒已经很深刻了，忘都忘不掉了：“嗯。”

“那你能不欺负我了吗？”

“我没欺负你。”

“你还没欺负我？你干吗老管周夕宥？她那病没事，骨髓配型有，钱也有。”

“周夕宥可爱，你可爱吗？”

沈听温不说话了，一直到家门口都没再说话，把人送到门口就走，抱都不抱了。

周水绒就没见过这么幼稚的人，伸手拉住他。

沈听温也不回头：“别拉我，你去找可爱的。”

周水绒扯扯他的衣服，逼自己说自己从未说过的话来哄他：“你不可爱，但你帅，身材好，还有肌肉，长得白，人人都心动。”

沈听温慢慢转过身来，狐疑地问：“真的吗？”

周水绒拉着他的袖子，点点头：“真的。”

沈听温走近她，小声问：“那我能不能……”

周水绒知道他想要什么，伸手环住他的腰，轻轻抱了他一下。

沈听温还想干点儿别的，可二爷走了过来，哎哟哎哟地叫起来，说：“我这是看见什么了？”

周水绒立刻放开沈听温，有点儿无地自容。

沈听温倒是大方，叫了声“二爷”。

二爷走到跟前，故意调侃周水绒：“不是看不上吗？刚那是干吗呢？”

“什么看不上？”沈听温问。

二爷一摆手：“没什么，就有一丫头，说自己看不上那个谁，哎哟，说得那叫一个真，咬牙切齿的，可这扭头就抱上了。年轻人都这样？”

周水绒待不下去了：“二爷下棋是拿嘴下吗？”

二爷也不生气：“有时候也需要点儿语言战术。”

周水绒不跟他们待了，上楼去了。

二爷扭头看着沈听温：“这丫头可不是一般人，你能驾驭得了吗？”

沈听温浅笑：“您不都看见了吗？”

二爷只笑不语，就他们沈家，都是情种。从太爷爷那辈就是睥睨一世，只对女人低声，到这小辈，估计也差不太多。

两人扯了两句闲篇儿，散了。

周水绒到家接到周思源的电话，他问了一下她在学校的情况。周水绒想到自己谈恋爱了，有点儿心虚，就想着快点儿挂电话。周思源听出了问题，问她：“着什么急？”

“没有，要写作业了。”

“你最好是要写作业，要让我知道你有事瞒着我，我就告诉你妈。”

周水绒坐到秋千椅上：“舅，你不是说跟我一头吗？”

“我跟你一头，你不听我话，我还跟你一头？”

周水绒不想聊了：“我要写作业了。”

周思源在挂电话前跟她说：“徐宿出任务了，不能去看你了，你自己老老实实的，别惹事。”

“知道了。”

电话挂断，沈听温的语音电话打进来了。周水绒抿了一下嘴，掩饰自己下意识的笑意，接通后冷冷地问：“干什么？”

“为什么占线了？你在给谁打电话？”

“我干吗要告诉你？”

沈听温被她气到了：“周水绒，你是不是要气死我？怎么你谁都不气，就气我呢？我欠你的？”

周水绒笑得眼睛弯弯的：“是你自己非要生气。”

“那你气完了，就不能像其他人的女朋友那样哄哄我吗？”

“那你生气了，就不能像其他人的男朋友那样自愈吗？”

沈听温被她气笑了：“行，我自愈！”

那不就行了？周水绒要洗澡、写作业了：“你还有事吗？没事我挂了。”

沈听温说：“音乐节的票我买了，两张，我陪你一起去。”

周水绒心跳又快了：“你不是不让我去吗？”

“那你能不去吗？”

“不能。”

“那不得了。你一个人去我放心吗？没我陪着，就你这么好看的，不得被那群闹饥荒的狼吃了？”

周水绒知道了："哦。"

"我哪天要是死了，一定是气死的。"沈听温忍不住说。

周水绒知道了，说："那我要是告诉你，你陪我去，我很开心，这算是哄你了吗？"

沈听温那头没动静了。

周水绒看一眼手机，没挂啊。她问："喂？"

沈听温的声音低下来："算。"

周水绒心跳更快了："哦。"

沈听温的声音低下来很好听，其实高八度也好听，周水绒以前不觉得，现在觉得他哪一种声音都好听。她不能再听了，匆匆挂了电话。

她把手机摁在心口，平躺在沙发上，跷起腿，想着沈听温在健身房把她拉到身后的举动，有一点儿帅，跟司闻就差那么一点儿了。不，是一小点儿。

音乐节前的周末，医院。

李滚问周夕宥想让他弄个什么造型。

周夕宥最近一直在接受药物治疗，身子很虚，说话都是有气无力的："我的意见重要吗？"

李滚说："重要，你是我女朋友，我登台就是给你唱。"

周夕宥笑了："你最近都跟谁学的？一套一套的。"

李滚坐下来，从包里拿出一封信，递给她。

周夕宥一看："情书啊？"

李滚说："给你爸妈的。"

周夕宥顺手就拆开了，李滚都没拦住。

这是一封请求书，里边写了李滚想带周夕宥去音乐节的决心，还有他的承诺：他一定会保护好她，绝对不让她出现一丝一毫的意外。

周夕宥看着看着眼睛红了，把信纸塞给他：“你这是什么啊？”

李滚伸手擦了擦她的眼泪：“这是你的愿望。”

周夕宥自己抹抹脸：“你不是爱上我了吧？你这么快就移情别恋了啊？你不喜欢赵孤晴了？”

李滚说：“我只知道我女朋友是周夕宥，我应该以周夕宥为主。”

“你知道什么。”周夕宥不看他了，一看他就想掉眼泪。

李滚反思自己：“我知道我给赵孤晴换酒，你不高兴了。我当时没想那么多，以后不会了。”

周夕宥慢慢转过头来：“傻子吧你。”

“他们都说我怪，倒是没有说我傻的。”

周夕宥看一眼他的信：“你就打算给我爸看这个东西？”

李滚点头：“我写得太少吗？”

“不少。我怕我爸看了更不让我去了，你觊觎他闺女觊觎得太明显了。”周夕宥说。

李滚一皱眉，很严肃、很紧张：“那怎么办？”

周夕宥就喜欢看他傻乎乎的样儿，就喜欢逗他：“没事，我们家我说了算，我要是非跟你去，他不愿意也得愿意！”

沈听温买了机票和音乐节的票，周水绒就订了酒店和餐厅。

两人第一次一起出门，沈听温买的头等舱的票。但他不在自己的位子上待着，非要跟周水绒挤一个座位，还要盖她的毯子、喝她的酒、吃她的东西。

周水绒不高兴了：“你能不能回你自己那儿？”

“不能，”沈听温说，“我冷。”

“那你加毯子啊，又不要钱。”

“那还要麻烦空姐，我们不要给别人找麻烦了，我们要做有素质的乘客。”

周水绒真是拿他一点儿办法都没有！

她突然觉得，什么叫带他去会避免遇到奇怪的人？他才是奇怪的人！

三个多小时的航程，终于到了。周水绒下飞机就不想跟他一起走了，也走不到一起了，因为沈听温被绊住了，有几个女生在问他要微信。

周水绒看都不想看，沈听温还不追上来，估计在跟她们说他没有女朋友。

出了机场，沈听温赶上来了，问她：“怎么不等我？”

周水绒不想说话，只说：“我不想影响你跟别人说话。”

沈听温笑了：“吃醋了？”

“你想多了。”

沈听温歪着头去看她的脸：“都写你脸上了——好酸。”

周水绒为什么要在乎这种事？随便啊，爱加不加，加去吧，加一百个，天天聊，多好啊。她说：“少爷有魅力，那是你的优势，我不酸。”

沈听温把她的钥匙扣递给她：“你钥匙扣掉了，我回去给你拿的。谁要加别人？哪个都不如你。”

周水绒把钥匙扣接过来，不说话了。

沈听温还在笑，不作声，就挂在嘴角。

他老婆太可爱了，谁能体会到他的快乐？

音乐节。

放眼望去全是人，女孩子一个比一个漂亮，穿着清凉，男孩子一个比一个帅。乐队在上边演出，这帮男女在下边蹦，没一会儿就蹦出一身汗，贴着、挨着。

大部分人都是想趁这个机会放飞自我，好好玩一场。

沈听温护着周水绒，谁都不让挨。

终于等到李滚乐队登台了，键盘手周夕宥一身朋克摇滚打扮出场，眼睛一直看着李滚。

李滚乐队只能算是在大学城里小有名气，这次可以接到邀请，是周夕宥搞定的，但李滚不知道。

一开始台下的欢呼声相比其他乐队少了一大半。即使这样，李滚也没松懈，他不是为了这帮人，而是为了他的理想，还有周夕宥。

李滚还是有实力的，歌一到高潮，台下的人都被感染了。他对节奏的把控确实很拿人，毫不谦虚地说，他天生就是吃音乐这一碗饭的。

他们乐队要唱三首歌。到第二首的时候，他说："这首歌送给我女朋友，还有我们的朋友。"

台下尖叫声连成一片，震耳欲聋。

这是多么高规格的示爱方式，正在上升期的乐队，哪个成员敢这么刚，直接公开自己非单身？

周水绒作为一个在情感方面慢半拍的人，虽不觉得这一行为多帅，但觉得有被尊重到。公开，对一个艺人的女朋友来说，确实是最大的尊重了。

沈听温去了卫生间，没看到这一幕，等他回来的时候，周水绒不见了。

沈听温找了老半天都没找到，打电话也不接，发微信也不回，就去找了主办方，要他们找人。但谁理他？他给钱也不理啊。这么大的活动怎么能因为他的一句话，就停下来去找人呢？

沈听温的手机都要打烂了，早知道带她一起去卫生间了，这么大人怎么会丢？

还是说，她被别人带走了？被谁呢？这里这么多人，到底是谁呢？是谁把他的周水绒带走了呢？

事情发生得太突然了，一眨眼的工夫，人就不见了。沈听温开始胡思乱想，想到最坏的打算。他完全没发现，这一切都只是他大惊小怪，是他太紧张了。

主办方看他要疯了，就说等结束了帮他问一下。

八个小时连续演出，结束要等到几个小时以后了。沈听温不干，现在就要上台问。

主办方不耐烦了："你要是这么胡搅蛮缠，我就报警了。"

"我人丢了，我不能着急？"

"一个大人怎么可能丢了？真丢了再报警，警察也能给你找到，你非要在这么大的活动上捣乱？"

"你办了那么多年音乐节，你不知道台下的人鱼龙混杂吗？万一我女朋友晚上被带走干点儿别的，我们自认倒霉是吗？"

主办方的负责人不说话了。

沈听温也不是要捣乱，他真是要疯了。他认识的几个有钱的男的——像原庚成那种人——都不是什么好东西，参加这种活动从来不是为了音乐。

就凭周水绒那个条件，怎么可能没人惦记？

负责人也怕出事，给了他一点儿时间，让他上台找人。结果在上台之前，周水绒给他打来电话，他们这才没在全国人民面前公开亮相。

沈听温跑向周水绒，一把抱住她，她把他吓死了。他要把她弄丢了，他也别活了。

周水绒被他勒得难受："手……疼！"

沈听温松手就骂："你傻吗？我给你打电话你怎么不接？电话是摆设？"

周水绒莫名其妙：“我上卫生间看什么手机？你自己不也上卫生间了？你可以上，我不能上？你是不是有病？”

沈听温艰难地咽了一口口水，声音很无力：“你吓死我了，我以为把你弄丢了。”

周水绒那点儿被他掀起来的火气立刻熄了，别扭地说：“你以为我3岁？”

沈听温这一次轻轻抱住了她：“你别吓我了，我胆儿不大。”

周水绒搂住他的腰：“我就是上了一下卫生间，我不会出事的。我有脑子，你别把我想得太愚蠢了。就算谁要跟我强来，我也有手，我可以反抗。”

沈听温不管，他抱紧周水绒：“我想回去了。”

李滚乐队已经演唱完了，他们也没待下去的必要了。周水绒答应了：“回家，还是回酒店？”

“回家。”

周水绒把酒店退了，买了回程的机票，顺便给周夕宥发了微信，说了一下情况，没敢说是沈听温作死。他们的小群里还没人知道她跟沈听温在一起，她还想再瞒一段时间。

她怕自己说了，他们会炸。

两个人从音乐节场地出来，像是刚淋了雨，浑身都湿透了。没办法，那地方太燥了，本来衣服就薄，这下全贴身上了，身体若隐若现的。

沈听温有先见之明，带了外套，出来就给周水绒披上了，然后叫车，去了机场。

回到家已经半夜一点多了，两个人在马路上溜达，倒是谁都不困。周水绒也是没想到，第一次参加国内的音乐节，还没待两个小时，就打道回府了。

周水绒扭头看了一眼罪魁祸首沈听温：“票浪费了。”

沈听温还没认识到自己的错误，还在想怎么在她家里睡一宿："绒绒，我的心跳到现在都还很快，晚上我不想离开你，可以吗？"

周水绒一瞥他："你敢情是心跳快，一天内，去个来回，音乐节也没看完，更是没去见周夕宥。早知道你事情这么多，我就不该同意你跟我去。你前怕狼，后怕虎，你应该在家里养着。"

沈听温委屈啊。他说："我以为我把你弄丢了，我再待下去就要担惊受怕。"

"我怎么可能丢了？"

"你不看新闻吗？很多好看的女的都在这地方丢了，你想让我冒险？"

周水绒不想跟他说话了，他俩就没想到一块儿去，而且她不喜欢他不相信她的口吻。她被司闻培养了很多年，她是那么轻而易举就被人骗的人吗？

她越想越来气，停下来，指着他："你，离我远点儿！"

沈听温不，还要靠近她。

周水绒拧了他的手腕。

沈听温疼，离远了一些。

周水绒觉得还不够远，自己走到了马路对面。

沈听温气炸了，周水绒这女的怎么就跟一般女的不一样？正好开过来一辆车，他趁着不小的引擎声，大声嚷道："周水绒，你就是个狗！"

周水绒在马路对面，压着火气："你有本事别在车过来的时候说！"

沈听温更大声地嚷道："我没本事！"

"那你就给我把嘴闭上！再说话我卸你一条腿！"

不说话就不说话，谁稀罕说啊！沈听温不说话了，以后也不说了。他那么着急，周水绒一点儿都不心疼他，还怪他。谁家女朋友是这样的？

周水绒比他更生气，大惊小怪就算了，还差点儿闹到台上去。让全国人民看见，她不丢脸吗？

两个人就这么生着气，谁也不搭理谁，走到了周水绒家小区门口。

周水绒不给他刷卡他就进不去，站在外面。

周水绒很生气，不想理他，头都没回。她本想就这么潇洒地回家，但到大厅门口还是返回了，她不能把沈听温一个人丢在门口。

出来没看到沈听温，她以为他走了，结果看到了一张让她犯恶心的脸——那个在健身房找碴儿的人。

沈听温在他们中间，显然是被围了。

周水绒出了小区，走过去，无视那几个人，对沈听温说："你错了没？"

沈听温点头："错了。"

周水绒原谅他了，说："回家。"

那帮人肯定是不让沈听温走的，挡在他前边，对周水绒说："好久不见啊，小美女。上回你跟你这废物对象在健身房的事还记得吗？"

周水绒一句话都不想跟他们说，她觉得浪费时间，便说："别废话，说你想干什么？"

打头那人说："我们也不是得理不饶人的人，让你这废物对象给我们几个下跪、磕头，这事就算了。以后你得不得传染病，都跟我们没关系。"

他们这回人更多，瘦的、胖的都有。但瘦的看上去就没点儿劲，胖的都是虚胖，能有什么威胁？

周水绒和沈听温就两个人，明显不能硬来。又不是拍电视剧，真能一个打十个？

周水绒说："那你别跟我说，你直接问他。"

沈听温可以跪，但有个要求："你们放她走，我给你们跪。"

打头那人笑了："嚯，你还挺痴情，我要是不想让她走呢？这么漂亮的小姑娘，不让她陪陪我，我这一趟多亏得慌啊。你说呢，废物东西？"

沈听温很平静地说："要么放她走，要么你们弄死我，进局子，你们自己选。"

打头那人也不上这个当，说："你先跪了，我就让她走。"

气氛一瞬间变得紧张，似乎沈听温今天不下跪，他跟周水绒就别想走了。

三更半夜的，只有周水绒小区门口偶尔能看见个人。但他们也不傻，把两人弄到了犄角旮旯，前后喊人都喊不到，被活吃了都得三天后才能发现。

沈听温叫了周水绒一声："绒绒。"

周水绒答应："嗯。"

沈听温冲她伸手："来。"

周水绒走近了。

所有人的呼吸都凝住了，包括打头那人，可以让他下跪太爽了，这段时间的屈辱都能洗净了。

月亮很亮，在没路灯的地方除了看不清楚表情，什么都看得见。

沈听温单膝下跪，把手伸向了周水绒，还在笑，看上去一点儿都不清楚他们现在是什么处境。他说："My princess（我的公主）."

周水绒突然有一点儿心疼。

打头那人听不懂沈听温说什么，但能确定他耍了他们，上来就是一脚，把他踹倒了："你耍我呢？"

沈听温还是跟在健身房一样，他拉住周水绒的手腕，趁乱把她甩出了现场，甩到了胡同口，自己跟他们一帮人周旋。

周水绒从胡同出来就报警了，她很着急。警察来得快，叫嚷着：“干什么呢？都给我趴下！”

警察动作迅速，有一个算一个，全摁住了。那几个男的龇牙咧嘴，顶着一张仿佛煮熟了的脸，呼哧呼哧地喘着粗气。气死了、气死了，他们真气死了。

周水绒看到沈听温慢慢地站起来，抹了抹嘴角和鼻子上的血。她好心疼，朝他走过去。

沈听温看见她了，轻轻一笑，张开了手臂。

周水绒扑上去，双手钩住他的脖子，使劲抱住他，张嘴就骂：“你是傻吗，沈听温？！那么多人，你打得过吗？打不过不会跑吗？咱俩到底是谁要气死谁？”

沈听温抱着她的腰，笑着问她：“心疼我了啊？”

“谁心疼你？你自己逞能！”

沈听温不让她抱了：“那你放手。”

周水绒不放，抱得更紧了，声音变小了，变软了：“我心疼……”

沈听温放声笑起来。

周水绒放开他，抹抹他嘴角的血，想到今天他因为找不到她急成那样，其实刚刚她也没必要急成这样，这只能说明他们很在乎彼此……

她一下就理解沈听温了，低声说：“我以后不给手机静音了。”

沈听温听懂了，她是在认错。他捧住她的脸，轻轻吻她的眼睛：“别让我找不到你。”

出警的警察叫他们：“走吧，还等着请？”

周水绒扶着沈听温跟着警察去了派出所。

录完笔录从派出所出来，回到家已经四点半了。

沈听温洗澡的时候，周水绒给他拿了一床新的被子放在次卧，然后把药箱拿出来备着。他洗完澡出来，她叫他："过来。"

沈听温就穿了一条裤子，上半身光着，边擦头发，边朝她走过去。

他的裤子就卡在腰上，往上看是叫人流口水的肌肉线条。这么好的身材，没七八个前女友，周水绒都觉得他练得没点儿价值。

周水绒先给他吹头发，还不忘问他："你练腹肌是为什么？"

沈听温理所当然地说："别人男朋友都有，你男朋友没有？我能让你抬不起头来？"

周水绒使劲抓了一把他的头发："扯吧你！你之前认识我？"

沈听温没答这个问题，只说："我不用提前认识你，我20年单身，时刻准备把自己献给你。"

周水绒被撩到了，他这话一点儿都不动听，像是在陈述一个事实。可就是这种话，周水绒受不了，听了人都软了。

她不跟他聊了，专心给他吹起头发，吹到一半，无意间看到他后背的文身。怎么这么眼熟？

她停下，伸手摸了摸他后背，离近看了半天，看出来了："你闲得慌啊？你干吗把这个文身上啊？跟个傻子一样。"

沈听温靠在她两腿间，摸着她的膝盖："多好看，我和你。"

"好看什么！"周水绒承受不起，"你去给我洗了。文点儿正常的东西不行吗？我画只王八你也文上去？而且你在卫生间被我打，你不觉得丢人啊？你还文在身上？"

沈听温觉得好看，便说："等你以后老了，得阿尔茨海默病了，看到我的背你就记起来了，这不好吗？"

周水绒打他肩膀一下："我谢谢你咒我！"

沈听温疼得直叫唤："疼……"

周水绒想起他身上还有伤，不跟他说了，给他抹药、贴创可贴，处理好伤口，认真程度就像是医院刚入职的护士。

表面的伤处理好，她问他：“还有哪里？”

“没了。”

周水绒把他的胳膊拉过来，又检查了一遍，确定露在外边的地方都没有伤了。她把药膏的盖子拧上，收起来：“你去客房睡。我给你请假，上午别去学校了。”

沈听温看着她：“那你去吗？”

“去。”

“那我也去。”

周水绒不让：“你看看你这个脸，你去什么。”

沈听温没再跟她顶嘴：“哦。”

周水绒给他拿了一瓶水，然后轰他去睡觉：“你去睡吧。”

沈听温害怕地说：“我没在别人家睡过，我一个人有点儿害怕。”

周水绒就知道他会这么说，所以提前烧了香。她说：“我给你烧香了，你睡你的，谁都不敢招你。”

“我又没死，你给我烧什么香？”

“我怕你害怕。”

“那你还真是体贴。”

周水绒把他推进次卧：“别磨蹭了，赶紧睡！”

门关上，周水绒去洗了个澡。

等她把事情都弄完，躺在床上，却怎么都睡不着了。

这两天发生太多事了，看起来好像不大，但都很能反映问题。沈听温太在乎她了，这让她有一点儿理解不了。

他们萍水相逢，慢慢喜欢，决定在一起，这才哪儿到哪儿？他怎么就这么喜欢她了？她一面觉得不可思议，一面又无法解释自己在报警时的紧张和害怕。

她从没有这么害怕过，她怕沈听温出事，他们下手没轻重，要是打坏他怎么办？

这份感情越来越深，深到她掌控不了，这是他们这个年龄阶段该有的感情吗？她对这一块的空白经历让她在短短十分钟内，问出了无数个“为什么”。

她翻来覆去睡不着，就悄悄下了床进了次卧，然后轻轻叫了沈听温的名字。她问：“你睡了吗？”

沈听温没答。

周水绒躺到他的床上，慢慢搂住他的腰。

沈听温突然抱住她。

周水绒吓了一跳：“你干吗？”

“应该是我问你，你怎么半夜爬我床？想干什么？想跟我睡？”沈听温几乎是含着她的耳朵说的。

周水绒推他：“我害怕，不行？”

沈听温抱她更紧了：“行，我保护你，以后都跟我睡。”

“你想得美，就今天！”

“那要是就今天的话，我们可不可以不穿衣服睡啊？他们说这样最能放松了，睡眠质量最好。”沈听温说话声音软软的。

周水绒才不信他的鬼话：“他们是谁，小电影里的吗？”

沈听温低笑，胸腔共鸣，震得周水绒耳朵麻麻的、痒痒的，躲了一下：“你别笑了！”

“你第一次投怀送抱，我笑两声怎么了？”

“我痒痒！”

“哪里痒痒？我给你抓抓。”

“耳朵痒痒！”

沈听温亲了亲她的耳朵：“有好点儿吗？”

周水绒没有，更痒了：“你别动，你越动我越痒！你放开我，我要回去。”

沈听温不放：“我害怕，你家我又不熟，万一有小鬼儿把我叼走怎么办？你不得哭死吗？”

“那这小鬼儿也是吃饱了撑的，叼谁不好，叼一个烦人精。”

沈听温笑道：“你现在觉得我烦了，也不知道是谁看见我受伤，心疼死了。”

周水绒困了，沈听温不动手动脚后就撑不住了，意识慢慢变模糊：“才不是我……”

沈听温没再说话，等她睡着了，亲吻她嘴唇，甜甜的、热乎乎的，就像他怀里这个“小东西”。

她那么在乎他的样子，他今天看到了。

第二天上学，沈听温和周水绒一起去的学校，在校门口碰到了梁继凡和赵孤晴。

梁继凡“哎哟”叫个不停。

沈听温没搭理他。

周水绒也没搭理他。

赵孤晴低下了头。

梁继凡缠着他们：“欸，听说没有？旁边学校转过来一男的，听说长得特别像一个演员，特好看。祝加夷那只流氓兔跑人班上看了，说等会儿把照片发在群里。”

跟沈听温和周水绒有关系吗？

梁继凡跟周水绒说：“你看不上我，也看不上沈听温这玩意儿，你去看看那个，你准能看上。”

沈听温停住，没给他好脸：“你闲的？”

梁继凡没明白他翻什么脸：“不是，你急什么？”

沈听温牵住周水绒的手，往教学楼里走，没再搭理梁继凡这个就剩张嘴的人。

梁继凡发出呜呜呜的猴叫声，指着他们的手，问赵孤晴："你看见了吧？牛啊，沈听温，这么'恶毒'又狠心的女的都能拿下。"

赵孤晴看见了，其实细心的她早在周夕宥的饭局上就看出情况了。周水绒开始注意沈听温了，而沈听温本身就喜欢她，这一幕早就没意外了。

梁继凡叫完想起赵孤晴喜欢沈听温的事，怕她难受，扭头搂住她的肩膀："晴儿啊，我最近在学织毛衣，我给你织个围巾吧？"

赵孤晴拿开他的手："不用，你送你的小姐姐们吧，她们比我需要。"

梁继凡抓抓头皮："你怎么知道是她们让我织的？真烦，没听说过让一个大男人织毛衣、织手工包的。她们说定制和买的都没诚意，非让我做，我哪儿会这个。"

赵孤晴没心情跟他聊这些："你去跟别人说。"

梁继凡看着她走了，叹了口气，反正也劝不了她，就接着琢磨自己的毛衣。

祝加夷把照片发到群里，还连发了好几个"啊"。

周夕宥第一个看到："这么帅吗？好嫩啊，奶里奶气的，好像沈宝贝小时候的样子。"

梁继凡狗嘴吐不出象牙："这也叫帅？你们女的都什么眼光？"

周夕宥没搭理他，问周水绒怎么样。

周水绒看了一眼，觉得确实挺帅："挺帅的。"

沈听温看见了，不高兴地问："是吗？"

周夕宥还不知道周水绒和沈听温已经"暗度陈仓"了，要知道早损他们了。她说："我有对象了，没机会了，你们上，争取拿下他，拉进群里来。”

梁继凡听不下去了：“你看你那饥渴样儿，李滚怎么就看上你了？他什么眼光？”

周夕宥给他发了一堆“杀人”的表情包，说：“滚！就你有嘴！”

群里还在热热闹闹地聊天，沈听温一点儿心情都没有，周水绒居然说别的男的帅，那叫帅吗？像块奶油一样。他搬着凳子坐到周水绒旁边，让她看着他。

周水绒看他突然凑过来，皱眉问：“干吗？”

沈听温说：“你觉得那男的长得帅？”

周水绒被他奇奇怪怪的语气弄笑了，她还以为他这么严肃是要说多大的事。她说：“是挺帅的。”

“我不帅？”

“你也帅。”

“什么叫也？”

周水绒写起题，开始敷衍他：“你最帅。”

沈听温把她的笔拿走。

周水绒要发火了：“别作。”

沈听温把笔还给她，很委屈：“你怎么能觉得别的男的长得帅？”

“我就是说一句，又没什么具体意义，你至于吗？我就你一个男朋友，也不是有七八个，你一天到晚跟谁争宠呢？”周水绒想不通。

沈听温说：“别人问我你跟谁比哪个更好看，我都是说你好看。别人问你那个男的帅不帅，你就说挺帅的。”

周水绒被他气笑了：“你幼不幼稚？”

沈听温又问她：“那男的帅吗？”

“丑！真丑！”周水绒说。

沈听温舒服了。他告诉她一件事：“我下午要请假，你可能几天都看不到我了。”

周水绒看向他：“几天？”

“四天。”

周水绒没问他去干什么，只答：“嗯。”

沈听温在班上偷偷牵了一下她的手：“想我就给我打电话。”

还在教室里呢，这么多人。周水绒下意识地看向四周，然后挣开他的手：“干吗？”

沈听温拉开外套拉链，用衣服挡住，然后拉起周水绒的手，在她手背轻轻一吻：“回来我娶你。”

周水绒抿着嘴，笑却抿不住，他好幼稚。她故意说：“我不嫁。”

沈听温说：“不嫁我就抢。”

周水绒无奈地笑了。

沈听温把井贺新买的、还没打开的酸奶拿过来，放在周水绒桌上。

井贺也不敢说话，反正沈听温会给他发一个大红包。他一节课没酸奶喝，但有大红包，他愿意。以后的酸奶全给周水绒都没关系。

沈听温刚请假离开，他们年级就开始了毕业前的最后一次体检。

一般是查血常规，但这次不知道为什么查起了传染病。而且好巧不巧，查到了好几个疑似病例，要到医院再做一个系统的检查，其中就有周水绒。

很快，周水绒有传染病的事就传开了，沈听温追她的事也被旧事重提。

周夕宥、赵孤晴他们都急死了，上课的听不进课，治病的没心情治病，全都在担心周水绒的情况。

周水绒看起来就放松多了，并不为自己的情况担心，她接受所有安排，到医院去做了检查。

医院里，周夕宥翻来覆去怎么都待不住，想去看看周水绒。李滚不让去："你本来就是个病人，你还要去见她，万一她真的是……你怎么办？"

周夕宥觉得不会："我们跟她玩了那么久，她要是有病，我怎么可能躲得过？我觉得这就是扯淡！你们学校是真的事多，周水绒就应该转到我们学校！"

李滚给她削了一个苹果："要是提到我，你也能这么激动，我就高兴了。"

周夕宥摸摸脸："我没激动，就是觉得这一切都对她不公平。让我想起我小时候去到那些格格不入的环境时也是这样，什么事都能找到我的头上，后来我爸就给我转学了。"

李滚把手递给她，让她牵着："无论她是不是有传染病，你、我，我们，都不会放弃跟她做朋友。"

"那肯定啊。"

"那你就不要急在这一时非要去看她了。你治好了病，我们有的是时间。"

周夕宥担心周水绒，也体谅李滚担心她的心，不再继续说了，只答："好吧，我知道了。"

李滚擦擦她的嘴："放心吧，虽然好人不一定有好报，但好人有朋友，有朋友就有底气，有底气是可以撑起一片天空的。"

周夕宥觉得李滚最近变了好多，从音乐节上公开她，到现在安慰她这些话，他真的在努力爱上她，或者说，他已经爱上她了。

周水绒被学校的卫生老师带去医院做检查，刚检查完，沈听温冲过来，一把抱住她，然后不管多少人在看，捧住她的脸直接吻下去。

他的吻很深，沿着周水绒的唇勾描。

周水绒双手在他胸膛推挡，叫他的名字：“沈听温……”

沈听温像是听不见，红着眼睛，疯了一样，就要亲她，亲到她缺氧。卫生老师从瞠目结舌中恢复过来，他才放开她。

他头发很乱，唇上面一层浅浅的胡茬儿。他是赶回来的，他急得忘记了打理自己。

周水绒大喘了几口气，问他：“你不是请了四天假吗？”

沈听温没答，直接抱起她，往外走。

卫生老师都看傻了，沈听温胆儿也太大了！

沈听温家的司机在外边等着，他把周水绒抱上车，直接带到自己家里。

周水绒没见过这样的他，暂时没有拒绝他。

到家，沈听温把周水绒抱上楼，抱进浴室，点了一下浴缸的感应开关放水，然后打开淋浴吻她。

周水绒拒绝道：“你等一下……你想干什么……你知道我在医院就是因为查出来我疑似有传染病，你想死吗？”

沈听温没说话，给她冲了个澡后，把她抱起来。

周水绒说：“你放开我……”

沈听温做不到。他把她抱到落地窗台上，他不知道自己才离开两天怎么就发生了这样的事。他坐在地上，一句话不说，要多狼狈有多狼狈。他不会离开周水绒，他也不觉得这有什么，他只是怕周水绒难受。

周水绒走到沈听温跟前，拉拉他的手，轻声问：“你事情办完了吗？”

沈听温听她说这一句，心都碎了，搂住她。

周水绒回抱住他，靠在他肩膀上，瞬间被一股安全感包裹，是区别于司闻和周烟给她的那一种。这一种让她觉得幸福，也让她觉得疼痛。

那一天，沈听温抱了她很久，在他家那么大的房子里，他们就只在浴室的一个小小角落拥抱，他跟她说，他们毕了业就结婚。

周水绒觉得他好爱她，可不知道为什么，她觉得这是不可能的事。

周水绒的检查结果出来了，虚惊一场。

这事是告一段落了，接下来就是沈听温和周水绒两个人的事。

周水绒给周思源打了电话，周思源批评了她半天，最后因为有任务下来了，才没继续。

周水绒在他挂电话前问他："那个……"

"你不是能耐吗？你自己解决！"

周水绒已经很愁了，喊着："舅舅……"

"行了！我过两天去一趟吧。"

挂了电话，沈听温买寿司回来了，她却不想吃："我舅舅骂我两天了，说看见你就打折你的腿，你做好心理准备。"

沈听温知道见家长不可避免，早死早超生，便答："嗯。"

周水绒问他："你家里，怎么说？"

沈听温喂了她一口寿司："我妈说娶回来吧，她想抱孙子。"

周水绒直踹他："你有没有正形？"

沈听温握住她的脚，吻了一下："你觉得他们能拆散我们吗？"

周水绒不知道。司闻和周烟倒是不反对她谈恋爱，但她以前的理想是踏遍极险之地。回华国就跟她去到各种国家一样，没有具体的含义，最多算是想回来明确一下人生方向，谁知道就谈恋爱了。

她还没做好扎根的准备。

沈听温摸摸她的头："别想了，该来的总会来，想也没用。"

周水绒不想了："明天去看周夕宥。"

沈听温："嗯。"

第二天，两人去看周夕宥。出门前，周水绒换了一条齐腿根的裙子，沈听温一看就火大，让她去换了。周水绒不换，她想穿什么就穿什么，她爸妈都不管她，他管什么？

沈听温又问她一遍："你换不换？"

周水绒不换："我让你把文身洗了，你也没洗，你管我穿什么？"

沈听温不跟她废话了，一把拉住她胳膊，把她压到沙发上，在大腿给她印了两个"草莓"。

周水绒一照镜子，杀了沈听温的心都有："沈听温！"

沈听温淡淡地说："走吧，可以不换了。"

周水绒一巴掌打在他脖子上："你要点儿脸吧！"说完回房间把裙子换了，换了一条长裙。

沈听温觉得他这个办法真不赖，以后就这么搞，她要非穿得这么凉快，他就亲她。

他可太聪明了！

医院。

周水绒和沈听温坐在一起，接受他们一伙人的盘问。

周夕宥眯眯眼："你俩牛啊，搞到一起了还不告诉我们，我们居然是跟别人一块儿知道的。"

梁继凡也说："就是！我就比他们知道得早一点儿。"

周夕宥一瞥他："你别说话！你知道你不告诉我！这事就我一个人被蒙在鼓里吗？"

李滚举手："还有我。"

周夕宥气死了："只有我们两口子，是吗？你俩怎么那么能耐呢？瞒得那么死。"

周水绒说："没有故意瞒着，我开始看不上他……"

“你还说呢！你开始看不上他，后来怎么看上了？”周夕宥一瞪沈听温：“肯定是你！你死皮赖脸！我怎么也没想到，你竟然是这么个东西！”

梁继凡附和道：“就是！真不是东西！”

周夕宥一瞪梁继凡：“我说话时你能不插嘴吗？”

梁继凡说：“我这不帮你呢吗？你看他们俩，瞒着我们，还敢顶嘴！岂有此理！”

周夕宥一瞥他：“你别说话了！”

祝加夷有问题要问：“所以，你们是从什么时候开始的？”

两人都不说话了，沈听温是不想告诉他们，周水绒是觉得难以启齿。

周夕宥哭了：“老公啊，你怎么就被沈听温拿下了呢？怎么就没有女孩儿可以完美地避开他这个狗男人呢？不喜欢沈听温的青春是不完整的吗？”

李滚握住她的手，小声提醒她：“你今天话说得够多了。”

周夕宥一噘嘴：“我就是生气，好家伙，我同时失去了两个‘老公’，还以为他俩没戏呢！”

大家都知道她在开玩笑，就没人说什么。

沈听温和周水绒挨了一顿骂，回家去了。

本来是要各回各家，但沈听温撒娇耍无赖，非跟着她回家，周水绒没办法，就又让他进了门。两个人简单地吃了点儿东西，打起了游戏。

玩 PUBG，周水绒以为沈听温会玩，结果他从角色落地就开始叫唤：“老婆，有人、有人，有一窝人！”

“捡枪啊！”

沈听温装蒜：“我不敢出去，我害怕。”

周水绒还真信了，过去救了他的狗命，教他怎么操作，告诉他捡什么配件，然后从他手里骗了一门大炮。

沈听温装新手装得可像了，玩得跟人机一样，走一步停两步，居然都能挺到决赛圈。

到决赛圈，周水绒“诛仙”了，杀了个开挂的人，那人直接开麦骂人，骂得很难听。沈听温不装了，把那人的队友打得很惨，最后周水绒的角色倒了，他还带周水绒吃了鸡。

周水绒的脸比阴天还沉：“你真能装！你这是害怕的样儿吗？”

沈听温委屈地说：“当时就是害怕嘛，你也没问我会不会玩。”

“照你这么说，还是我的错了？”

沈听温一撇嘴：“我就是会一小点点儿。”

“还装。”

就在周水绒想要不要打他一顿的时候，门铃响了，她以为是送水的，去开门了。沈听温这黏人精也要跟着，下巴搭在她肩膀上，她推了两次都没推开他。

门一打开，是司闻和周烟。周水绒他们俩还没来得及反应，司闻已经一脚踹过来了，把沈听温踹倒在地。

周水绒蒙了，为什么他们会在这里？

司闻也顾不上她，走进门，一把攥住沈听温的脖子，把他拽起来。

司闻不理她，眼睛还看着沈听温，说：“我让你保护她。”

后一句话是周烟说的：“没让你追她。”

周水绒的手慢慢松开了。什么？他们在说什么啊？

沈听温被掐得脸通红，他艰难地叫了一声：“老师……”

【未完待续】

图书在版编目（CIP）数据

将军 / 苏他著 . -- 贵阳：贵州人民出版社，
2024.3
ISBN 978-7-221-17959-3

Ⅰ . ①将… Ⅱ . ①苏… Ⅲ . ①长篇小说 – 中国 – 当代
Ⅳ . ① I247.5

中国国家版本馆 CIP 数据核字 (2023) 第 185579 号

JIANG JUN

将军

苏他 著

出 版 人 朱文迅
策划编辑 晚 星
责任编辑 龙 娜
装帧设计 Laberay 淮
责任印制 蔡继磊

出版发行 贵州出版集团 贵州人民出版社
地　　址 贵阳市观山湖区中天会展城会展东路 SOHO 公寓 A 座
印　　刷 北京世纪恒宇印刷有限公司
版　　次 2024 年 3 月第 1 版
印　　次 2024 年 3 月第 1 次印刷
开　　本 880 毫米 ×1230 毫米 1/32
印　　张 8.5 4 页彩插
字　　数 225 千字
书　　号 ISBN 978-7-221-17959-3
定　　价 48.00 元